CHARLES MERRILL SMITH

Reverend Randollph und der Racheengel

REVEREND RANDOLLPH
AND THE AVENGING ANGEL

Kriminalroman

Deutsche
Erstveröffentlichung

Wilhelm Goldmann Verlag

Aus dem Amerikanischen übertragen von
Mechtild Sandberg

Made in Germany · 9/79 · 1. Auflage · 1118
© der Originalausgabe 1977 by Charles Merrill Smith
© der deutschsprachigen Ausgabe 1979 by Wilhelm Goldmann Verlag, München
Umschlagentwurf: Atelier Adolf & Angelika Bachmann, München
Umschlagfoto: Richard Canntown, Stuttgart
Gesamtherstellung: Mohndruck Reinhard Mohn GmbH, Gütersloh
Krimi 4860
Lektorat: Helmut Putz/Melanie Berens · Herstellung: Peter Papenbrok
ISBN 3-442-04860-5

Die Hauptpersonen

Cesare Paul Randollph	ehemaliger Footballprofi, der sein Leben umstellte und Reverend einer Kirchengemeinde in Chicago wurde; die Frauen suchen nicht nur das Seelsorgerische an ihm
Samantha Stack	eine dieser Frauen; Fernsehjournalistin; Herrin ihres Verstandes, aber nicht ihrer Gefühle
Lisa Julian	Dame, die vielen den Laufpaß gibt und sich dadurch Feinde schafft – darunter einen tödlichen
Carl Brandt	ihr frischgebackener Ehemann, dessen Ehe mit Lisa aus Zeitmangel nicht vollzogen werden kann
Kermit Julian	ihr Bruder; tüchtiger Arzt; besitzt zuviel Familiensinn, der vor nichts haltmacht
Valorous Julian	ihr Halbbruder; ebenfalls Arzt; hätte aber besser Schauspieler werden sollen
Clarence Higbee	Butler bester englischer Schule, der zwischen Kochbüchern und der Bibel zu trennen weiß
Michael Casey	Lieutenant der Mordkommission; läuft ständig Gefahr, sich in Theorien zu verstricken, die der Praxis nicht standhalten

Der Roman spielt in Chicago, USA.

1

Mord, überlegte der Mörder in spe, ist eine knifflige Angelegenheit. Besonders wenn man einen straffen Zeitplan hat. Zum Glück pflegten Hochzeitsempfänge in Saufgelage auszuarten – bei diesem Empfang jedenfalls würde es so sein. Da würde also keiner was merken. Das Hotelpersonal war es, das man hinters Licht führen mußte. Und man mußte möglichst den kleinen Fehler im falschen Moment vermeiden, der einen verraten konnte. Der Mörder in spe sah diesen Punkt mit philosophischer Gelassenheit. Die Entscheidung war gefallen, der Plan mit Sorgfalt entworfen, jede Eventualität in Betracht gezogen. Das Unvorhersehbare mußte man eben riskieren.

Der Mörder dachte: Ich kann mich entschließen, es nicht zu tun. Ich brauche dann nicht für den Rest meines Lebens die Schuld für dieses Verbrechen, das ich bald begehen werde, mit mir herumzuschleppen! Aber ein Haß, so unerklärbar wie die dunkle Seite der Seele, erwiderte: Du mußt es tun. Wenn du vor diesem Akt der Brutalität zurückschreckst, wenn du jetzt deinen blutigen Plan umstößt, dann heißt das, daß dein Leben es nie wieder wert wäre, gelebt zu werden. Du mußt töten.

2

C.P. Randollph hörte dem Mann, der neben ihm saß und über die Bibel babbelte, mit wachsender Gereiztheit zu. Seine Entschlossenheit, sich über das Wesen der Heiligen Schrift nicht in eine hitzige Auseinandersetzung einzulassen, war bereits merklich ins Schwanken geraten, als Samantha Stack den Monolog unterbrach.

»Wir machen einen Moment Pause für die Werbung«, sagte sie

in die Kamera hinein, und dem Mann, der Randollphs Geduld so sehr auf die Probe gestellt hatte, blieb nichts anderes übrig, als einen Brocken salbungsvoller Rhetorik hinunterzuschlucken. »Wir kommen gleich wieder.«

Sie lächelte dem frustrierten Redner strahlend zu, als wollte sie sagen, du kommst schon noch mal an den Ball, alter Junge.

Es folgte ein kurzer Film, in dem die Vorteile und Freuden angepriesen wurden, die jenen ins Haus standen, die zur United States Army gingen.

Sam Stack beugte sich zu Randollph hinüber und sagte: »Ich habe eine Freundin, die wegen ihrer Eheschließung bei dir vorbeikommen will. Sie ist ein Mitglied deiner Gemeinde, könnte man sagen.«

»Wir haben massenhaft Mitglieder, von denen man sagen könnte, daß sie Mitglieder sind«, erwiderte Randollph.

»Das kann ich mir vorstellen.« Sam musterte ihre Gäste, um festzustellen, ob sie bereit waren, ihr Scharmützel über theologische Belanglosigkeiten wiederaufzunehmen, sobald die Kamera sie erneut einfing. Befriedigt wandte sie sich abermals an Randollph. »Aber Lisa lebt schon ewig nicht mehr in Chicago, obwohl ihre Familie noch hier ist.«

»Lisa wer?« fragte Randollph, während die Militärkapelle irgend einen Marsch zum schmetternden Crescendo trieb.

»Nachher«, flüsterte Sam. »Wir sind wieder da«, sagte sie zur Kamera. »Pastor Wakefield, gerade als wir uns ausschalteten, sagten Sie . . .«

Pastor Wakefield hat eine Abmagerungskur nötig, stellte Randollph innerlich fest. Die Schwestern seiner Gemeinde fütterten ihn offenbar mehrmals in der Woche mit Kartoffeln und Sauce. Er hatte ein Doppelkinn, ein drittes Kinn in Ausbildung.

»Ich sagte, entweder man glaubt, daß die Bibel Gottes Wort ist, und zwar die ganze Bibel, in ihrer Gesamtheit« – er schlug mit der flachen Hand auf ein schwarzes Buch auf seinem Knie – »oder man glaubt nichts davon. Was hat man schon von einer lückenhaften Bibel?« Mit einem triumphierenden Blick in die Kamera lehnte er sich zurück.

Randollph ermahnte sich, als er das Wort ergriff, nicht zu vergessen, daß christliche Barmherzigkeit selbst Narren und Ignoranten entgegengebracht werden muß.

»Ich möchte den Pastor darauf aufmerksam machen, daß er eine Glaubensposition dargelegt hat, die einzunehmen jedermanns Recht ist. Er hat jedoch nicht das Recht, sie als Grundlage für eine Prüfung meines Glaubens zu nehmen. Das ist mit Religiosität bemäntelte Ignoranz, die sich als Autorität ausgibt –«

»Augenblick mal«, wollte Pastor Wakefield unterbrechen.

»Und ich möchte den Pastor ferner daran erinnern, daß die Bibel nicht ein Buch, sondern eine Sammlung von Büchern ist«, fuhr Randollph fort, ohne auf das erbitterte Bemühen des Pastors zu achten, das Gespräch wieder an sich zu reißen, »und daß sie viele verschiedene Arten von Literatur umfaßt – nämlich Geschichte, Kurzgeschichten, Lyrik, Briefe, Mord, Sex, Inzest – fast alles, was man sich denken kann. Ja, wenn man einige der saftigeren Berichte des Alten Testaments in unsere heutige Sprache übertragen würde, so würden sie als Pornographie klassifiziert werden. Der Pastor erwartet doch gewiß nicht von mir, daß ich an einen Psalm auf die gleiche Weise glaube wie an ein Evangelium.«

Der Rabbi, der wie ein Bankier aussah, lächelte und nickte zustimmend. Der Priester war ernst und nachdenklich.

»Also, das ist ein –«, holte Pastor Wakefield aus, aber Sam Stack unterbrach.

Sie wandte sich einer der Kameras zu und sagte: »Wir haben mit Rabbi Harvey Korfman, Pater James Denton, Reverend Mr. Jack Wakefield und Referend Dr. C. P. Randollph über das Thema gesprochen ›Hat die Bibel für das heutige Leben noch Relevanz?‹. Ich danke Ihnen, meine Herren.« Dann an das zukünftige Publikum, das durch die Sendung des Programms gesegnete Erleuchtung erfahren würde: »Wir hoffen, Sie schalten sich auch nächste Woche wieder ein, wenn wir eine weitere aktuelle und interessante Diskussion mit führenden Mitgliedern unserer Gemeinde bringen werden.«

Das Forum ehrwürdiger Herren erhob sich unter Händeschütteln und zerstreute sich. Randollph blieb, weil er von Sam Stack mehr über die Hochzeitsfeier hören wollte, die er abhalten sollte.

»Jemand muß diese blöden Sendungen machen.« Sam hörte sich an wie ein Erzbischof, der dabei erwischt wird, daß er den Müll hinausträgt. »Wir wechseln uns ab, und prompt saß ich mit diesem Knüller da. Und das ist der Grund, warum du, mein Lieber, in den Genuß kostenloser Fernsehreklame kommst. Weil wir befreundet sind, kapere ich dich für jede Sendung, in der ein Theologe gebraucht wird. Ist das Nepotismus? Sämtliche Pfarrer von Chicago liegen uns damit in den Ohren, daß sie mal in der Glotze erscheinen wollen, weißt du. Was ist nur aus der christlichen Demut geworden, die man mir im Religionsunterricht eingetrichtert hat?«

»Ich danke dir untertänigst für die Einladung, an dieser Sendung teilzunehmen«, erwiderte Randollph, »wenn ich auch bezweifle, daß sie viele Heiden auf den Weg Gottes führen wird. Also, was ist mit dieser Hochzeit?«

Sam packte ihre Unterlagen zusammen.

»Das erzähle ich dir unterwegs.«

»Unterwegs wohin?«

»Ach, habe ich dir das nicht gesagt? Ich habe bei einer Stellenvermittlung einen Termin für dich ausgemacht.«

Randollph war verdattert. »Nein, das hast du mir nicht gesagt.«

»Muß mir einfach entfallen sein.«

Samantha, fand Randollph, wirkte selbstzufrieden.

»Aber wozu denn nur?« fragte er sie. »Ich habe bereits eine Stellung.«

»Das weiß ich, Schafskopf. Aber du brauchst jemanden, der für dich kocht und in diesem – diesem –«

»Versuch's mit ›pompös‹«, schlug Randollph vor.

»Und in diesem pompösen Penthaus für dich sorgt, das deine stinkreiche Kirche als Pfarrhaus bezeichnet.«

»Du redest wie eine Sozialistin, Samantha.«

»Nein, das ist reiner Neid. Ich gehe mit dir zu der Agentur.

Denn du hast ja keine Ahnung davon, nach welchen Gesichtspunkten man eine Hausangestellte aussucht.«

»Aber ich brauche doch nur jemanden, der mir das Frühstück macht, und vielleicht zwei-, dreimal in der Woche ein Essen«, protestierte Randollph. »Ich bin schließlich ein erwachsener Mann und kann –«

»Nichts kannst du«, erklärte Sam und nahm ihn beim Arm. »Gehen wir.«

Der verdrießlich aussehende Mann hinter dem Schreibtisch taxierte seine Besucher mit einem kurzen Blick. Er hatte kein sonderliches Interesse an ihnen, aber berufliche Erfahrung hatte ihn gelehrt, daß es leichter war, die Kunden zu manipulieren, wenn es einem gelang, sich ein grobes psychologisches Bild von ihnen zu machen. Sein routiniertes Auge sammelte die Informationen, die er brauchte. Mann, Anfang Vierzig – Spuren von Grau im dunklen Haar; erfolgreich – selbstsicher, körperlich in guter Form, was auf Mitgliedschaft in einem Sportklub schließen läßt; kein Bankier oder Rechtsanwalt – etwas zu eigenwillige Kleidung; Haar eine Spur zu lang. Wahrscheinlich in der Werbebranche. Großverdiener. Wohnt in Winnetka oder Lake Forest in einer Villa mit drei Hypotheken. Zwei Kinder in Privatschulen. Bis zum Nabel in Schulden. Vielleicht fünf Jahre vor seinem ersten Herzinfarkt.

Jetzt die Ehefrau. Wahrscheinlich die zweite oder dritte – eine tolle Person; flammend rotes Haar, phantastische Beine, sechs oder sieben Jahre jünger als er. Löcherte den armen Kerl, ein Dienstmädchen einzustellen. Dienstmädchen waren Statussymbole. Sie kam ihm vage bekannt vor.

»Sie sind sicher hergekommen, weil Sie ein Mädchen suchen.« Der verdrossen aussehende Mann zwang sich, sein Gesicht durch ein geschäftsmäßiges Lächeln etwas freundlicher zu gestalten.

»Nein, ich suche eine Köchin«, versetzte Randollph.

Es kostete den Mann Mühe, sein Lächeln zu bewahren.

»Ich habe Dienstmädchen in Mengen, ich kann Ihnen Chauffeure jeder Größe und Farbe bieten, aber Köchinnen sind rar.«

Er vermittelte den Eindruck, als beruhte der Mangel an Köchinnen auf einer gegen ihn persönlich gerichteten Verschwörung. »Ein paar hab ich aber.« Er zog eine Karteikarte aus dem Kasten auf seinem Schreibtisch und griff zum Kugelschreiber. »Ihr Name?«

»C.P. Randollph. Randollph mit zwei l.«

»Oh?« meinte der Mann, während er schrieb. »Das sieht man nicht häufig.«

»Deshalb habe ich ein l eingefügt«, erklärte Randollph.

Der kann nur in der Werbung sein, sagte sich der Mann. Die haben alle eine kleine Macke. »Beruf?«

»Geistlicher.«

Mit einem Ruck hob der Mann den Kopf und starrte Randollph an.

»Das gibt's doch nicht!«

»Doch, er ist Geistlicher, ich versichere es Ihnen.« Sam gönnte dem Mann ein verständnisvolles Lächeln. Der Mann schüttelte den Kopf, als wäre es ein persönlicher Affront, wenn die Leute nicht in seine Stereotypen paßten. »Eine Pfarrersfrau wie Sie habe ich noch nie gesehen«, sagte er.

»Wir sind nicht verheiratet.«

Der Mann war jetzt restlos verwirrt.

Sam lachte. »Sie glauben, wir leben in Sünde. Das wäre sicher vergnüglich, aber die guten, ehrbaren Christen von der Good Shepherd Gemeinde würden es niemals dulden, daß ihr Pastor eine Konkubine im Pfarrhaus einquartiert.«

»Also, was die Köchin angeht –«, begann Randollph.

Der verdrossen aussehende Mann warf das Handtuch. Er griff in seine Schublade und zog ein dünnes Bündel Karten heraus.

»Hier sind meine Köchinnen«, verkündete er. Dann zog er eine Karte aus dem Bündel. »Da hätte ich was für Sie. Kenn ich persönlich. Gute, brave Köchin. Sechzig, sehr fromm.«

»Klingt nicht schlecht«, meinte Sam.

»Übermäßige Frömmigkeit beim Frühstück ist schlecht für die Verdauung«, erklärte Randollph.

»Hier haben wir eine jüngere Dame. Achtunddreißig. Vor

kurzem geschieden. Sie sagt, es fehle ihr, daß sie keinen Mann hat, für den sie kochen kann. Gutaussehende Person.«

»Ausgeschlossen!« sagte Sam mit Entschiedenheit.

»Warum?« fragte Randollph. »Sie möchte einen Mann bekochen. Sie scheint mir Potential zu haben.«

»Gerade deswegen kommt sie nicht in Frage, lieber Doktor«, erwiderte Sam mit einem zuckersüßen Lächeln und wandte sich an den Vermittler: »Haben Sie keine Männer – Köche?«

Paulus, ermahnte sich Randollph, erduldete Schiffbruch, Verfolgung, Gefängnis und wahrscheinlich zahllose magere Mahlzeiten um des Glaubens willen. Und hier stand er, Nachfolger von Aposteln, Heiligen und Märtyrern, und wollte einen Koch anheuern, der ihm das Frühstück machte.

»Clarence Higbee«, sagte der Mann. »Bißchen verschroben. Engländer. Hat als Butler, Schiffskoch und Hotelküchenchef gearbeitet. Dem hab ich bestimmt schon ein Dutzend Stellungen besorgt. Er hört auf, wenn sein Arbeitgeber seinen Ansprüchen nicht genügt.«

Randollph hatte seine Zweifel über einen Hausangestellten, dessen anspruchsvollen Maßstäben er sich würde anpassen müssen. Aber Sam war sofort begeistert.

»Das klingt ideal«, behauptete sie.

Randollph ließ jeden Gedanken an Protest fallen.

»Würden Sie dafür sorgen, daß ich Mr. Higbee persönlich kennenlernen kann?«

»Selbstverständlich, Reverend Randollph«, versicherte der Mann. »Jederzeit, wenn –«

Randollph unterbrach ihn: »Zu meinen kleinen Idiosynkriasen gehört eine tiefe Abneigung dagegen, ›Reverend‹ genannt zu werden.«

Der Mann war erstaunt.

»Meinen Pastor nenne ich auch ›Reverend‹, und er hat gar nichts dagegen.« Er überlegte einen Moment, dann fügte er erläuternd hinzu: »Ich bin Baptist.«

»Das ist nichts, wessen man sich schämen müßte«, sagte Randollph. »Aber ich lebe lieber ohne das ›Reverend‹.«

»Ja«, erwiderte der Mann.

»Sie werden Mr. Higbee also bei mir vorbeischicken?« fragte Randollph, als er und Sam aufstanden, um zu gehen.

»Das werde ich tun, Reverend Randollph«, versprach der Mann. »Sie können sich darauf verlassen.«

In der Michigan Avenue roch es nach Frühling. Unter den grimmigen steinernen Löwen vor der Kunstakademie standen Grüppchen von jungen Mädchen in hellen Kleidern. Hier und dort blitzte im Verkehrsstrom ein offenes Kabriolett auf. Zwei behäbige Tauben landeten auf einer Fußgängerinsel und rückten einer zertretenen Banane zuleibe.

»Also, was ist mit dieser Hochzeit?« fragte Randollph.

»Sie war im College meine beste Freundin. Ich bin ihre Brautjungfer, wenn man das für eine geschiedene Frau wie mich sagen kann.«

»Eine kleine Familienfeier?«

»Nein, mit allen Schikanen. Sie will in der Kirche getraut werden. Warum, weiß der Himmel. Sie hat bestimmt schon seit Jahren keine Kirche mehr betreten.«

»Ich habe noch nie eine große Hochzeit abgehalten«, meinte Randollph nachdenklich. »Das ist die Strafe oder der Segen – ich weiß nicht, welches von beiden – dafür, daß ich bis zu dieser Interimsstellung noch nie als Pastor gearbeitet habe. Ich habe höchstens mal in der Seminarskapelle Studenten von mir getraut.«

»Dann wird's Zeit, daß du's lernst. Bei der Hochzeit gibt es einen Riesenrummel. Die Braut ist eine ziemlich bekannte Film- und Fernsehschauspielerin. Lisa Julian.«

»Ach!« sagte Randollph.

»He, was soll das denn heißen?« Sam warf ihm einen argwöhnischen Blick zu, beschloß aber dann, die Bemerkung auf sich beruhen zu lassen. »Ich habe sie sehr gern. Sie ist kein Kind von Traurigkeit. Ich meine, das spricht bestimmt nicht gegen sie, aber sie ist – warte mal, wie drücke ich das am besten aus, um die Geistlichkeit nicht vor den Kopf zu stoßen – sie ist freigebiger mit ihrer Gunst, als ich es sein möchte. Wenn sie in Weiß heiratet, dann ist das eine Vorspiegelung falscher Tatsachen.«

Randollphs Gedächtnis spielte ihm einige Szenen aus der Vergangenheit vor, und er war froh, daß Samantha sie nicht sehen konnte.

»Ich – äh – ich kenne Miss Julian«, bekannte er.

Sam blieb abrupt stehen.

»Was?«

Randollph brachte es fertig, eine ernste Miene zu bewahren.

»Das ist Jahre her. In meinem früheren Beruf hatte ich häufig Gelegenheit, mit den Damen aus der Filmwelt Umgang zu pflegen.«

»Das glaube ich«, erklärte Sam. »Ich will's gar nicht hören. Wie eng war denn dein sogenannter Umgang mit Lisa?«

»Ich dachte, du wolltest darüber nichts hören?«

»Will ich auch nicht, aber sag's mir trotzdem.«

»Unsere Bekanntschaft war ganz oberflächlich.« Randollph war froh, daß der Allmächtige immer bereit ist, uns unsere Sünden zu vergeben, auch die kleinen Lügen für einen guten Zweck.

»Ha!« sagte Sam. »Bei Lisa spielen sich auch die oberflächlichen Bekanntschaften meistens im Bett ab.«

Randollph fand, daß es an der Zeit war, das Gespräch in andere Bahnen zu lenken.

»Erzähl du mir doch was über deine tollen Tage im College und hinterher«, meinte er.

Wieder blieb Sam stehen.

»Du willst nur das Thema wechseln. Aber mein hochverehrter Reverend Doktor Cesare Paul Randollph, wenn du glaubst, ich werde dir jetzt Schwänke aus meiner Vergangenheit erzählen, dann täuschst du dich gewaltig.«

»Es war ja nur eine Frage, Samantha.« Randollph lächelte sie an. »Es war ja nur eine Frage. Komm, ich lade dich zum Mittagessen ein.«

Das Kontiki Restaurant des Sheraton lockte seine Gäste mit allen möglichen exotischen Rumgetränken, die angeblich ihren Ursprung auf fernen Inseln des Pazifik hatten.

Sam sagte: »Ich nehme einen Wild Turkey, bitte.«

Randollph entschied sich für einen Martini Bombay.

Sam schob mit dem Cocktailquirl einen Eiswürfel in ihrem Glas hin und her.

»Die Julians gehören alle zu Good Shepherd, aber sie gehen nie zum Gottesdienst. Jedenfalls hat Lisa mir das geschrieben. Doch, zu Ostern vielleicht. Lisa schrieb, sie wäre froh, daß die Kirche wenigstens ein schönes Schiff hat, das für eine große Hochzeit geeignet ist.«

»Nett von ihr, die Architektur zu loben«, meinte Randollph.

»Sei nicht zynisch. Jedenfalls – wenn es dich interessieren sollte –, es ist eine Familie von Ärzten, außer Lisa natürlich. Aber sie heiratet wieder einen.«

»Die Julian-Klinik«, sagte Randollph. »Ich glaube, da geht der Bischof hin, wenn ihm der bischöfliche Bauch weh tut.«

»Schon möglich. Die oberen Zehntausend gehen alle dahin. Lisas Zwillingsbruder ist Arzt an der Klinik. Und ihr Stiefbruder auch. Er ist ein paar Jahre jünger. Erzähl mir Näheres über deine ›oberflächliche Bekanntschaft‹ mit Lisa.«

»Ah, da kommt das Essen!« rief Randollph strahlend. Eilig schob er eine heiße Krabbe in den Mund, um das Gespräch abzuwürgen.

Sam warf ihm einen vernichtenden Blick zu und nahm ihre Spare Ribs in Angriff.

»Erzähl mir noch ein bißchen was über die Julians«, sagte Randollph.

Sam wischte sich die Finger an der Serviette.

»Frag doch Lisa.«

»Das werde ich tun, wenn sie wegen der Trauung zu mir kommt. Mit der roten Sauce auf deiner Oberlippe siehst du aus wie eine Menschenfresserin, die gerade einen saftigen Missionar verschlungen hat. Steht dir gut.«

3

Für Chicagos Verhältnisse ist die Good Shepherd Kirche alt. In Neu-England würde man auf sie zwar als Späterscheinung der religiösen Szene herabblicken, aber sie war immerhin um einige Jahre älter als die Stadt selbst. Der erste Bau war eine Blockhütte gewesen, eine Mission zur Bekehrung der Indianer, die nach Überzeugung aller gut informierten Christen jener Zeit ungeheuer davon profitiert hätten, sich taufen zu lassen und ihr Land zu Schleuderpreisen an die Christen zu verkaufen. Als die Stadt wuchs, wurde den Führern der Gemeinde klar, daß die wahre Aufgabe, zu der Gott sie ausersehen hatte, nicht die Betreuung der Indianer war, sondern die der Schweineschlächter und Fuhrunternehmer, die gewissermaßen die bürgerliche Klasse dieser ungeformten jungen Gemeinde bildeten. So kam es, daß die Gemeine Good Shepherd, als genug Generationen vergangen waren, um eine Unterscheidung zwischen neuem Geldadel und altem Geldadel zu treffen, mit den Familien des alten Geldadels gesegnet war. Dies verlieh ihr hohen Rang – angeblich in den Augen Gottes, ganz sicher aber innerhalb der Sozialstruktur der Stadt.

Doch in dieser sich unaufhörlich verändernden Welt ist nichts von Bestand. Die Getreuen von Good Shepherd fuhren jetzt nicht mehr mit Chauffeur im Packard oder Pierce Arrow vor, um in ihrem düsteren romanischen Backsteinbau, der eine gewisse Ähnlichkeit mit einem Zuchthaus hatte, dem Wort des Herrn zu lauschen. Die Stiftungsverwalter, die dem Herrn Jehovah ja nur die Taschen füllen wollten, rissen die alte Kirche ab und stellten an ihren Platz einen Hotel- und Bürobau. Eine Kirche mit weiträumigem Schiff, Büros, Unterrichtsräume und eine Turnhalle nahmen die ersten drei Stockwerke ein. Das Ganze krönte ganz oben ein riesiger pseudo-gotischer Turm, in den die Stiftungsverwalter – da der Raum ja sonst verschwendet gewesen wäre – ein großes und spektakuläres Penthaus hatten einbauen lassen, das dem Pastor als Wohnung diente. Zwischen der Kirche und dem Penthaus befanden sich mehr als dreißig Etagen gewinnbringender Büros, Hotelzimmer, Bars und Konferenzsäle.

Die alteingesessenen Reichen kamen nur noch selten zur Kiche, weil sie jetzt alle in den Vororten am nördlichen Seeufer wohnten, viele Meilen vom Loop entfernt. Aber sie blieben Mitglieder von Good Shepherd. Die Leute, die sonntags die Kirche füllten, waren Touristen und Geschäftsleute – und deren Frauen, wenn sie sie mitgebracht hatten – sowie Teilnehmer der zahllosen Tagungen, die jedes Jahr in Chicago stattfinden.

Die Pastoren der Good Shepherd Kirche hatten lange Amtszeiten. Für ihr beharrliches Bleiben gab es viele Gründe, darunter das – für einen Geistlichen – blendende Gehalt, das luxuriöse mietfreie Penthaus, der ständige Wechsel in der Gemeinde, der es dem Pastor ermöglichte, immer wieder die gleichen Witzchen und Predigten an den Mann zu bringen, und das hohe Einkommen aus den Stiftungen und den Mieten, das den Pastor der lästigsten aller klerikalen Pflichten enthob: des Umherziehens mit dem Klingelbeutel.

Als Reverend Dr. Arthur Hartshorne, der mehr als ein Vierteljahrhundert lang der Oberhirte von Good Shepherd gewesen war, das Pensionsalter erreichte und widerstrebend das Penthaus räumte, war die Anzahl der Pastoren, die sich berufen fühlten, dem Herrn auf der Kanzel von Good Shepherd zu dienen, so groß, daß man vielleicht nicht gerade eine Armee Gottes aus ihnen hätte bilden können, aber zumindest eine respektable Brigade. Der Kampf um den Posten wurde so erbittert geführt, daß der Bischof beschloß, Öl auf die Wogen zu gießen, indem er einen Interimspastor bestellte, der keine Aspirationen auf eine Dauerstellung hatte.

Randollph entdeckte Tatsachen über das Amt des Pastors, die man nie erfährt, wenn man nicht selbst einmal Pastor ist. Eine dieser Tatsachen ist, daß der oberste Gemeindegeistliche einer großen, seit langem bestehenden Gemeinde seine Tage nicht als Seelentröster zubringt. In erster Linie ist er Administrator. Er hält Besprechungen ab. Er nimmt an Ausschußsitzungen teil. Er schlichtet Streitigkeiten, die sich innerhalb der Organisation ergeben. Er trifft Entscheidungen, die wenig mit der Erteilung der

Sakramente zu tun haben. Bei öffentlichen Anlässen verspritzt er mit einem Bittgebet oder einer Segnung einen Schuß Weihwasser.

Und noch eine Tatsache hatte Randolph entdeckt. Eine alteingesessene Gemeinde hat im allgemeinen eine alteingesessene Sekretärin, die, wenn auch dem Namen nach von untergeordneter Stellung, im Laufe langer Dienstjahre Macht gewinnt und fest etablierte Beziehungen zu den einflußreichen Mitgliedern der Gemeinde herstellt. Miss Adelaide Windfall war eine Dame von gewichtiger Autorität, teils dank ihres Dienstalters, teils aufgrund der Tatsache, daß Reverend Dr. Arthur Hartshorne die zwischen den Sonntagen liegende Zeit meist damit zugebracht hatte, in der Wildnis von Ohio und Michigan Vorträge zu halten; dadurch war ein Machtvakuum entstanden, das Miss Windfall aus Neigung und aus Notwendigkeit gefüllt hatte. Kurz und gut, Miss Windfall führte, so konnte man sagen, das Regiment.

Randollph starrte trübsinnig auf ein leeres Blatt Papier, als die Sprechanlage summte. Miss Windfall, die sehr streng auf die Einhaltung der Tagesordnung sah, hätte ohne zwingenden Grund seine Studierstunde nicht gestört. Aber die Unterbrechung war ihm eine Erleichterung. Obwohl Trinitatis noch Wochen entfernt war, bemühte er sich schon jetzt, das Konzept für eine Predigt zu entwerfen; er wollte das Wesen des dreieinigen Gottes einer modernen Gemeinde erklären, die vage an eine Gottheit glaubte, die in sich die Eigenschaften von Uncle Sam, dem Weihnachtsmann und einem Scharfrichter vereinigte. Bis jetzt hatte er noch nicht einmal die Einleitung.

»Ja, Miss Windfall?«

»Miss Lisa Julian möchte Sie sprechen«, teilte Miss Windfall ihm mit.

Randollph wußte, daß Miss Windfall sogar den Bürgermeister gezwungen hätte, einen Termin zu vereinbaren, und daß mindere Diener der Kirche von ihr einfach an die Luft gesetzt worden wären. Aber die Julians gehörten zur Hocharistokratie der Gemeinde und besaßen das Recht, die Pastoren herumzukommandieren, wenn es ihnen beliebte. Miss Windfall befahl Randollph, die Dame zu empfangen.

»Ich komme hinaus«, sagte er.

Lisa Julian war so atemberaubend, wie er sie in Erinnerung hatte. Sie war groß, gut einen Meter fünfundsiebzig; der scharlachrote Hosenanzug sah blendend aus zu ihrem langen dunklen Haar. Soweit Randollph sehen konnte, war sie kaum geschminkt, wenn sie auch wahrscheinlich mit diskreter Hand einiges dafür getan hatte, das eine Spur zu lange Gesicht weicher und die etwas zu stark hervorspringende Nase zarter erscheinen zu lassen.

»Miss Julian, das ist Dr. Randollph.«

»Es freut mich –«, sagte Lisa Julian, dann riß sie plötzlich die Augen auf. »Mein Gott! Con Randollph!« Sie warf ihm die Arme um den Hals. »Ich kann's nicht glauben. Aber du bist es doch, nicht wahr? Deine Nase ist nicht mehr krumm, aber du bist es!«

Sie küßte ihn nach jedem Satz, und Randollph vermerkte mit Befriedigung, daß Evelyn, die Empfangsdame, das alles baß erstaunt verfolgte. Miss Windfall stand offenen Mundes da, aus allen Wolken gefallen.

Schließlich ließ Lisa Julian von Randollph ab und trat einen Schritt zurück.

»Sag mal, was fällt dir eigentlich ein, einen Geistlichen zu spielen?« fragte sie.

»Ich spiele nicht.«

Kopfschüttelnd folgte sie ihm in sein Arbeitszimmer.

Randollph, dem es Unbehagen bereitete, sich über den breiten Mahagonischreibtisch hinweg zu unterhalten, den Dr. Hartshorne für einen Pastor seiner hohen Würde für angebracht gehalten hatte, ging zu der Sitzgruppe, die er hatte aufstellen lassen. Nachdem er Lisa zum bequemsten Sessel geführt hatte, ließ er sich auf dem abgewetzten braunen Ledersofa nieder.

»Ich kann's nicht fassen«, sagte sie. »Du Pfarrer! Und mein Pastor, soweit ich überhaupt einen für mich beanspruchen kann.«

Randollph rutschte etwas verlegen auf dem Sofa hin und her.

»Eigentlich bin ich gar kein Pastor«, erklärte er.

»Was tust du dann hier?«

»Oh, ich bin ordiniert. Aber an sich unterrichte ich. Kirchengeschichte. An einem Seminar in Kalifornien. Aber ich bringe dich nur ganz durcheinander, nicht? Es ist so schön, dich wiederzusehen, Lisa.«

»Ich finde es auch schön, dich wiederzusehen, Con, obwohl ich sehr wütend auf dich sein sollte. Aber noch mal – was tust du hier?«

»Ich bin nur vorübergehend hier, Lisa. Der Bischof, der am Seminar einer meiner Lehrer war, hat mich dazu überredet, Urlaub zu nehmen und als Interimspastor hierherzukommen, damit die Kirche in Ruhe einen Mann suchen kann, der das Amt auf Dauer übernehmen soll.«

»Ach, so ist das. Und du wirst mich also trauen. Der Mann, den ich heiraten wollte, wird mich mit dem Mann trauen, der . . .« Sie ließ den Rest unausgesprochen. Randollph wartete voll nervöser Unruhe. Lisa kicherte. »Keine Angst, Con, Liebster, ich habe dich überwunden. Vor Jahren schon. Vielleicht war es nur das tolle Gefühl, die Freundin von Con Randollph zu sein, dem Starverteidiger der Rams, das mich so betört hat. Mein Gott! Vom Profi-Football auf die Kanzel! Von den Rams zur Religion! Hast du dir die Nase operieren lassen?«

»Ja, eine kleine Sache.«

Lisa neigte den Kopf zur Seite.

»Ich glaube, mir hat die alte besser gefallen. Der herrlich brutale Ausdruck ist weg.« Sie setzte sich gerade. »Aber ich bin nicht hergekommen, um über die Vergangenheit zu sprechen. Ich werde von jetzt an in Chicago leben, jedenfalls die meiste Zeit.«

»Du gibst deine Karriere auf?«

»Nicht ganz. Ich habe vor, jedes Jahr einen Film zu machen oder so. Mit dem Flugzeug ist's nicht weit nach Kalifornien. Aber ich gebe mein Wanderleben auf und werde eine brave Ehefrau. Vielleicht gehe ich auch zur Kirche. Bei Gelegenheit möchte ich mal hören, wie du zur Religion gekommen bist. Bist du sehr fromm?«

»Gar nicht.«

»Muß man das nicht sein, wenn man Pfarrer ist?«

»Nicht, wenn man nur Interimspastor ist. Erzähl mir was über den Mann, den du heiratest.«

Sie lehnte sich in ihrem Sessel zurück.

»Carl Brandt. Dr. Brandt. Er arbeitet mit meinem Vater und meinen Brüdern in der Klinik. Du kennst die Klinik?«

»Ich habe davon gehört. Und du hast endlich jemanden gefunden, den du liebst?«

»Ich war hundertmal verliebt. Vielleicht noch öfter. Ich bin die Liebe müde. Nein. Das himmelhochjauchzende Glück ist das nicht. Er ist ein guter Mensch. Anständig. Gütig. Ein bißchen spießig. Sehr gewissenhaft, was seine Arbeit angeht – er ist Chirurg wie mein Zwillingsbruder Kermit. Er hat viel Ähnlichkeit mit Kermit. Keine Phantasie, aber zuverlässig. Vielleicht heirate ich ihn deshalb. Vater hatte immer so viel zu tun, daß er kaum Zeit für mich hatte. Kermit war wie – nun, wie ein Vater, obwohl er nicht mein Vater war.«

»Ersatz«, sagte Randollph.

»Genau. Er hat mich immer beschützt. Vielleicht suche ich einen Beschützer.«

Randollph machte unverbindlich: »Hm.«

»Ach, du meinst, das reicht nicht für eine Ehe?« griff Lisa an. »Dann will ich dir mal was sagen, Con Randollph, Doktor der Theologie –«

»Der Philosophie«, korrigierte Randollph.

»Ist ja egal. Ich habe genug von den strahlenden, geistsprühenden Tausendsassas.« Sie seufzte und wurde wieder ruhiger. »Was schreie ich dich eigentlich an? Es ist einfach – na, man könnte es vielleicht eine geistige Wandlung nennen. Eine Religion oder so was habe ich nicht. Ich habe mein Leben, so wie es war, satt. Ich möchte ein bißchen Stabilität. Wurzeln. Ich möchte sogar Kinder. Ist das so sonderbar?«

»Gar nicht«, erwiderte Randollph. »Das sind ganz normale Empfindungen. Und ich könnte mir vorstellen, daß sie keine schlechte Basis sind für eine gute Ehe. Wirklich keine schlechte Basis.«

Lisas Gesicht hellte sich auf.

»Danke, Con, für dein Verständnis. Fast keiner versteht das. Oh, mein Vater ist natürlich froh, daß ich endlich eine Familie haben möchte. Und mein Bruder Kermit sieht es auch so. Die beiden waren nie ganz einverstanden mit mir. Aber mein jüngerer Bruder – mein Stiefbruder – hält mich für verrückt. Und meine Freunde denken genauso. Sie behaupten, Carl und das Leben als Ehefrau werden mich zu Tode langweilen. Aber ich brauche das jetzt. Ich kann sie nur nicht davon überzeugen.«

»Mich mußt du nicht überzeugen. Nur dich selbst.«

»Ich weiß«, sagte sie, und ihre Stimme klang beinahe positiv. »Also, besprechen wir die Trauung.«

Randollph erkannte bald, daß er da überfordert war. Er hatte zwar ausreichend Ahnung, um eine Besprechung zwischen Lisa und Tony Agostino zu vereinbaren, dem Organisten; was jedoch die Vorausplanung für den Ablauf der Zeremonie anging, so war er von jeder Sachkenntnis unbeleckt. Er vermutete aber, daß der Bischof ihn vor dem Probetag mit Instruktionen vollstopfen würde.

»Ich kenne deine Brautjungfer«, bemerkte er, während er zusah, wie Lisa einige Punkte auf einer endlos scheinenden Liste abhakte.

Sie blickte auf. »Tatsächlich? Wie kommt ein würdevoller Pastor dazu, mit Chicagos beliebtestem Fernsehstar Bekanntschaft zu schließen? Gehört sie zu deiner Gemeinde?«

»Nein. Ich war kurz nach meiner Ankunft hier Gast in ihrer Sendung.«

»Weiß sie etwas von uns?«

»Sie weiß, daß wir vor Jahren mal befreundet waren.«

»Hast du ihr gesagt, wie gut befreundet?«

Randollph wand sich auf seinem Sofa.

»Ich glaube, sie hat den Eindruck, daß unsere Bekanntschaft ganz oberflächlich war.«

»Aha, du hast sie also belogen, wie, Con?« Lisa lachte. »Du scheinst sie zu mögen. Na, alter oberflächlicher Freund, ich sag' nichts, wenn du nichts sagst.«

Randollph schämte sich seiner Erleichterung.

Lisa stand auf. »Ich habe dich überwunden, Con, Gott sei Dank. Es hat lange genug gedauert. Aber wir werden uns jetzt eine Weile ziemlich viel sehen, und es gibt keinen Grund, weshalb wir nicht gute Freunde sein könnten. Nur eins macht mir zu schaffen.«

»Was denn?«

»Wenn ich durch den Gang komme und dich da in deinem Pfarrerkostüm stehen sehe, dann erinnere ich mich vielleicht an Dinge, an die eine Braut nicht denken sollte.«

Sie drückte ihm einen Kuß auf die Stirn und ging.

4

Als Randollph nach dem Mittagessen in sein Büro zurückkam, sagte Miss Windfall: »Der Bischof erwartet Sie. Und hier liegt noch ein ganzer Stapel Korrespondenz, der erledigt werden muß.«

Miss Windfall war bereit, anzuerkennen, daß Bischöfe bedeutende Leute waren, aber das, fand sie, gab ihnen nicht das Recht, den täglichen Arbeitsablauf zu stören.

Der Bischof saß in einem der zerschundenen alten Ledersessel und las ein Taschenbuch.

»Tut mir leid, daß Sie warten mußten, Freddie«, sagte Randollph.

Der Bischof knickte die Ecke einer Seite um und klappte das Buch zu.

»Ich hab's nicht eilig, C.P. Ich freue mich natürlich, Sie zu sehen, aber eigentlich wollte ich mich nur verstecken.«

»Vor wem denn?«

Der Bischof sah wirklich aus wie ein pausbäckiger Blasengel, fand Randollph.

»Vor einem meiner Brüder. Ich weiß zufällig, daß er in Chicago ist, und ich habe den Verdacht, er wird mich besuchen und mich beschwatzen wollen, für einen von seinen Problempastoren eine

Gemeinde zu finden. Außerdem ist er töricht und langweilig. Deshalb gab ich vor, es wäre meine bischöfliche Pflicht, Ihnen einen Besuch zu machen und mich zu erkundigen, wie Sie hier zurechtkommen. In Wirklichkeit wollte ich nur in aller Ruhe diesen Schund lesen, einen Cowboy-Roman.«

»Ihre Motive sind vielleicht unwürdig, Freddie, willkommen sind Sie mir trotzdem. Und ich habe ständig fachlichen Rat nötig, wie es scheint.« Randollph zog sich einen Sessel heran und setzte sich. »Ich habe eben einen Termin für eine Trauung vereinbart und habe nicht die blasseste Ahnung, wie so eine Feier abläuft.«

»Trauungen«, meinte der Bischof sinnend, »die habe ich geliebt, als ich Pastor war. Eine Hochzeit ist Freude, Hoffnung, frohe Erwartung, die Geburt von etwas Neuem.« Er seufzte, als trauerte er um vergangenes Glück, das nicht wieder seines Weges kommen würde. »Es freut mich, daß Sie eine Trauung haben. Kirchliche Trauungen sind nicht mehr so populär wie früher einmal. Sie könnten ein ganzes Jahr in Good Shepherd zubringen und an Ihr Pult zurückkehren, ohne bei einer Trauung amtiert zu haben. Wer heiratet denn?«

»Lisa Julian.«

»Oh, sie ist Rex Julians Tochter, nicht wahr? Er ist mein Arzt.«

»Ein guter, hoffe ich.«

Der Bischof stand auf und wanderte zum Fenster.

»Wer weiß, ob ein Arzt gut ist oder ein Scharlatan? Sie betasten einen, hören sich den Herzschlag an, nicken feierlich mit den Köpfen, als besäßen sie ein esoterisches Wissen, das Laien unverständlich ist. Dann geben sie einem ein paar Tabletten und schikken einem eine Rechnung. Das Mädchen ist Schauspielerin, nicht wahr?«

»Ja.«

»Dann kommen vielleicht zusätzliche Schwierigkeiten auf Sie zu.« Der Bischof setzte sich wieder. »Der größte Risikofaktor bei einer kirchlichen Trauungszeremonie ist die Mutter der Braut. Sie will nämlich alles bestimmen. Sie müssen hart sein mit ihr.«

»Nur zu, Freddie. Was blüht mir noch?«

»Hm, eventuell ein Bräutigam, der nach seiner Abschiedsfeier vom Junggesellenleben völlig verkatert ist. Oder ein Brautführer, der sich zuviel Mut angetrunken hat und den Ring nicht mehr findet. Und in diesem besonderen Fall werden Sie es auch mit Reportern und Fernsehkameras zu tun bekommen. Die werden dauernd um Sie rumtänzeln und der Braut Blitzlichter ins Gesicht knallen, wenn sie ›ja‹ sagt.« Der Bischof stand auf. »Ich glaube, die Gefahr hat sich jetzt verzogen und ich kann wieder in mein Büro gehen. Ich leihe Ihnen ein Buch, in dem der Ablauf einer kirchlichen Trauung genau dargelegt ist.«

»Danke, Freddie. Das ist wirklich nett.«

An der Tür blieb der Bischof noch einmal stehen.

»C.P., ich weiß, einer der Gründe, weshalb Sie meine Einladung, Ihren einjährigen Urlaub als Interimspastor von Good Shepherd zuzubringen, angenommen haben, war der, festzustellen, wie es ist, in der vordersten Reihe zu kämpfen.«

»Das war einer der Gründe, ja«, gab Randollph zu.

»Sie dürfen aber nicht vergessen, daß Good Shepherd keine typische Gemeinde ist. Ich stehe einer Kirche im Bauch eines Wolkenkratzerhotels, das ihr auch noch gehört, mit gemischten Gefühlen gegenüber. Und ich mache mir Gedanken über eine Kirche, die so großzügig mit Stiftungsgeldern versehen ist wie diese. Der Symbolismus stimmt nicht. Das ist eine zu enge Verquickung von Gott und Mammon.«

»Wäre Ihnen wohler, Freddie, wenn Good Shepherd ihre Beiträge an Ihre Geschäftsstelle einbehielte?« Randollph grinste seinen alten Freund an.

»Himmel, nein, C.P.!« antwortete der Bischof verschmitzt. »Zwar zwickt mich das Gewissen deshalb manchmal, aber gute Administratoren lassen sich vom Gewissen niemals in der Amtsführung behindern. Ich sage mir einfach, daß die großzügigen Beträge, die Good Shepherd spendet, zum höheren Wohle der Kirche in ihrer Gesamtheit sind. Dann ist mein Gewissen besänftigt, und ich stürze mich wieder in die Arbeit.«

Er steckte den Cowboy-Roman in seine Jackentasche und ging.

Das Schiff der Good Shepherd Kirche ist eine Mischung aus verschiedenen architektonischen Stil- und Geschmacksrichtungen, teils guten, teils schlechten. Das byzantinische Grundmotiv ist mit ein bißchen Romanik hier und ein wenig Gotik dort aufgetakelt. Reihen baulich überflüssiger Säulen, mit Mosaiken in Blau und Gold gekachelt, scheinen ein Giebeldach zu tragen. Strenge gotische Fenster, in deren von Heiligen belebten Scheiben sich niemals Sonnenstrahlen gespiegelt haben, glänzen stumpf im schwindsüchtigen Schein indirekter Neonbeleuchtung. Golden schimmernde Christen des Mittelalters auf einem alten Triptychon – das wahrscheinlich ein Jahrhundert früher aus irgendeiner italienischen Kirche des fünfzehnten Jahrhunderts gestohlen wurde – blicken ernst auf einen Altar des sechzehnten Jahrhunderts. Obwohl Randollph das architektonisch Bizarre und die stellenweise grobe Geschmacklosigkeit sah, gefiel ihm das Kirchenschiff. Es spiegelt wahrscheinlich den zerrissenen und rastlosen Charakter der Gemeinde wider, dachte er.

Seit einigen Minuten schon wanderten jetzt Leute aus der Narthex herein, ballten sich am Ende des Schiffs zu einer Gruppe zusammen wie Flüchtlinge, die auf einem riesigen Bahnhof auf den nächsten Zug warten. Randollph wußte nicht recht, was nun auf dem Plan stand.

»Holen wir sie nach vorn, Boss«, sagte Dan Gantry, »und zählen wir ab. – Okay!« rief er mit Stentorstimme. »Alles nach vorn in die Mitte!«

Randollph war baff, aber Dan erklärte ihm: »Man muß wie ein Feldwebel auftreten, um sie auf die Beine zu bringen.«

Der Knoten löste sich auf. Zaghaft, als prüften sie unvertrautes Gelände, kamen die Menschen nach vorn. Dan trieb die Nachzügler zusammen, fegte sie in die vorderen Reihen.

»Gut, erst wollen wir uns mal bekanntmachen.« Dan stand vor der Gruppe, Hände in die Hüften gestemmt, Kinn vorgeschoben. Er leitet die Probe zu einer kirchlichen Trauung, als hätte er einen Haufen Pfadfinder vor sich, dachte Randollph. »Wo ist die

Braut?«

»Die kommt gleich«, antwortete ein schlankes blondes Mädchen. »Sie und Sam Stack hatten noch was zu erledigen.«

»Gut. Sam Stack ist eine gute Bekannte von mir, aber die Braut habe ich noch nicht kennengelernt. Ich bin Dan Gantry, einer der Pastoren von Good Shepherd. Das ist Dr. C. P. Randollph.« Er wies mit dem Kopf auf Randollph. »Er amtiert bei der Trauung. Da es seine erste Trauung in dieser Kirche ist, hat er mich gebeten, bei der Probe zu helfen, um Ihnen eine grobe Vorstellung zu geben. Und das hier –«, er zeigte auf einen dunkelhaarigen, lächelnden Mann in einem blauen Jeansanzug – »ist Tony Agostino. Mr. Anthony Agostino, der Organist von Good Shepherd. Tony ist der beste Organist von Chicago, aber passen Sie auf Ihre Freundinnen auf. Der Bursche hat's in sich.«

Nervöses Gelächter von der Gruppe.

Randollph fragte sich, ob Dans lockere Art, diese Aufgabe in Angriff zu nehmen, typisch war. Als er Dan gebeten hatte, ihm zu helfen, hatte der gesagt: »Klar, Boss. Ich habe nicht viel Gelegenheit, große Hochzeiten abzuhalten, aber ich habe immer die Proben für den alten Arty Hartshorne übernommen. Der ist Montagmorgen abgedampft und im allgemeinen erst Samstagabend zurückgekommen. Da mußte ja einer mit ihnen proben. Ich kenne mich deshalb aus.«

Zur Probe gehörte es offenbar auch, daß man sich mit den einzelnen Mitgliedern der Hochzeitsgesellschaft bekannt machte. Dr. Rex Julian war schätzungsweise fünfundsechzig, ein gesetzter, kräftiger Mann mit ausgeprägten Gesichtszügen und vollem grau-weißem Haar. Dr. Kermit Julian war eine jüngere Ausgabe des Vaters.

Den Bräutigam musterte Randollph mit Interesse. Dr. Carl Brandt hatte äußerlich nicht viel Ähnlichkeit mit Dr. Kermit, den er ja, wie Lisa angedeutet hatte, möglicherweise ersetzen sollte. Seine Züge waren feiner geschnitten, hatten beinahe einen femininen Einschlag. Blaue Augen, hellbraunes Haar. Sein Gesichtsausdruck jedoch ließ vermuten, daß er und Dr. Kermit das Leben aus ähnlicher Perspektive sahen. Was hatte Lisa gesagt? Spießig.

Keine Phantasie. Randollph glaubte es gern.

Dr. Valorous Julian, Lisas Stiefbruder, schien nicht zur selben Familie zu gehören. Modisch geschnittenes strohblondes Haar hing locker um ein etwas rundliches Gesicht mit lebhaften blauen Augen. Er trug ein gelbes Polohemd aus Wolle, im offenen Kragen einen braun-gelb gemusterten Seidenschal, darüber ein kamelhaarfarbenes Kaschmirjackett. Ungefähr siebenhundert Dollar, schätzte Randollph. Dr. Valorous Julian hatte allem Anschein nach keine spießige Einstellung zum Leben.

Dan sagte: »Das ist Dr. Valorous Julian. Wollen wir, Val?«

»Warum nicht?« erwiderte Dr. Val Julian. »Die Braut ist ja noch nicht hier. Vorher können wir sowieso nicht anfangen.«

Er trat nach vorn zu Dan.

»Eins, zwei, drei«, sagte Dan, und die beiden Männer stimmten ›Yessir, That's My Baby‹ an, tanzten dazu einen übertriebenen Charleston.

Perplex fragte sich Randollph, ob die längst dahingeschiedenen Diakone von Good Shepherd, deren Geister vielleicht im Raum schwebten, dies als Entweihung einer heiligen Stätte oder als Tanz zur Ehre des Herrn deklarieren würden.

Der Tanz war beendet. Die Gruppe brach in Bravorufe und Pfiffe aus. Dan und Val klatschten in die Hände.

»Sie müssen entschuldigen«, sagte Dan etwas außer Atem zu Randollph. »Val und ich sind bei der Theaterwerkstatt. Das ist eine Nummer aus der letzten Produktion.«

Val musterte mit ernster Miene Dans geflickte Jeans, das Waschlederhemd mit dem offenen Kragen, das silberne Medaillon, das an einem Lederband hing.

Mrs. Rex Julian war unverkennbar Vals Mutter. Ungefähr zehn Jahre jünger als ihr Mann, schätzte Randollph. Sie und Val hatten das gleiche strohblonde Haar, ähnliche Babygesichter, die gleiche Neigung zur Rundlichkeit. Sie hatte ihre eigenen Vorstellungen von der Trauung.

»Ich glaube, es wäre das beste, den Altar und das Bild darauf –«

»Triptychon«, warf Randollph ein.

»Ja, gut – also beides zu entfernen. Wenn wir dann noch das Ding wegstellen, auf dem die Bibel liegt –«

»Lesepult«, sagte Randollph.

»– dann könnten wir als Hintergrund eine Vergrößerung einer Szene aus einem von Lisas Filmen nehmen, und die Orgel könnte das Leitmotiv aus einem ihrer Filme spielen – aus ›Love's Return‹ zum Beispiel, das gefällt mir –, während der Hochzeitszug einmarschiert.« Sie kommandierte, als hätte sie eine Schar Verkäuferinnen um sich, die sie bedienen sollten. »Damit würde die Trauung gleich unter ein hübsches Thema gestellt.«

Tony Agostino, Randollph sah es, war sprachlos. Dan Gantrys Gesicht war krebsrot. Er wollte etwas sagen, aber Randollph legte ihm beschwichtigend die Hand auf den Arm.

»Ich fürchte, das wird nicht möglich sein, Mrs. Julian«, meinte Randollph ruhig.

»Wieso nicht?« Mrs. Julian machte kein Hehl aus ihrem königlichen Unwillen. »Es ist unsere Hochzeit. Wir können jedes Thema wählen, das uns gefällt. Wir können machen, was wir wollen.«

Randollph erwiderte geduldig: »Eine kirchliche Trauung steht bereits unter einem Thema, Mrs. Julian. Sinn und Gegenstand der kirchlichen Trauung ist es, Gott um seinen Segen für die Ehe zu bitten, die in Anwesenheit der Gemeinde geschlossen wird. Die Kirche schreibt vor, wie das abläuft. Wenn Lisa eine weltliche Trauung wünscht, kann sie einen öffentlichen Saal mieten und sich einen Friedensrichter holen und die Feierlichkeiten so planen, wie es ihrem Geschmack entspricht. Aber wenn ihre Trauung in der Kirche stattfinden soll, dann wird sie nach dem Ritual der Kirche ablaufen. Und da ich die Kirche vertrete, kommt es mir zu, zu entscheiden, was angebracht ist und was nicht.«

»Ich verstehe trotzdem nicht –«

Val unterbrach sie: »Mutter, er erklärt dir auf äußerst höfliche Art und Weise, daß *er* hier das Sagen hat und daß es völlig unwichtig ist, was *du* willst. Komm, hör doch auf, damit wir endlich weitermachen können.« Er wandte sich an Randollph: »Con, wenn ich Ihren Spitznamen aus sportlichen Zeiten gebrauchen darf, als Sie Spielführer bei den Rams waren, sind Sie da auf Widerstand gestoßen, wenn Sie Ihre Vorschläge zu den Spielzügen gemacht haben?«

Randollph lächelte. »Ab und zu«, antwortete er, »aber nie öfter als einmal vom selben Mann.«

Randollph wußte, daß ihm Dr. Valorous Julian gefallen konnte.

Zum Glück wurde die Spannung von der Braut und ihrer Ehrendame beseitigt, die beide recht atemlos in die Kirche gelaufen kamen.

»Entschuldigung allerseits.« Lisa küßte Randollph auf die Wange. »Tag, Con.« Sam Stack küßte ihn ebenfalls auf die Wange und murmelte auch: »Tag, Con.«

»Ähem«, sagte Randollph. »Sollen wir weitermachen?«

Die Truppe der Platzanweiser, entdeckte er, stand unter der Leitung von Dr. Val und war verstärkt durch mehrere bekannte Schauspieler. Dazu gehörte Amos Oregon, der immer wortkarge Revolverhelden spielte. Er sah Lisa an, als hoffte er, sie in sein Bett zu kriegen, ehe die Nacht um war. Weiter Jaime DeSilva, ein lateinamerikanischer Typ, ausgezeichneter Tänzer und passabler Sänger, der in mehreren Musicals Lisas Partner gewesen war. Schließlich noch Harmon Ballantine, ein gutaussehender, düster blickender Mann, der sich als Bösewicht mit Erpressung, Betrug und Mord in zahllosen Fernsehfilmen den Weg zu Reichtum und Ruhm gebahnt hatte.

Auch unter den Brautjungfern war die Filmwelt vertreten. Annette Paris war da, blond und wohlgerundet, die als neue Ann-Margret groß herausgebracht worden war, aber es nie ganz geschafft hatte. Randollph erinnerte sich, daß Annette und Lisa eine Zeitlang mal eine gemeinsame Wohnung gehabt hatten. Er wurde mit Marty McCall bekannt gemacht, die bemerkenswerte Ähnlichkeit mit der jungen Doris Day hatte, und mit Willa Ames, einer kleinen, zarten, ernsten Schauspielerin, die am Broadway angefangen hatte und bereits zweimal für den Oscar nominiert worden war.

Das ist keine gewöhnliche Trauung, sagte sich Randollph. Reporter und Fotografen würden wahrscheinlich wie ein Heuschreckenschwarm in die Kirche einfallen. Noch ungewöhnlicher jedoch war das Gewirr menschlicher Beziehungen. Welcher Art war Lisas Beziehung zu Oregon und DeSilva gewesen? Wie stand Lisa mit ihrem Vater, ihrer Stiefmutter, ihrem Zwillingsbruder? Mochten die Brüder Julian einander, und was dachten sie von Dr. Brandt, der jetzt in ihre Familie aufgenommen werden sollte? Mit Unbehagen war sich Randollph auch der ungewöhnlichen Beziehung zwischen dem amtierenden Geistlichen und der Braut bewußt. Wie viele Fäden von Zuneigung und Eifersucht, Leidenschaft und Abneigung, Liebe und Haß verknüpften alle diese Menschen miteinander? Er war froh, daß er es nicht wußte.

»Schön, jetzt, da wir uns alle kennen, kommen Braut und Bräutigam, Brautführer, Ehrendame, Brautjungfern und Platzanweiser hierher ans Geländer zur Kanzel. Ich sage Ihnen genau, was Sie zu tun haben, wenn Sie alle hier versammelt sind, sobald der Einmarsch vorbei ist und die Zeremonie beginnt«, nahm Dan seinen Part wieder auf.

»Brauchen Sie mich nicht?« Mrs. Rexford Julian hatte eine blutige Nase, aber sie war noch nicht k. o.

»Nein«, erwiderte Dan. »Ich sag's Ihnen, wenn ich Sie brauche. Bleiben Sie vorerst da sitzen, und wirken Sie dekorativ.«

Mrs. Julian hatte keinen guten Tag, aber Randollph war unfähig, auch nur eine Spur christlicher Teilnahme für sie aufzubringen.

Während Randollph genau zusah, ließ Dan die Hochzeitsgesellschaft Aufstellung nehmen und führte sie durch das Ritual.

»Jetzt den Einmarsch«, verkündete er. »Alle außer Brautführer und Bräutigam in die Narthex. Dalli!«

Dan mag sich die äußere Erscheinung eines Blumenkindes geben, dachte Randollph, er besitzt die Managerinstinkte eines Admirals oder Bischofs.

Randollph wartete mit Dr. Brandt und Dr. Kermit Julian unter der Kanzel. In der Narthex reihte Dan die Gesellschaft auf, dann brüllte er: »Okay, Tony, hau in die Tasten!«

Tony Agostino ließ die große Orgel dröhnen, daß fast die

Dachbalken unter den Klängen von Purcell erzitterten. Zwei und zwei schritten die Platzanweiser durch den Gang, offenbar zu Dans Zufriedenheit. Aber als Willa Ames, die erste Brautjungfer, mit einem stilisierten Verzögerungsschritt das Kirchenschiff betrat, schrie er: »Nein! Verdammt noch mal, nein! Schluß, Tony!« Dann zu der verwirrten Schauspielerin: »Kein Schleppschritt! Das sieht unmöglich aus! Ein würdevolles Schreiten!«

Wenn Dan die Proben leitete, dann mußten berühmte Schauspielerinnen offenbar genauso parieren wie alle anderen. Randollph war froh, daß Dan die Führung der Truppe übernommen hatte.

Nach drei Durchgängen hatten alle, einschließlich Randollph, kapiert. Dan probte mit großer Gewissenhaftigkeit den Moment, in dem der Bräutigam die Braut zu küssen hatte; diesen Teil der Feier vollzog ein verlegener Dr. Brandt, als müßte er eine traurige Pflicht erfüllen.

»Küssen Sie sie richtig!« befahl Dan. »Sie ist nicht zerbrechlich.«

Lisa kicherte.

»Sie sollten das Küssen vielleicht noch ein bißchen üben«, ermahnte Dan Braut und Bräutigam. »Okay, die Platzanweiser sind eine Stunde vorher da. Keine Fotoapparate in der Kirche. Führen Sie nie einen Mann allein zu einem Platz. Zeigen Sie ihm nur, wo er sich hinsetzen kann. Noch Fragen? Gut. Die Probe ist beendet. Bemühen Sie sich, morgen nüchtern zu sein.«

Die Gesellschaft zerstreute sich. Randollph bemerkte, daß Jaime DeSilva und Harmon Ballantine mit zwei Brautjungfern gingen, an deren Namen er sich nicht erinnern konnte. Amos Oregon eilte mit Trauermiene allein hinaus.

»Rette mich von einem scheußlichen Tag, C.P.«, sagte Sam Stack. »Bring mich heim. Tröste mich mit Äpfeln. He, woher habe ich denn diese blöde Wendung?«

»Das ist der Titel von einem Roman. Natürlich bringe ich dich nach Hause. Ich habe dich vorher nur deshalb nicht gefragt, weil ich von der Probe für meine erste Trauung so absorbiert war. Kannst du mir verzeihen?«

»Nimm mich nicht als selbstverständlich hin, C. P. Ich mag dich, aber nimm mich nicht als selbstverständlich hin.«

»Das werde ich nie tun. Zu deinen Reizen, die aufzuzählen viel zu lange dauern würde, gehört ja gerade, daß man dich nicht als selbstverständlich hinnehmen kann.«

Sam Stack war erfreut.

»Das gefällt mir. Bitte, zähl ruhig ein paar meiner anderen Reize auf, C. P.«

»Mit Vergnügen. Aber für die, die ich im Sinn hatte, wäre ich lieber ungestört.«

Sie nahm seine Hand. »Wieso stehen wir dann noch hier rum?«

Draußen spülte ein feiner, warmer Regen die Straßen und Bürgersteige. Ein Straßenprediger unter der Markise eines Theaters redete mit unheilschwangerer Stimme drei gelangweilten Zuhörern ins Gewissen. Zwei schwarze Nutten in Miniröcken und weißen Knautschlackstiefeln lungerten vor dem Hotel der Good Shepherd Kirche herum und taxierten mit sachlichen Mienen, die keine Gefühlsregung zeigten, die Aussicht auf Geschäfte. Der Portier half Hotelgästen in wartende Taxis, strich seinen Vierteldollar ein und sah ihnen nach, wenn sie davonbrausten, Kultur oder Sünde entgegen.

Während sie auf ein Taxi warteten, sagte Sam Stack: »Ich war heute den ganzen Tag deprimiert.«

»Warum?« fragte Randolph.

»Weil Hochzeiten mich aufregen und mir dabei ganz romantisch zumute wird.«

»Wie schön.«

»Still. Aber bei dieser Hochzeit nicht.«

»Ich war zwar bisher auf Hochzeiten stets nur Gast, so daß meine Erfahrungen ziemlich beschränkt sind. Aber ich hatte immer den Eindruck, eine Hochzeit ist so ziemlich wie die andere. Was ist denn an dieser hier so anders?«

Sam überlegte einen Moment.

»Zum Teil kommt es daher, daß ich einige von den Leuten, die dabei sind, nicht mag.«

»Zum Beispiel?«

»Annette Paris.«

»Was ist denn mit ihr? Eklatante Mängel konnte ich an ihr nicht bemerken.«

»Natürlich nicht. Du bist ja auch ein Mann. Außerdem weiß ich selbst auch gar nicht genau, was ich an ihr nicht mag.«

»Wer sonst konnte sich deine Zuneigung nicht erobern?«

»Amos Oregon. Er ist so mürrisch. Und Jaime DeSilva.«

»Warum der?«

»Der hat sich ganz frech hinter mich gestellt und mir die Hand auf den Busen gedrückt. Ob ich heute abend was vorhätte, wollte er wissen.«

Randollph fand DeSilva augenblicklich äußerst unsympathisch.

»Aber ich habe Erfahrung im Umgang mit solchen Kerlen«, sagte sie.

»Wie bist du denn mit ihm umgegangen?«

»Ich hab seine Hand weggeschlagen und gesagt, für kleine Jungen mit so wenig Raffinement wäre ich zu reif. Dann habe ich ihm die Adresse von einem Bordell gegeben und gesagt, er sollte sich dort was über den Umgang mit Frauen beibringen lassen.«

Randollph lachte.

»Aber in erster Linie hat mich diese Familie deprimiert«, fuhr Sam fort. »Lisas Vater empfindet, soweit ich sehen konnte, überhaupt nichts, weder positiv noch negativ. Lisas Stiefmutter ist mir ein Greuel. Und wer ist auch nur im geringsten aufgeregt über diese Hochzeit? Lisa? Du hast sie ja heute abend gesehen. Carl Brandt? Dan konnte ihn kaum dazu bewegen, die Braut zu küssen. Kermit? Ich weiß, er liebt seine Zwillingsschwester von Herzen, aber man könnte meinen, es ist ihm völlig gleichgültig, ob die Hochzeit stattfindet oder nicht. Val ist der einzige von der Familie, der sich ein bißchen daran freut, aber Val ist eben ein Lebenskünstler.« Sie fröstelte und drängte sich näher an Randollph. »Irgendwie gefällt mir das Ganze nicht.«

»Taxi, Sir?«

Randollph half ihr in den Wagen.

»Manchmal«, sagte er, »hatten wir bei den Rams eine Woche nur mißglückte Trainingsspiele, aber am Sonntag dann spielten wir wie die jungen Götter. Hoffen wir, daß das bei dieser Hochzeit auch so sein wird.«

Er lehnte sich zurück, als der Portier dem Fahrer die Adresse von Sam angab und die Tür zuschlug.

6

Das Drake gehört zu Chicagos großen alten Hotels. An der Ecke gelegen, wo der North Michigan Boulevard und der Lakeshore Drive zusammenlaufen, scheint es wie eine massige Festung das Stadtinnere vor Eindringlingen vom See her zu schützen. Es hat keine Glasaufzüge, die einander wie durchsichtige Flitzekäfer die Stockwerke hinauf- und hinunterjagen, und das Foyer ist altmodisch. Aber ein großer Stamm treuer Kunden hält dort immer wieder alle jene Veranstaltungen ab, für die ein Hotel den besten Rahmen abgibt. Sehr viele Hochzeitsempfänge finden im Drake Hotel statt.

Randollph kam spät. Er wußte, daß es angemessen gewesen wäre, zum Empfang in seiner Amtstracht zu erscheinen. Aber er hatte sich gerade erst eine blaßblaue Smokingjacke aus Rohseide gekauft und dazu ein elegantes Hemd von noch hellerem Blau und konnte es nicht erwarten, die neuen Sachen anzuziehen. Außerdem kratzte ihn der steife Halskragen immer. Er hatte sich deshalb die Zeit genommen, sich umzuziehen. Dan Gantry, dank seiner Bekanntschaft mit Dr. Val geladener Gast, hatte sich erboten, auf ihn zu warten und ihn dann zum Hotel zu fahren. Dan hatte, wie Randollph feststellte, sein bizarres Alltagsgewand mit einer weißen Smokingjacke getauscht.

Dan steuerte den grünen Ford, den die Good Shepherd Kirche ihren Pastoren zur Verfügung stellte, durch das Getümmel des Nachmittagsverkehrs im Loop.

»Hat bestens geklappt«, bemerkte er, während er ein aggressives Taxi schnitt und bei Gelb noch über eine Kreuzung glitt. »Dank meiner sachkundigen Führung bei der Probe und weil ich gleich in der Narthex für die richtige Aufstellung gesorgt habe.«

»Ich wußte gar nicht, daß Sie da hinten waren«, sagte Randollph.

»Doch. Einer muß immer in der Narthex sein und den Startschuß für den Einmarsch geben. – Ha, bei dem Junggesellenabschied hätten Sie dabeisein sollen«, fügte Dan hinzu.

Randollph war froh, daß er nicht dabeigewesen war.

»War's nett?«

»Wenn man das nett nennen kann, daß sich ein Haufen besoffener Trunkenbolde dreckige Witze erzählt«, erwiderte Dan. »Ach, aber es war nicht schlecht. Sogar Kermit und Carl sind aus sich rausgegangen. Das ist oft so bei seriösen Burschen – man braucht sie nur ein bißchen zu begießen, und sie werden direkt lustig. Und Val, na, der ist ja für solche Feste wie geschaffen. Er war der Conférencier. Er brachte Carl und Kermit tatsächlich dazu, ein Duett zu singen – lauter zotige Lieder natürlich. Er hielt dann einen Vortrag über eine empfängnisverhütende Pille für Männer. Umwerfend, sag ich Ihnen. Und dann setzte er sich eine Perücke auf und spielte Lisa in einem ihrer Musicals, wie sie ein Liebeslied singt. Verblüffend gut. Danach habe ich dem Bräutigam einen Vortrag über seine zukünftigen Pflichten als Ehemann gehalten. Ich glaube, ich war ganz gut. Jedenfalls haben alle gelacht. Aber die waren auch so blau, daß sie sogar bei ›Hänschen klein‹ gelacht hätten.«

Dan manövrierte den Ford durch die kleine Lücke, die von den in zweiter Reihe parkenden Wagen offengelassen worden war, und übergab den Wagen dem Portier.

Drinnen erkundigte sich Randollph, wo der Empfang stattfände.

»Um welchen handelt es sich, Sir? Im Augenblick finden bei uns mehrere Empfänge statt.«

Randollph sagte es ihm.

»Das ist Saal C«, teilte ihm der Angestellte mit und beschrieb ihm kurz den Weg.

Der Empfang hatte bereits die Phase erreicht, in der getanzt wurde. Samantha Stack lag in den Armen von Harmon Ballantine und sah hingerissen aus. Randollph nahm sich ein Glas vom Tablett eines vorübereilenden Kellners und kippte es hinunter, obwohl er Champagner nicht mochte.

»Ist Ihnen eine Laus über die Leber gelaufen, Doktor?« erkundigte sich Val, in jeder Hand ein Glas, und sah Randollph mit belustigtem Lächeln an.

»Oh, hallo!« Randollph bemühte sich, ein fröhliches Gesicht zu machen.

»Falls Sie durstig sein sollten, da habe ich die Lösung«, behauptete Val. »In diesem Glas hier –«, er hielt die eine Hand hoch – »ist Champagner. Ein edler Tropfen. Gutes Jahr. Aber nichts dahinter. In diesem Glas dagegen –«, er hielt die andere Hand hoch – »ist ein winzig kleiner Schuß – kapiern Sie, ein winssig kleiner Schuß – e-lsten Ko-Kognaks. Ich hab 'ne Flasche aus dem Keller von meinem hochverehrten Herrn Papa geklaut und hier va-sch-schteckt.«

Randollph fiel auf, daß Val sehr plötzlich sehr stark zu lallen anfing. Vielleicht wollte er die Geistlichkeit auf den Arm nehmen. Oder vielleicht hatte Champagner mit Kognak gemischt eine so durchschlagende Wirkung. Oder vielleicht sprach Val einfach dem Kognak mehr zu als dem Champagner.

»Kognak iss sowie-sowieso nur kon-konssentrierter Sch-schampagner«, erklärte Val. Er leerte sein Champagnerglas. »Warum sin Sie ei-ntlich von Football auf Reli-Relijon umgestiegen? Hat Sie einer bekehrt? So passiert das doch immer, oder?« Er blickte in sein leeres Glas. »Ich brauch noch was.«

»Nein, so dramatisch war das nicht«, antwortete Randollph. »Ich fand einfach, ich hätte genug Zeit damit zugebracht, ein Jungenspiel zu spielen, auch wenn es eine Menge Spaß gemacht hat.«

»Ham Sie ganz sch-schön was abbekommen, nich?«

»Stimmt. Aber das Leben war aufregend.«

»Ich bin gleich blau«, konstatierte Val. »Mor'n weiß ich bestimmt nix mehr von dem, was Sie mir da erzählen. Trink selten, nur bei so großen freudigen Anlässen, wie das hier einer ist. Ärzte sollten nicht trinken.«

»Der Chirurg braucht eine sichere Hand«, meinte Randollph und fand die Bemerkung dumm.

Val sah ihn voller Verachtung an.

»Wer iss hier 'n Schirurg? Schirurgen sind Mechaniker. Das iss was für trübe Tassen wie meinen lieben Bruder und meinen neuen Schwager. Ich bin Internist. Da braucht man Phantasie, Forscherdrang, Neugier. Tscha, ich hol mir mal noch was zu trinken.«

Er wanderte davon.

Randollph wußte nicht recht, wie der amtierende Geistliche sich beim Hochzeitsempfang zu verhalten hatte. Er versuchte, sich der vielen Hochzeiten zu entsinnen, bei denen er Gast gewesen war, und Erinnerungen an anonyme ehrwürdige Herren und ihr nachzeremonielles Verhalten einzufangen. Ein Bild trat klar zutage – ein pummeliger, kleiner Geistlicher in einem zu engen schwarzen Anzug, der die Bowle ablehnte, weil sie Alkohol enthielt, und zum Unbehagen der übrigen Gäste einen Vortrag über Mäßigkeit hielt. Das, davon war er überzeugt, war nicht seine Idealvorstellung.

Er hielt es für das Beste, sich unter die Gäste zu mischen, zumindest die Hauptpersonen des Tages zu begrüßen. Lieber hätte er nach Samantha Ausschau gehalten und sie einfach ihrem derzeitigen Tänzer entführt, aber er unterdrückte diesen Wunsch, um seiner Pflicht als Pastor Genüge zu tun, wenn er davon auch nur eine sehr unklare Vorstellung hatte.

Er steuerte auf die lange Tafel zu, auf der die Bowlen, die Champagnerflaschen in silbernen Kübeln und die hoch aufgetürmte Hochzeitstorte standen. Randollph nahm dankend ein Stück davon an, obwohl er nicht die Absicht hatte, es zu essen. Hochzeitstorten, das wußte er, waren nicht zum Essen da, sondern zum Anschauen.

Dr. Rex Julian stand in der Nähe der Tafel. Mit feierlichem Ernst begrüßte er Randollph.

»Eine sehr schöne Feier, Dr. Randollph.«

»Danke. Ich kann mir vorstellen, daß Sie sich freuen, Lisa wieder zu Hause zu haben.«

Wenn Dr. Julian sich darüber freute, so ließ er sich nichts davon anmerken.

»Sie hat eine gute Wahl getroffen. Dr. Brandt ist ein guter Mann, ein guter Arzt«, sagte der alte Mediziner. »Ich wünschte nur, ihre Mutter könnte heute hiersein. Sie starb bei der Geburt der Zwillinge, wissen Sie.«

Er schien versunken in Erinnerungen an die Vergangenheit. Randollph fragte sich, was das über die gegenwärtige Mrs. Julian aussagte.

»Ich glaube, mein Bischof gehört zu Ihren Patienten«, bemerkte Randollph, weil ihm nichts anderes einfiel.

»Wie bitte?« Dr. Julian tauchte aus seiner Versunkenheit auf. »Oh! Ja, ein ausgezeichneter Mann. Glänzender Unterhalter. Man hält viel von ihm hier in Chicago. Ein Bischof hat kein leichtes Amt. Das heißt, allzuviel weiß ich nicht darüber. Ich komme nur noch selten in die Kirche. Als Arzt hat man immer Schwierigkeiten mit der Einteilung seiner Zeit.«

Es war eine halbe Entschuldigung dafür, daß er sich noch keine von Randollphs Predigten angehört hatte. Randollph hatte ähnliche Worte schon von mehreren Gemeindemitgliedern von Good Shepherd gehört. Dies, sagte er sich, war wohl ein Ärgernis, mit dem sich alle Pastoren früher oder später abfinden mußten. Am liebsten hätte er erwidert, daß es ihm höchst gleichgültig sei, ob sie zur Kirche gingen oder nicht. Aber er wußte, daß eine solche Entgegnung seinem Amt nicht angemessen war. Vielleicht entsprang die halbherzige Entschuldigung dem schlechten Gewissen, das einem sagte, daß man am Tag des Herrn im Haus des Herrn sein sollte; daß Fernbleiben eine Entschuldigung erforderlich machte.

»Hallo, Padre!« Es war Dr. Brandt, recht animiert, der mit Annette Paris zur Tafel getanzt war. »Ich hatte noch gar keine Gelegenheit, Ihnen zu der glänzend gelungenen Feier mein Kompliment zu machen.«

Eine vom Champagner ausgelöste Hochstimmung machte den Bräutigam ungewöhnlich gesprächig. Er holte Annette ein Glas Bowle, sich selbst ein Glas Champagner. »Ist meine Braut nicht wunderbar?« Er wies auf Lisa, die mit einem düster dreinblickenden Amos Oregon tanzte. Annette, vermerkte Randollph, zog einen Schmollmund bei der Erwähnung der Braut.

»Wo verbringen Sie Ihre Flitterwochen?« fragte Randollph.

»In Irland«, antwortete Dr. Brandt. »Meine Mutter stammte aus County Cork. Eine herrliche Landschaft.« Er füllte sein Glas. »Lisa kennt das Land nicht. Es ist also in zweifacher Hinsicht eine Reise fürs Gefühl. Ich zeige meiner Braut das Land meiner Ahnen. Wir werden in den Pubs sitzen und Guinness trinken und ›Galway Bay‹ singen und nach Cork City fahren und den Blarney Stone küssen.« Er goß den Rest seines Champagners hinunter. »So, und jetzt trete ich die Suche nach meiner schönen Braut an und mache meine Rechte geltend.«

Er verschwand im Geschiebe der Paare auf der Tanzfläche. Dr. Carl Brandt, dachte Randollph, sprüht nicht gerade vor Witz, aber wenn er glücklich ist und ein bißchen beschwipst, dann ist er wenigstens menschlich.

»Tanzen wir?« Annette Paris fühlte sich offensichtlich schnöde im Stich gelassen.

»Ich wollte Sie gerade bitten«, log Randollph. »Sie sehen hinreißend aus.«

»Danke. Sie auch«, erwiderte sie, während sie mit ihrem Gesäß eine Lücke ins Getümmel schlug. »Ich hab seit meiner Schulzeit mit der Kirche nichts mehr zu tun gehabt. Aber ich dachte, Pfarrer würden immer schlotternde schwarze Anzüge tragen und aus dem Mund riechen.«

»Dann müssen Ihre Erfahrungen mit der hohen Geistlichkeit aber sehr beschränkt gewesen sein.« Lächelnd blickte Randollph auf sie hinunter.

»Kann schon sein. Aber man erwartet doch wirklich nicht, daß der bestangezogene Mann auf dem Empfang der Pastor ist. Das ist bestimmt eine der schicksten Smokingjacken, die ich je gesehen habe.«

Er spürte eine Aufwallung unchristlicher Eitelkeit. Er überlegte, ob er sagen sollte, sein Interesse an Kleidung sei eine seiner vielen Schwächen, aber im gleichen Augenblick bemerkte er Lisa, die mit ihrem frischgebackenen Ehemann vorbeitanzte, und fragte: »Kennen Sie Dr. Brandt schon lange?«

Er spürte, wie Annette in seinen Armen steif wurde, und obwohl ihr Kopf an seiner Schulter lag, war er überzeugt, daß sie wieder diesen Schmollmund zog wie schon zuvor.

»Ich kann überhaupt nicht verstehen, warum sie diesen Schwachkopf geheiratet hat.« Annette spie die Worte aus wie einen widerlich schmeckenden Bissen Essen. »Das wird noch böse enden. Ich habe das zweite Gesicht, wissen Sie. Und ich sehe eine dunkle, häßliche Wolke über ihnen hängen. Ich habe Lisa gesagt, daß etwas Schlimmes geschehen wird. Ich spüre es. Ich spüre es ganz intensiv. Und wenn ich etwas so stark spüre, dann habe ich immer recht.«

Annette hatte aufgehört zu tanzen und redete auf Randollph ein, als wollte sie ihn zum einzigen wahren Glauben bekehren.

»Sie hätte diesen blöden Carl Brandt nicht heiraten sollen. Sie hätte überhaupt nicht heiraten sollen. Es ist ihr von den Sternen nicht bestimmt zu heiraten.«

Randollph fürchtete, sie würde gleich in Tränen ausbrechen, aber da sagte Harmon Ballantine: »Sie gestatten, Doktor?« und rauschte mit ihr davon.

Randollph seufzte und sagte sich, daß er seine Überzeugung, der Allmächtige nähme auf die unwichtigen Angelegenheiten der Sterblichen keinen Einfluß, wohl noch einmal überprüfen müßte.

Allein gelassen im Gedränge hielt Randollph nach Samantha Stack Ausschau, konnte sie aber nirgends entdecken. Dafür sah er Lisa in den Armen ihres Mannes und schob sich zu den beiden durch.

»Ist die Medizin bereit, der Theologie zu weichen?« fragte er. »Ich habe noch gar nicht mit der Braut getanzt.«

»Bitte«, sagte Carl Brandt. »Ich kann noch einen Champagner vertragen. Beim Tanzen wird einem die Kehle trocken.«

»Glücklich?« fragte Randollph, als Lisa ihren Kopf an seine Schulter drückte.

»Zufrieden ist ein besseres Wort für meinen Zustand«, antwortete sie.

»Dr. Brandt scheint sehr – äh –«

Lisa lachte. »Zufrieden paßt auch auf ihn. Und weshalb sollte er nicht zufrieden sein? Abgesehen von mir bekommt er volle Teilhaberschaft in der Klinik – das ist Papas Hochzeitsgeschenk. Außerdem eine Lebensversicherung über eine Viertelmillion Dollar auf mich – und ich bekomme eine auf ihn –, obwohl wenig Hoffnung besteht, daß er in den Genuß dieses Geldes kommen wird. Ich stamme aus einer Familie, in der die Leute praktisch ewig leben. Aber er wollte eben, daß wir sie abschließen – zur beiderseitigen Sicherheit.«

»Ich finde das sehr gescheit«, murmelte Randollph.

»Oh, das ist es auch. Wir sind zwei reife Menschen, die einander mögen und gute Gründe haben, einander zu heiraten. Ich bekomme keine Gänsehaut, wenn er mich anfaßt, aber ich fühle mich wohl in seiner Gegenwart. Diese Ehe wird klappen, weil ich dafür sorgen werde. Ich weiß, was ich will.«

»Annette Paris scheint nicht zu glauben, daß sie klappen wird«, bemerkte Randollph.

»Ach, hat sie dir ihr Herz ausgeschüttet? Die arme Annette. Ich hätte sie nicht als Brautjungfer nehmen sollen, aber sie hätte sich womöglich umgebracht, wenn ich's nicht getan hätte.«

Lisa lachte heiter, während Randollph sie um einen dicken Mann herumsteuerte, der mit Willa Ames tanzte.

»Amos Oregon droht mit Selbstmord, weil ich ihn nicht geheiratet habe. Harmon Ballantine, der so böse sein kann wie er aussieht, macht dunkle Andeutungen, daß er Carl beseitigen will. Und Jaime DeSilva sagt mir dauernd, daß mir dieser Schritt noch leid tun wird. Er verfolgt mich schon seit Jahren mit seinen Heiratsanträgen. Sie sind alle auf ihre Weise ganz nett, aber als Ehemänner völlig ungeeignet. Sie wollen einfach nicht begreifen, daß ich an einem Leben ihres Stils keinen Geschmack finde. Nicht einer von ihnen wird je erwachsen werden. Sie spielen unentwegt

Theater. Gut, das hab ich auch getan, aber ich bin erwachsen geworden.«

Randollph erspähte Samantha Stack. Sie blickte über die Schulter ihres Partners zu ihm herüber und winkte. Randollph konnte das Gesicht des Mannes nicht sehen, aber er war überzeugt, der Lump weidete sich mit laszivem Grinsen an Samanthas Dekolleté. Er hätte sie gern errettet, aber man konnte die Braut nicht einfach mitten auf der Tanzfläche stehenlassen.

»Du möchtest gern mit Sam tanzen, nicht?« fragte Lisa.

Randollph war so verdutzt, daß er nur schwache Geräusche des Protestes von sich geben konnte.

»Tanz mit mir zur Tafel rüber!« befahl Lisa. »Ich habe Durst. Außerdem wird es langsam Zeit, daß das Brautpaar sich zurückzieht. Wir fahren morgen in aller Frühe ab.«

»Ja. Dr. Brandt hat's mir schon erzählt.«

»Schön, dann lauf zu deiner Sam. Warum heiratest du sie nicht, Con?«

»Ich glaube, sie ist ein bißchen kopfscheu, Lisa. Sie ist, wie sie sagt, ein gebranntes Kind. Und sie würde sicher nur ungern ihre Karriere aufgeben, um das zurückgezogene Leben der Frau eines Professors für Kirchengeschichte zu führen.«

»Laß ihr Zeit. Das kommt schon.« Sie waren an der Tafel. »Danke, Con. Es ist schön, dich als guten Freund zu haben. Nach den Flitterwochen setzen wir uns mal zusammen. So, und jetzt such Sam.«

Die Bläser des Homer Levin's Society Orchestra standen auf und schmetterten den Hochzeitsmarsch aus *Lohengrin*. Dr. Brandt, mit Lisa am Arm, schritt aus dem Saal zu den Aufzügen. Die Gäste folgten. Ein Page bewachte einen offenen Aufzug. Lisa drehte sich um und warf ihren Brautstrauß unter die Brautjungfern. Annette Paris fing ihn auf. Sam hatte, wie Randollph feststellte, die Hände auf dem Rücken. Dr. Valorous Julian schwankte ein wenig, als er eines seiner beiden Gläser hob und dem Paar zuprostete. Dr. Kermit Julian winkte ihnen nach, als die Aufzugtür sich schloß. Dr. Rexford Julian war nirgends zu sehen.

»Carl«, sagte Lisa, »trag mich über die Schwelle und beschwer dich nicht, daß du dir da einen Bruch hebst. So dick bin ich nämlich nicht.«

»Mit Freuden, Liebes.« Er drückte dem mürrischen Pagen ein Trinkgeld in die Hand. »Allez-hopp!«

Drinnen sagte Lisa: »So, jetzt laß mich runter. Dem Brauch ist Genüge getan. Puh! Tun mir die Füße weh!« Sie schleuderte ihre weißen Pumps weg und streckte sich auf dem Sofa aus.

Das Telefon läutete.

»Ach, verdammt!« schimpfte Dr. Brandt. »Unsere lieben Freunde finden es wahrscheinlich lustig, uns zu –«

»Geh hin, Carl«, meinte Lisa gelassen. »Wir sind schließlich kein jungfräuliches Liebespaar, das vor ungeduldiger Erwartung verschmachtet.«

Dr. Brandt nahm den Hörer von der Gabel.

»Ja? Was, zum Teufel, soll das? – Ach so. Ja. Ja, ich verstehe.« Er gab murmelnd Anweisungen. »Ich bin in zehn Minuten da.« Als er auflegte, sagte er: »Es tut mir wirklich leid, Lisa. Einer meiner Patienten hat offenbar einen Rückfall erlitten.«

»Carl«, versetzte sie, »eine frischgebackene Ehefrau sollte eigentlich einen Tobsuchtsanfall bekommen, wenn ihr Ehemann sie in der Hochzeitsnacht allein läßt. Ich könnte jetzt schreien, daß du deine Arbeit mehr liebst als mich. Aber das ist einer der Gründe, weshalb ich dich geheiratet habe. Ich bewundere jeden Mann, der sich durch nichts davon abhalten läßt, seine Pflicht zu tun.«

»Danke für dein Verständnis, Lisa. Ich bin in einer halben Stunde wieder da.«

»Geh nur.«

Als Lisa allein war, streckte sie sich wieder auf dem Sofa neben dem offenen Kamin aus. Eigentlich sollte ich mein Hochzeitskleid ausziehen, dachte sie, aber die Füße taten ihr weh, und sie war müde. Sie war nahe daran einzunicken, als es an der Tür klopfte.

»Gehen Sie weg!« sagte sie.

Es klopfte wieder.

Lisa richtete sich auf. »Was wollen Sie?«

»Ich bin das Zimmermädchen, Madam. Ich soll Ihnen frische Handtücher bringen.«

»Sie hören sich nicht an wie ein Zimmermädchen. Gehen Sie!«

»Ich muß die Handtücher abliefern. Die Beschließerin macht mich fertig, wenn ich's nicht tue.«

»Also gut«, sagte Lisa schläfrig. »Augenblick.« Sie schwang die Beine vom Sofa, gähnte und ging zur Tür, sperrte auf. »Aber machen Sie schnell, bi – Sie sind überhaupt nicht das Zimmermädchen! Was soll der Quatsch?«

Die blonde Frau im bodenlangen Rock mit weißer Jerseybluse, die über den spitzen Brüsten etwas spannte, antwortete freundlich: »Nein, Mrs. Brandt, ich bin nicht das Zimmermädchen. Ich darf Sie darauf aufmerksam machen, daß ich in meiner Hand eine kleine, aber sehr wirkungsvolle Automatic halte. So, und jetzt zurück ins Zimmer und keinen Ton!«

Lisa meinte, sie träume. Sie läge in Wirklichkeit noch schlafend auf dem Sofa, und dies wäre eines der merkwürdigen Trugbilder, die einen in jenem Zustand zwischen Wachen und Schlafen manchmal heimsuchen.

»Wo ist Ihr Geld und Ihr Schmuck?« fragte die Frau.

Lisa war erleichtert. Nur ein Überfall. Eine dieser gerissenen Banden, die sich darauf spezialisiert hatten, die Gäste teurer Hotels zu berauben. Nun, viel Beute würden sie diesmal nicht machen.

»Im Schlafzimmer«, antwortete sie.

»Erst das, was Sie an sich haben.«

»Wie kommt ein nettes Ding wie Sie zu einem solchen Geschäft?« fragte Lisa.

»Aufs Bett! Gesicht nach unten! Wenn Sie sich umdrehen, schieße ich Sie in den Hintern! Dann sind Ihre Flitterwochen im Eimer!«

Lisa gehorchte. Die Räuberin öffnete den Verschluß der Kette mit dem Brillantanhänger und zog sie Lisa vom Hals.

»Wo ist Ihr Schmuckkasten?«

»In dem blauen Koffer.«

»Ah ja, da haben wir ihn schon. Und was ist das? Sieh einer an, Reiseschecks. Und Bargeld. Dabei fällt mir ein, daß ich mir ja Ihre Handtasche noch ansehen muß, Kindchen. Und habe ich etwa die wunderhübsche Brillantuhr vergessen, die Sie tragen? Gesicht unten lassen! So jetzt muß ich mal eine Sekunde rüber ins andere Zimmer. Aber rühren Sie sich nicht! Ich knall Sie ab, noch ehe Sie bis zum Fenster kommen.«

Lisa hatte keine übermäßige Angst. Sie hatte gehört, daß intelligente Einbrecher Gewalt verabscheuen. Und diese Räuberin war intelligent. Sie kam ihr vage bekannt vor, aber alle üppigen blonden Frauen wirkten mehr oder weniger ähnlich. Genau angesehen hatte sie sich diese hier gar nicht – nur das schulterlange Haar, das eine Gesichtshälfte fast ganz verdeckte, war ihr aufgefallen. Und lange Wimpern, die waren ihr auch aufgefallen. Aufgeklebt. Ein vorsichtiger, anmutiger Gang, als hätte sie Angst, über ihren langen Rock zu stolpern. Die Augenfarbe? Und die Form der Nase? Lisa stockte der Atem. Nein! Das konnte nicht sein! Heißes Entsetzen brannte in ihr wie steigendes Fieber. Sie fuhr hoch, nur um zu sehen, daß die Räuberin vor ihr stand.

»Du weißt es also, du Luder«, sagte die blonde Frau und schwang den Schürhaken vom offenen Kamin.

Lisa schrie und versuchte, sich mit beiden Armen zu schützen.

»Du Luder«, zischte die Diebin. »Ich hasse dich! Ich hasse dich! Ich hasse dich!«

Der Schürhaken zerschmetterte Lisas Schädel. Noch eine Minute oder länger fuhr die Diebin fort, auf sie einzuschlagen; dann warf sie den Schürhaken aufs Bett, huschte eilig zur Tür hinaus und war verschwunden.

8

Randollph war guter Dinge. Endlich hielt er Samantha im Arm. Das Verschwinden des Brautpaars etwa eine Stunde zuvor hatte die Stimmung der Gäste nicht gedämpft.

»Con, mein Lieber, du hast mich den ganzen Nachmittag vernachlässigt«, sagte Sam Stack.

»Unsinn, Samantha. An dich war ja nicht ranzukommen.«

»Ich muß fair sein, du hast recht. Ein toller Tag war das. Ich habe dreizehn Anträge bekommen – elf von Männern, zwei von Frauen. Drei Produzenten wollten einen Filmstar aus mir machen. Ein berühmter Fotograf wollte Aktaufnahmen von mir anfertigen. Ein toller Tag.« Sie seufzte glücklich. »Mach du doch vierzehn Anträge draus. Dreizehn ist eine Unglückszahl.«

»Okay. Wenn dieser Abend sich seinem Ende zuneigt, darf ich dich dann zum Essen ausführen?«

»Das ist ein Antrag?«

»Hast du dir schon mal überlegt, was ein Essen in einem guten Restaurant kostet?«

»Ich wette, es hat mal eine Zeit in deinem Leben gegeben, mein lieber Con, in der du unverblümter warst.«

Randollph fiel keine passende Erwiderung ein.

»Du mußt dich also verändert haben«, fuhr sie fort. »Bist du bekehrt worden? Hattest du ein Erlebnis wie Paulus auf dem Weg nach Damaskus?«

»Nein.«

»Dann vollzog sich also mit dir keine Wandlung, wie das bei Paulus der Fall war? Und wie das angeblich bei jedem richtigen Christen der Fall sein sollte? Was, zum Teufel, rede ich da eigentlich? Mit unzüchtigen Anträgen haben wir angefangen, und jetzt sind wir bei religiöser Wandlung.«

»Die Menschen selbst wandeln sich nicht, Sam, auch wenn sie sich manchmal einbilden, es wäre so. Ihre *Anschauungen* wandeln sich.«

Er entdeckte Harmon Ballantine, der allein auf der Tanzfläche stand. Geschickt führte er Samantha in die andere Richtung.

Sie drängte sich näher an ihn.

»Randollph, du bist ein ganz komplizierter Bursche, und ich werde nicht klug aus dir. Die meisten Männer, mit denen ich ausgehe, reden vom Fernsehen oder von ihren Aktien oder von dem tollen Geschäft, das sie gerade gemacht haben. Und dann sagen sie: ›He-hopp, in die Heia!‹ Und mit dir unterhalte ich mich beim Tanzen über die Bekehrung zur Religion und finde es wunderbar. Und dabei bin ich Agnostikerin.«

Randollph lachte. »Vielleicht hab ich einen neuen Stil entdeckt, einer Frau den Hof zu machen. Wenn er einschlägt, wird er als Randollph-Approach bekannt werden, und ich gehe in die Geschichte ein.« Er fühlte sich glänzend. Und er fühlte gleichzeitig eine Hand auf seiner Schulter. »Keine Chance«, sagte er zu dem ungesehenen Störenfried.

»Es ist Sergeant Garboski, Con. Erinnerst du dich an ihn? Mike Caseys ungehobelter Scherge – hoppla, jetzt rede ich schon so wie du. Ich glaube nicht, daß Garboski mit mir tanzen möchte.«

Randollph blieb stehen.

»Lieutenant Casey möchte Sie sprechen«, sagte Garboski.

Es klang wie ein feindseliges Knurren. Wenn man nicht Polizeibeamter oder polnischer Abstammung war, betrachtete Garboski einen als Feind.

Lieutenant Michael Casey hatte die Ermittlungen in einem Mordfall geleitet, der, da das Verbrechen auf dem Anwesen der Good Shepherd Kirche verübt worden war, die Gemüter der Gemeindemitglieder erregt hatte. Randollph hatte sich damals mit ihm angefreundet. Für Garboski jedoch hatte er schon in jenen Tagen keine Sympathie aufbringen können. Garboskis einzige Tugend, fand er, bestand darin, daß er das Kinoklischee vom knallharten, ungebildeten Bullen am Leben erhielt.

»Wo ist der Lieutenant?« fragte Randollph.

»Oben. Ich zeig's Ihnen.«

»Kann Mrs. Stack mitkommen?«

»Da hab ich keine Anweisungen.«

»Komm, Samantha«, sagte Randollph. »Wenn Lieutenant Casey mich allein sprechen möchte, kannst du immer noch umkehren.«

»Moment mal«, protestierte Garboski. »Ich hab meine –«

»Gehen wir, Sergeant.«

Der Sergeant ging.

Sie nahmen den Aufzug in den zehnten Stock. Am Ende des Korridors stand ein uniformierter Polizeibeamter vor einer Tür. Ein Mann mit einem Fotoapparat kam in Begleitung eines zweiten Mannes, der einen Arztkoffer trug, auf den Aufzug zu.

Randollph verspürte plötzlich eine unbestimmte Angst – ähnlich wie vor einem Termin beim Zahnarzt. Er wußte nicht, was geschehen würde, zweifelte aber nicht, daß es etwas Unangenehmes war.

»Da rein.« Garboski wies auf die Tür, die der Polizeibeamte bewachte. »Es ist schon okay, Dennis«, sagte er zu dem jungen Mann.

Lieutenant Michael Casey hatte mit dem Filmklischee vom Kriminalbeamten nichts gemein. Er sah eher aus wie ein aufstrebender junger Geschäftsmann in leitender Position, der auf dem besten Weg war, die Spitze zu erklimmen.

»Dr. Randollph.« Casey nickte. »Mrs. Stack, freut mich, Sie wiederzusehen. Ich fürchte, ich habe leider schlimme Neuigkeiten. Das heißt, wenn Sie meine Vermutung bestätigen. Dr. Randollph, ich möchte Sie bitten, eine Tote zu identifizieren.«

»Wen?« stieß Sam erschreckt hervor.

»Es besteht kaum Zweifel, daß es sich um Lisa Julian – Lisa Brandt handelt.«

»Mein Gott!« Sam sank in einen Sessel. »Nicht Lisa. Das kann nicht sein.«

»Ich fürchte doch«, sagte Casey behutsam. »Aber wir haben noch keine eindeutige Identifizierung.«

Randollph war unfähig, seine Gefühle zu analysieren. Bestürzung, gewiß. Ein knirschendes Bewußtsein des Widersinns – der Tag der Freude, der sich in diesen Tag des Kummers verwandelt hatte. Aber wo war sein Schmerz? Er empfand nichts. Es war, als wären seine Gefühle vorübergehend erstorben.

»Ich vermute, Ihre Anwesenheit bedeutet, daß sie ermordet wurde«, sagte er zu Casey.

»Das ist richtig. Würden Sie jetzt bitte ins Schlafzimmer kommen und die Identifizierung vornehmen?«

»Ich auch?« fragte Sam mit kleiner Stimme.

»Ich würde es selbstverständlich nicht verbieten, aber es ist kein schöner Anblick. Es ist vielleicht das beste, wenn Sie sie so in Erinnerung behalten, wie sie war.«

Lieutenant Casey wußte, wie man mit Leuten umging, die zu prominent waren, als daß man sie hätte herumkommandieren können – und das, vermutete Randollph, war sicher einer der Gründe, weshalb Casey lange ehe er dem Dienstalter nach an der Reihe gewesen wäre, zum Lieutenant befördert worden war. Wenn man reich oder prominent war und eine erschossene Schwiegermutter oder ein erdrosseltes Dienstmädchen zu beklagen hatte, dann übernahm unweigerlich Michael Casey die Ermittlungen. Die kleinen Leute wurden von den Garboskis verarztet. Bei denen waren Takt und Charme nicht nötig, weil es keinen Menschen kümmerte, wenn sie sich vor den Kopf gestoßen fühlten. Für Leute mit Einfluß jedoch müssen besondere Vorkehrungen getroffen werden. Ein grobes Wort, eine verletzende Frage, und das ganze Administrationsgebäude vom Bürgermeister bis zum kleinen Streifenbeamten hinunter konnte erschüttert werden. Ein Michael Casey kann einem Polizeipräsidenten viele, viele unangenehme Momente ersparen, kann dessen Magengeschwüre ruhig halten. Deshalb kommen die Michael Caseys vorwärts.

Casey führte Randollph ins Schlafzimmer. Randollph blickte auf die Frau im Hochzeitskleid auf dem blutbespritzten Bett. Ihr Gesicht wollte er nicht ansehen, aber er wußte, daß er es tun mußte. Es war grauenhaft entstellt. Casey hatte recht. Es war kein schöner Anblick.

»Ja, das ist Lisa. Lisa Julian«, sagte Randollph und wandte sich ab.

9

»Ich habe Sie gerufen, weil Dr. Brandt völlig außer sich war«, erklärte Lieutenant Casey Randollph. »Wir mußten ihn ins Krankenhaus bringen lassen.«

Sie waren im Salon der Suite. Samantha hockte zusammengekrümmt in einem Sessel und weinte leise.

»Woher wußten Sie, daß ich hier war?« fragte Randollph.

»Oh, wir wissen immer, was hier in Chicago los ist.« Casey lächelte leicht. »Man hat ja aus dieser Hochzeit nicht gerade ein Geheimnis gemacht. Außerdem sprach Liz – meine Frau – erst heute morgen beim Frühstück davon. ›Dieser Bekannte von dir, der Pastor, der so einen unheimlichen Sex-Appeal hat und früher bei den Rams war, amtiert bei Lisa Julians Trauung‹, sagte sie zu mir. ›Meinst du, er könnte mich als Gast einschmuggeln?‹ Liz ist ganz verrückt auf alles, was mit Film zu tun hat«, fügte er hinzu, als wollte er die lächerliche Bitte seiner Frau damit erklären.

»Ich hätte ihr gern irgendwo einen Platz besorgt«, erwiderte Randollph.

Was taten sie da? fragte er sich. Plauderten ganz beiläufig über Caseys Frau, während nebenan die tote, brutal zu Tode geprügelte Lisa lag. Vielleicht war es angesichts der Tragödie notwendig, belanglose Konversation zu machen, um nicht völlig das Gefühl für die Wirklichkeit zu verlieren. »Haben Sie eine Ahnung, was geschehen ist? Wer es getan hat?«

»Sieht nach Raub aus. Dr. Brandt konnte uns immerhin sagen, daß er von der Julian-Klinik wegen eines Patienten angerufen worden war, dessen Zustand sich verschlechtert hatte. Es erwies sich als fingierter Anruf, der Patient war in Ordnung. Als er zurückkam – er brauchte nicht mal eine Stunde –, lag seine Frau drüben auf dem Bett, so, wie Sie sie gesehen haben. Ihr ganzer Schmuck ist weg. Außerdem sein Geld und seine Reiseschecks.«

»Ist es üblich, daß Einbrecher sich die Mühe machen, jemanden per Anruf wegzulocken, ehe sie einbrechen? Und bringen sie jeden um, den sie dann noch vorfinden?«

Trotz aller Freundschaft wirkte Casey ein wenig gönnerhaft,

ähnlich wie ein Theologe, der Laien eine Feinheit der Lehre erklärt, fand Randollph.

»Dr. Brandt war auf dem Rückweg vom Krankenhaus überzeugt davon, daß sich einer seiner Freunde einen Scherz erlauben wollte. Der Anruf kam ungefähr drei Minuten, nachdem er mit seiner Frau das Zimmer betreten hatte. Ich vermute also, er hat recht. Meiner Ansicht nach sperrte der Dieb mit einem Nachschlüssel auf, schlich sich ins Zimmer und fand Lisa Brandt vor, die auf dem Bett lag und schlief. Er nahm den Schürhaken, um ihn zur Hand zu haben, falls sie erwachen sollte. Während er ihren Koffer durchwühlte oder ihr den Schmuck abnahm, den sie trug, wachte sie auf und fing an zu schreien. Er verlor den Kopf und schlug mit dem Schürhaken zu.«

»So viele Male? So brutal?«

Casey runzelte die Stirn.

»Ich gebe zu, das ist ungewöhnlich. Diese Hoteldiebe, die echten Profis, sind selten gewalttätig. Vielleicht war das hier ein Amateur. Vielleicht ein Hotelangestellter. Die Sache paßt nicht ganz ins übliche Schema. Aber wenn Sie mich fragen, dann werde ich sagen, daß wir auf einen rauschgiftsüchtigen Pagen oder Spüler stoßen werden, der Geld für einen Schuß brauchte. Es war Lisa Julians Pech, daß er ihr Zimmer wählte, um irgendwas zu stehlen, das er verhökern konnte.«

Samantha schnüffelte und schneuzte sich.

»Warum mußte es gerade Lisa sein?«

Casey lächelte dünn. »Mein Pfarrer an der St. Aloysius Kirche würde sagen, es war Gottes Wille«, meinte er. »Oder vielleicht die Strafe für Sünden.«

»Ihr Pfarrer ist ein Einfaltspinsel!« Samantha fand langsam aus ihrem trostlosen Elend heraus. »Was für Sünden?«

Casey sah ein wenig pikiert aus.

»Oh, er würde sagen, wenn eine augenscheinliche Sünde nicht vorhanden wäre, dann müßte es sich um eine geheime, versteckte Sünde handeln.«

Randollph hielt es für angebracht, eine sich anspinnende Kontroverse zwischen römisch-katholischer und agnostischer Theologie im Keim zu ersticken.

»Das war, wenn ich mich recht erinnere, genau das Argument, das Bildad seinem Freund Hiob entgegenhielt«, warf er ein. »Hiob behauptete, er hätte nicht gesündigt, und Bildad sagte: ›O doch, du hast gesündigt, sonst müßtest du nicht alle diese Heimsuchungen erdulden.‹«

Der Gedanke schoß Randollph durch den Kopf, daß er in Kürze bei der Beerdigung von Lisa Julian predigen würde – nur Tage, nachdem er sie getraut hatte. Was würde er sagen? Er wußte es nicht. Aber er wußte, was er nicht sagen würde. Er würde nicht sagen, es wäre Gottes Wille gewesen. Das war eine zu billige, zu einfache Erklärung der Tragödie. Randollph war sich klar darüber, daß er auf die Frage nach dem Bösen keine schlüssigen Antworten hatte. Aber er wußte, daß dies keine Welt war, in der die Tugendhaften unweigerlich blühten und gediehen, während die Schuldigen immer litten. Gewiß, Böses gebar im allgemeinen wieder Böses. Wenn Caseys Rekonstruktion von Lisas Ermordung richtig war, dann hatte das Böse seinen Ursprung bei den Bösen, die Rauschgift zum eigenen Profit vertrieben, setzte sich fort in der drogenabhängigen Person des Junkies, der sich nichts daraus machte, anderen Schmerz und Leid zuzufügen, wenn er nur seine Sucht befriedigen konnte. Lisa war dann das willkürliche Opfer von etwas Bösem geworden, das keine Auswahl trifft. Wollte man behaupten, das wäre Gottes Wille, so beschimpfte man Gott damit.

»Ich glaube«, sagte Randollph zu Casey, »Sie sollten Ihrem Geistlichen raten, das Buch Hiob noch einmal zu lesen.«

Casey schien ehrlich schockiert.

»Ein simpler Laie kann doch die theologischen Ansichten seines Priesters nicht kritisieren – jedenfalls nicht meines Priesters von St. Aloysius. Er ist ein barscher alter Ire, der der Auffassung ist, die Kirche sollte sich damit begnügen, die Leute an ihre Pflichten als Gemeindemitglieder zu erinnern und die Geburtenkontrolle zu verdammen, und von den theologischen Fragen, die nur Verwirrung stiften, die Finger lassen. Liz, meine Frau, ist Ihrer Meinung, Mrs. Stack. Sie hält ihn auch für einen Einfaltspinsel.«

Casey bemühte sich, das sah Randollph, Sam von ihren Gedanken an Lisa abzulenken.

»Warum lassen Sie sich sein Geschwätz dann bieten?«

Es klopfte kurz, und zwei weiß gekleidete Männer mit einer Trage stießen die Tür auf.

»Können wir, Mike?« fragte der eine.

»Jederzeit. Da, nebenan.« Casey wies auf die Verbindungstür.

Randollph warf einen Blick auf seine Uhr und war überrascht, wie wenig Zeit vergangen war, seit er und Samantha das Zimmer betreten hatten.

»Ich spreche jetzt wohl am besten mit den Angehörigen«, bemerkte er und stand auf. »Hat man sie unterrichtet?«

Casey erhob sich ebenfalls.

»Dr. Rex Julian weiß es bereits. Er war zu Hause. Dr. Kermit und seine Frau hatten das Hotel schon verlassen, als wir kamen. Niemand weiß, wo sie zu erreichen sind. Dr. Valorous haben wir bis jetzt auch nicht gefunden.«

»Er liegt wahrscheinlich unter irgendeinem Tisch und schläft seinen Rausch aus«, meinte Randollph.

»Wir werden uns nach ihm umsehen«, sagte Casey.

»Ich muß jetzt zu Carl Brandt und Dr. Rex Julian«, sagte Randollph zu Samantha, als sie unten im Foyer standen. »Aber erst bringe ich dich nach Hause.«

Draußen ahnte niemand etwas von der Gewalttat, die drinnen im Hotel soeben einem Leben ein Ende gesetzt hatte. Autos fuhren vor, Leute stiegen aus, eilten zu einem frühen Abendessen in eines der Restaurants des Drake Hotels. Braut und Bräutigam von einem anderen Hochzeitsempfang strebten auf einen mit Blumen geschmückten weißen Ford zu. Randollph konnte sich denken, daß das erfahrene Personal und der diskrete Lieutenant Casey so geschickt jedes Aufsehen über die Ermordung von Lisa Julian vermieden hatten, daß kaum jemandem etwas Ungewöhnliches aufgefallen war.

»Taxi, Sir?« Der Portier riß Randollph aus seinen Gedanken.

»Bitte. Ich setze dich bei deiner Wohnung ab, Samantha, und fahre dann gleich weiter.«

»Halt mich fest, bitte«, sagte Sam drinnen im Wagen. »Halt mich einfach ganz fest.«

Randollph zog sie an sich. Sie drückte ihr Gesicht an seine Schulter und schluchzte. Als das Taxi sich ihrer Wohnung näherte, verebbte das Schluchzen. Samantha richtete sich auf und wischte sich mit dem Taschentuch die Augen.

»Ich hab dein ganzes schönes Jackett durchweicht, C.P.«, sagte sie.

»Ein geringer Preis für das Privileg, deinen Kopf an meiner Schulter zu spüren.«

»Das war lieb, wirklich lieb.« Sam legte ihren Kopf wieder auf seine Schulter. »Also, paß auf, jetzt kommt mein Programm für den heutigen Abend. Erstens: Keinesfalls werde ich mich mit meinen Gedanken allein in meine Wohnung setzen.«

»Du kannst ja mit mir fahren«, sagte Randollph hastig. »Oder du kannst warten, während ich meine Besuche mache.«

»Danke, Doktor«, erwiderte Sam, »aber soviel Warten vertrage ich in diesem Zustand nicht. Nein, ich werde mich sinnlos betrinken.«

»Oh?«

»Sei nicht so schockiert. Ich war schon ewig nicht mehr betrunken. Und ich mag es auch gar nicht. Aber mit dieser – dieser Sache werde ich heute abend nicht fertig. Gleich um die Ecke von meinem Haus ist eine nette kleine Kneipe. Da sitzen immer ein paar Leute, die ich kenne. Und da gehe ich jetzt hin. Wenn du deine Besuche erledigt hast, dann hol mich da ab. Bis dahin werde ich wahrscheinlich schon ziemlich hinüber sein. Dann führst oder trägst du mich heim, je nach Lage der Dinge.« Sie schneuzte sich, drückte dann die Wagentür auf. »Das ist ein Befehl.«

»Ja, Madam«, sagte Randollph. Er gab ihr einen Kuß und half ihr aus dem Taxi.

Randollph beschloß, sich umzuziehen, ehe er Dr. Brandt und Dr. Julian aufsuchte. In seinem Penthaus blieb er einen Moment am riesigen Fenster stehen. Normalerweise vermochte der atemberaubende Blick auf die Stadt und den See, der sie begrenzte, ihn glücklich zu stimmen, Kümmernisse und Ärgernisse des Tages in einem milderen Licht erscheinen zu lassen. Nicht so an diesem Spätnachmittag. Der Trost blieb ihm versagt.

Er stieg die Wendeltreppe zu den Schlafzimmern hinauf, merkte plötzlich, wie abgespannt er war. Das große Schlafzimmer, von dem Dan Gantry behauptete, es sähe aus wie ein ›hochklassiges Bordell‹, war mit einem dicken, goldfarbenen Teppich ausgelegt. Trotz des überbreiten Bettes, dem moosgrünen Sofa und den beiden weißen Sesseln, die um den niedrigen Tisch gruppiert waren, blieb viel freier Raum.

Randollph schob eine Tür des Einbauschranks auf und nahm einen einfachen schwarzen Anzug heraus. Zusammen mit einem hellgrauen Hemd und einer dunkelgrauen Krawatte mit dezentem weiß-roten Muster würde er gediegen wirken, aber nicht trist.

Das grüne Telefon auf dem Nachttisch summte leise. Randollph hob ab.

»C. P., ich habe es eben in den Nachrichten gehört.« Die Stimme des Bischofs klang bekümmert und teilnahmsvoll. »Das ist ja grauenhaft.«

»Ja, das ist es, Freddie. Ich glaube, ich habe es noch gar nicht ganz begriffen.«

»Kann ich irgendwie helfen?« fragte der Bischof. »Würden Sie es als Aufdringlichkeit betrachten, wenn ich Sie zu Dr. Rex Julian begleite?« fügte er hinzu, nachdem Randollph ihm von seinen geplanten Besuchen berichtet hatte. »Er ist ein alter Freund. Und Ihnen erleichtert es die Sache vielleicht ein wenig.«

Randollph hielt im allgemeinen nichts davon, Verantwortung auf andere abzuwälzen, doch die Erleichterung, die er beim Anerbieten des Bischofs verspürte, verriet ihm, wie sehr ihm vor dem Besuch bei Lisas Vater gegraut hatte.

»Freddie, ich halte das für einen phantastischen Vorschlag. Ich möchte nur noch rasch duschen, dann bin ich fertig. Sagen wir, in einer Viertelstunde im Foyer?«

Die Julian-Klinik war ein Stück nördlich vom Loop, nicht weit vom See.

»Ich kenne Dr. Brandt nicht«, bemerkte der Bischof. »Das müssen also Sie allein erledigen. Ich komme mit rein und warte im Foyer. Ich habe mir als Lektüre einen Bericht mitgebracht, den ich lesen muß, so unerfreulich er ist. Der Sekretär eines unserer Kirchenräte hat, so scheint es, Kirchengelder in ein Landerschließungsprojekt gesteckt.«

»Ist das verboten?«

»Soviel ich weiß, nicht. Aber unklug und geschmacklos. Der gute Mann behauptet, er hätte nur dem Herrn zusätzliche Einkünfte verschaffen wollen. Nun, wir werden ihm wohl eine gute Kirche suchen müssen, wo er als Pastor wirken kann. Gefallen wird ihm das nicht, aber er wird's schlucken müssen. Langsam, C.P., meine Beine sind nicht so lang wie die Ihren«, sagte der Bischof, als sie aus dem Taxi stiegen und auf das Portal der Klinik zugingen.

»Warum wird ihm das nicht gefallen, Freddie? Sie sagen mir doch immer, Pastor zu sein wäre die lohnendste Aufgabe überhaupt?«

»Das stimmt auch. Aber diese Kirchenbürokraten kommen mit der Zeit dahin, ihre Befreiung vom regelmäßigen Predigen und vom mühsamen Umgang mit den Gemeindemitgliedern zu genießen – ganz zu schweigen von ihren großzügigen Gehältern und Spesenkonten. Sie beteuern alle, daß sie in Wirklichkeit viel lieber wieder im Pfarramt wären, aber das sind nur Lippenbekenntnisse. Wenn sie dann tatsächlich gehen müssen, schreien sie Zeter und Mordio – oh, verzeihen Sie, der Ausdruck war unglücklich gewählt.«

Randollph hielt dem Bischof die Glastür auf.

»Freddie, ich glaube, Sie sind ein alter Schwindler. Wie lange ist es her, daß Sie Pfarrer waren?«

Der Bischof sah sich im Foyer um und steuerte dann zielstrebig einen bequem aussehenden Sessel an.

»Lassen Sie mich nachdenken«, antwortete er. »Sieben Jahre habe ich am Seminar unterrichtet, dann war ich zehn Jahre Dekan, und Bischof bin ich seit sechs Jahren. Lieber Himmel, das sind dreiundzwanzig Jahre, nicht?« Er setzte sich und zog den Reißverschluß einer blauen Mappe auf. »Sie können recht haben. Ich erzähle dauernd, wie glücklich ich wäre, wenn ich ins Pfarramt zurückkönnte, aber jetzt frage ich mich, ob das wirklich mein Wunsch ist.« Er zog eine Brille aus einem weichen Lederetui. »Gehen Sie, C.P., machen Sie Ihren Besuch.«

»Dr. Brandt? Der ist in der Chirurgie. Wenn Sie hier die Treppe runtergehen und dann rechts abbiegen, kommen Sie zur Auskunft.«

Die hübsche Rezeptionistin schenkte Randollph ein Lächeln, das besagte, es habe sie glücklich gemacht, ihm behilflich zu sein. Er vermutete, daß es für ein geschäftliches Unternehmen wichtig war, alles Menschenmögliche zu tun, die Kunden zufriedenzustellen.

Auch die Rezeptionistin in der Chirurgie war freundlich.

»Zimmer 431«, sagte sie.

Die Julian-Klinik war größer, als Randollph erwartet hatte. Der Flügel, in dem Dr. Brandt arbeitete, hatte sechs Stockwerke; der andere Trakt war ebenso groß. Randollph hatte die auf der Liste verzeichneten Ärzte nicht gezählt, schätzte aber, daß es an die vierzig sein mußten. Eine Teilhaberschaft an diesem, wie es schien, florierenden Unternehmen mußte ein respektables Jahreseinkommen abwerfen. Er fragte sich, ob Dr. Rex Julian sein Hochzeitsgeschenk jetzt, da Dr. Brandt Witwer war, die Ehe nie vollzogen worden war, zurücknehmen würde. Wahrscheinlich nicht. Dr. Julian hatte Randollph gesagt, daß er mit der Heirat und mit seinem Schwiegersohn einverstanden sei. Im übrigen war der Teilhabervertrag wahrscheinlich schon vor der Trauung unterzeichnet worden, und Dr. Brandt würde – so gramgebeugt er sein mochte – nicht zulassen, daß seine Tränen ihn seinen eigenen besten Interessen gegenüber blind machten.

Randollph fand das Krankenhaus unnatürlich still, als er im vierten Stock aus dem Aufzug trat. Eine Frau, die mindestens einsachtzig groß und zwei Zentner schwer war, schob einen Essenwagen durch den Gang, blieb stehen und trug zwei Tabletts in ein Zimmer. Drei Schwestern, die offenbar ihren Dienst beendet hatten, warteten am Aufzug. Sie zeigten kein Interesse an Randollph.

Die Stationsschwester war nicht so auf Öffentlichkeitsarbeit getrimmt wie die Rezeptionistinnen.

»Sie sind von der Polizei?« Es war mehr eine Anschuldigung als eine Frage. »Ich habe allen Leuten, die angerufen haben, erklärt, daß Dr. Brandt heute nicht mehr gestört werden kann. Er hat ein Beruhigungsmittel bekommen.«

Er versuchte es mit einem Lächeln.

»Ich bin nicht von der Polizei. Ich bin Dr. Brandts Pfarrer.«

Im Laufe seiner kurzen Amtszeit in der Good Shepherd Kirche hatte er bereits festgestellt, daß die Leute ihre Haltung ihm gegenüber merklich änderten, wenn sie entdeckten, daß er Pfarrer war. Meistens zeigten sie Respekt. Mindestens wurden sie höflicher.

Aber bei dieser Schwester verfing das nicht.

»Meinetwegen sind Sie der Papst«, fuhr sie ihn an. »Heute abend können Sie nicht zu ihm.«

»Das muß ja auch nicht unbedingt sein«, erwiderte Randollph freundlich. »Ich wollte ihn nur wissen lassen, daß ich für ihn da bin. Würden Sie veranlassen, daß er das bekommt?« Er reichte ihr seine Karte. »Und sagen Sie ihm bitte, daß ich ihn besuchen werde, sobald er Besuch empfangen kann.«

Die Schwester, die sich wohl auf Kampf eingestellt hatte, war verwirrt.

»Oh! Äh – Ja, ja. Ich sage es ihm, Reverend.«

Randollph erinnerte sich einer Maxime, die er im Seminar gelernt hatte: Sei freundlich zu denen, die dir mit Gehässigkeit begegnen, denn es wird sie beschämen.

»Es ist unmöglich, einem Pfarrer das richtige seelsorgerische Verhalten gegenüber einer Familie beizubringen, die von einer sinnlosen Tragödie heimgesucht worden ist.« Der Bischof schob sein rundliches Gesäß in die Ecke des Taxis. »Es ist schlimm genug, wenn ein Kind getötet worden ist oder eine junge Frau an Krebs gestorben ist. Die meisten Menschen sind in solchen Situationen wie betäubt. Sie fragen sich, warum es gerade ihnen widerfahren mußte.«

»Ja, ich weiß«, bemerkte Randollph. »Lieutenant Casey und ich haben uns erst heute nachmittag darüber unterhalten.«

»Wie geht es dem Lieutenant? Immer noch so adrett und wohlerzogen? Er ist ein aufgeweckter Bursche. Meiner Ansicht nach wird er einmal der jüngste Polizeipräsident von Chicago.«

»Wir sind recht gute Freunde. Er schaut ab und zu bei mir vorbei. Es macht ihm Spaß, mit mir zu diskutieren, damit ich nicht vergesse, daß er Akademiker ist und nicht nur ein ungebildeter Bulle.«

Das Taxi brauste die North Michigan Avenue hinunter. Der Bischof kehrte wieder zu seinem Vortrag zurück.

»Wie ich sagte, im Fall eines unerwarteten Todes ist die Familie wie betäubt vor Kummer, aber jeder in der Familie weiß, daß solche Dinge geschehen. Nur war es bisher immer nur den anderen Leuten zugestoßen. Ganz gleich, wie schwierig die Situation ist, sie haben eine Basis, sich anzupassen. Doch in diesem Fall – ich weiß nicht. Die Gewalt, die Brutalität, die völlige Sinnlosigkeit. Ich hörte übrigens im Radio, daß die Polizei der Auffassung ist, der Mord wäre die Folge eines Einbruchs gewesen.«

»Das vermutet Lieutenant Casey. Aber er legt sich natürlich nicht fest. Casey ist der Meinung, daß ein Verbrechen durch das geduldige Sammeln von Fakten gelöst wird, die, wenn sie aneinandergereiht werden, eine Hypothese ergeben, welche zur richtigen Antwort führt.«

»Die induktive Methode«, konstatierte der Bischof. »Ich weiß nicht, warum Conan Doyle es Deduktion nannte. Sherlock Holmes war zu intelligent, um einen solchen Fehler zu machen.«

»Casey meint, es wird sich ein Rauschgiftsüchtiger finden, der

Lisas Zimmer auszurauben beschlossen hatte.«

»Wie dem auch sei«, meinte der Bischof, »es war brutal und sinnlos, und offenbar war es einfach Pech, daß Lisa das Opfer wurde. Und sich an diesen Gedanken zu gewöhnen, das wird der Familie schwerfallen.«

»Was sagen wir dann zu ihnen?«

»So wenig wie möglich. Der Fehler, den Seelsorger in solchen Momenten machen, ist, daß sie zuviel reden.«

»Meine Situation ist etwas ungewöhnlich«, bemerkte Randollph. »Wußten Sie, daß ich während meiner Sportlerjahre mit Lisa gut befreundet war?«

Der Bischof warf ihm einen forschenden Blick zu.

»Nein, das wußte ich nicht. Wie gut waren Sie denn mit ihr befreundet? Nein, ich ziehe die Frage zurück. Das geht mich nichts an. Machte das die Trauung ein wenig peinlich für Sie?«

»Ein wenig.« Randollph rutschte unbehaglich auf seinem Sitz hin und her. »Sie hing mehr an mir als ich an ihr. Ich habe ihr allerdings einige Briefe geschrieben, die, wenn mich mein Gedächtnis nicht trügt, – äh – recht zärtlich waren. Ich hoffe, sie war so gescheit, sie zu vernichten.«

Der Bischof seufzte und rieb sich die Augen.

»Darauf würde ich mich nicht verlassen. Frauen heben sich gern Dinge auf, die ihnen lieb und teuer sind. Seien Sie einfach froh und dankbar, daß die Indiskretionen der Vergangenheit verziehen sind und Ihnen nicht vorgeworfen werden können.«

»Sicher, Freddie. Aber sie können mich in eine peinliche Lage bringen. Doch das ist ein Problem, das nicht ins Gewicht fällt. Ich hatte Lisa seit Jahren nicht mehr gesehen. Und sie versicherte mir, sie hätte sich von ihren Gefühlen für mich völlig erholt.«

Der Bischof lachte leise.

»Mir ist da gerade ein Gedanke durch den Kopf geschossen, C. P.«

»Ja?«

»Ich war als junger Mann ein sehr rechtschaffener Christ. Wenn ich's mir heute überlege, muß ich ein recht moralinsaurer Jüngling gewesen sein. Ich war so ein Junge, bei dem keiner sich wunderte, daß er Geistlicher wurde. Aber eben kam mir der Gedanke, daß jemand wie Sie, der eine wilde Jugend hinter sich hat, in Wirklichkeit besser als ich gerüstet ist, mit den verzwickten Situationen umzugehen, in die die Leute sich hineinmanövrieren. Es ist unwahrscheinlich, daß Sie über jemandem den Stab brechen würden. Ich möchte wissen, was passieren würde, wenn ich diesen Gedanken demnächst einer Gruppe von Seminaristen auftischen würde. Ob da wohl die Zeitungen mit Schlagzeilen herauskämen, in denen steht: ›Bischof rät Seminaristen, sich die Hörner abzustoßen‹?« Er lachte wieder. »Natürlich werde ich so was nicht tun. – Also, wenn wir bei den Julians sind . . .«

Wie ein müder Schwimmer, der nahe daran ist aufzugeben, sank die Sonne in den See. Die Bewohner der Luxushochhäuser an der ›Gold Coast‹ von Chicago, die in der Sonne gelegen oder am Strand spazierengegangen waren, verkrochen sich wie die Kaninchen in ihren exklusiven Käfigen, wohl wissend, daß mit der Dunkelheit ihre natürlichen Feinde kommen würden, die Straßenräuber und die Vergewaltiger.

Das Taxi bog vom Lake Shore Drive in eine Straße ab, die zur Auffahrt eines der moderneren Apartmenthäuser führte, eines Riesenkastens aus Glas und Beton. Ein beflissener Portier riß die Tür des Taxis auf und führte Randollph und den Bischof ins Foyer, das mit billiger Eleganz ausgestattet war. Nach einem kurzen Telefongespräch brachte der Portier sie zum Aufzug.

Ein schwarzes Dienstmädchen öffnete ihnen die Tür zur Wohnung der Julians. Diese war elegant und in keiner Weise billig. Randollph verstand nichts von Teppichen, aber er wäre jede Wette darauf eingegangen, daß der Wert des rot und blau gemusterten chinesischen Teppichs im großen Vestibül dem Jahresverdienst eines Bischofs gleichkam, und der war bestimmt nicht gering.

Dr. Rex Julian erwartete sie in einem Sessel sitzend, der die Dimensionen eines Thrones hatte. Zu seiner Linken befand sich Mrs. Rex Julian, dann folgten Kermit Julian und seine Frau und schließlich Dr. Valorous Julian. Zu Dr. Julians Rechten, auf einem gebrechlich wirkenden Sofa, saß ein beleibter Mann von etwa fünfzig in einem auffallenden karierten Anzug. Bei seiner Leibesfülle sollte er sich Karo abgewöhnen, dachte Randollph. Die aufgetakelte Blondine neben ihm war vielleicht zehn Jahre jünger. Randollph kannte das Paar nicht. Er war überrascht, auch Lieutenant Casey zu entdecken.

Der Bischof ging direkt auf Dr. Rexford Julian zu, nahm seine Hand, sagte aber nichts. Entweder hielt ein starker Wille oder viel Erfahrung ihn davon ab, etwas zu sagen, auch nur die frommen Banalitäten zu murmeln, welche die Geistlichkeit auf Lager hat, um Trauernde zu trösten. Schweigen, erkannte Randollph, ist in einer solchen Situation bedrückend. Da es Sache des Geistlichen ist, etwas dem Anlaß Entsprechendes zu äußern, ist es schwer für ihn, den Mund zu halten.

Doch Freddies langer Händedruck war alles, was nötig war. Es dauerte nur einen Moment, dann fing der alte Arzt zu sprechen an.

»Es ist sehr gütig von Ihnen zu kommen, Bischof.« Dann richtete er das Wort an Randollph: »Und von Ihnen auch, Dr. Randollph.« Das Gesicht des alten Mannes war streng, aber das war es wohl immer. »Meine Frau kennen Sie.« Dr. Rex machte den Bischof mit den anderen bekannt. »Mein Sohn Kermit und seine Frau. Mein Sohn Valorous. Mr. und Mrs. Edelman, unsere Nachbarn. Und Lieutenant Casey von der Polizei.«

»Ich kenne Lieutenant Casey«, sagte der Bischof.
Schweigen.
Die Stille wurde allmählich immer quälender. Was gibt es zu sagen? fragte sich Randollph. Wie bringt man das Unaussprechliche zum Ausdruck?

Plötzlich erhoben sich die Edelmans, unfähig vielleicht, die Stille auszuhalten, und begannen zu reden.

»Wir müssen jetzt wirklich gehen«, sagten sie wie aus einem Munde.

Dann trippelte Mrs. Edelman zu Mrs. Rex Julian hinüber und sprach im Flüsterton mit ihr.

»Wir sind nämlich zum Essen verabredet«, verkündete Mr. Edelman mit der falschen Treuherzigkeit eines Kindes, das dem

Schuldirektor eine dubiose Entschuldigung vorlegt.

»Schreckliche Leute«, sagte Mrs. Rex Julian, als die Tür sich geschlossen hatte. »Lieutenant Casey, könnten Sie jetzt mit uns besprechen, was es zu besprechen gibt, und dann Schluß machen? Wir möchten gern unter uns sein.«

»Aber Mutter, sei doch nicht so unhöflich.« Dr. Valorous Julian fuhr sich nervös durch die Haare. »Der Lieutenant war so nett, mich nach Hause zu bringen – nach Hause zu tragen, besser gesagt. Er fand mich schlafend unter einem Tisch bei einem anderen Hochzeitsempfang.« Er grinste dünn. »Ich bin wahrscheinlich immer noch betrunken. Ich bin ein hellwacher Betrunkener im Schock.«

Er lehnte sich zurück und schloß die Augen. Randollph fand, er sähe aus wie der Tod.

»Es freut mich, daß ich behilflich sein konnte«, bemerkte Casey mit feinem Tadel für Mrs. Julian. »Ich dachte, da ich nun schon einmal hier bin, würde ich Ihnen gleich mitteilen, daß unserer Meinung nach Lisa das Opfer eines Einbrechers geworden ist, wahrscheinlich eines Rauschgiftsüchtigen. Aller Schmuck und alles Geld, das sich im Zimmer befand, ist gestohlen. Wir haben einen Hotelangestellten verhaftet, einen Süchtigen, der einschlägig vorbestraft ist.«

»Wenn die Polizei sich mehr Mühe geben würde, diese bösartigen Verbrecher hinter Schloß und Riegel zu bringen, und aufhören würde –« Mrs. Julian zerbrach sich den Kopf nach einer frevelhaften oder wenigstens frivolen Tätigkeit, der die Polizei frönte, aber es fiel ihr nichts ein. »Der Himmel weiß, daß wir genug Steuern zahlen, um gegen solche Verbrecher geschützt zu werden.«

»Ja, das weiß ich. Es ist ein immer wiederkehrendes Problem«, nahm Casey ihr geschickt den Wind aus den Segeln. »Wir wissen natürlich nicht, ob es sich tatsächlich so abgespielt hat. Wir müssen alle Möglichkeiten berücksichtigen. Darf ich fragen, ob Lisa Ihres Wissens irgendwelche Feinde hatte?«

»Schauen Sie sich unter ihren verflossenen Freunden um«, fuhr Mrs. Rex Julian ihn an. »Sie hatte praktisch jeden Tag einen anderen.«

»Mutter!« rief Val scharf. »Die Familie weiß, daß du für Lisa nicht viel übrig hattest. Aber du brauchst das nicht an die große Glocke zu hängen.«

Wieder glättete Casey die Wellen.

»Informationen dieser Art werten wir immer aus, wenn die Situation es erforderlich macht.« Er stand auf. »Es tut mir leid, daß ich Sie stören mußte. Ich darf Sie meiner Anteilnahme versichern.«

Casey, dachte Randollph, hätte einen guten Pastor abgegeben. Auch er wußte, wann es besser war, nicht zuviel zu reden.

»Danke, Lieutenant, und danke, daß Sie mich in einem Stück nach Hause gebracht haben. Obwohl ich jetzt wünsche, ich wäre nie aufgewacht.«

Val stand müde auf und ging mit Casey zur Tür.

Sobald Val sich wieder gesetzt hatte, sagte der Bischof: »Würden Sie mir gestatten, ein Gebet zu sprechen?«

»Bitte«, forderte Dr. Rex Julian ihn auf.

Der Bischof zog ein dünnes schwarzes Buch aus seiner Jackentasche und schlug es an einer Stelle auf, die mit einem lilafarbenen Band markiert war.

»Lasset uns beten«, begann er. »Allmächtiger Gott, der du ewig bist und den Tod nicht kennst, höre unser Gebet für diese deine Diener, die vom Kummer gebeugt sind. Wir sagen dir Dank für das Leben dieses geliebten Menschen, der von uns gegangen ist. Wir sind froh um die Jahre, die ihr gehörten, froh um das, was sie vollbracht hat, und froh um die Freuden, die ihr gegeben wurden. Erhalte die teuren Erinnerungen. Gib uns in unserer Traurigkeit die Stärke, zu den Pflichten des Lebens zurückzukehren. Und laß uns wissen, daß der ewige Gott unsere Zuflucht und unsere Kraft ist, eine immer gegenwärtige Hilfe in dieser und in allen anderen schweren Zeiten in diesem irdischen Leben. Durch unseren Herrn Jesus Christus. Amen.«

10

Es verhieß ein schwieriger Sonntag zu werden.

»Am besten postieren Sie morgen noch zusätzliche Platzanweiser«, riet der Bischof auf der Rückfahrt von den Julians. »Die Touristen werden in Schwärmen über die Kirche hereinbrechen, wenn sie die Zeitungen gelesen haben. Und lassen Sie niemanden mit Fotoapparat in die Kirche, sonst blitzt es unentwegt.«

Randollph rief in der Kneipe an, in der Samantha auf ihn warten wollte, und ließ sie an den Apparat holen.

»Ich bin in ungefähr einer Stunde da«, sagte er.

»Du mußt dich beeilen, Randollph«, erwiderte sie und hatte schon etwas Schwierigkeiten, die Worte herauszubringen. »In einer Stunde bin ich so hinüber, daß ich mich womöglich einem dieser Barhocker-Cowboys an den Hals werfe.«

»Ich beeile mich«, versprach er.

Er überflog den Entwurf für seine Predigt und strich alle scherzhaften Passagen. Dann rief er Tony Agostino an und bat ihn, statt der vorgeschlagenen Hymne, eines leichten, frohgemuten Liedes, etwas Würdigeres zu spielen.

Der Sonntag war schlimmer, als der Bischof prophezeit hatte.

Obwohl die Kirchendiener sich redlich bemühten, gelang es einer Anzahl mit Fotoapparaten bewaffneter Touristen, in die Kirche einzudringen. Von der Kanzel aus konnte Randollph sehen, daß die Gemeinde gesprenkelt war mit grellen Freizeithemden und bunten Sommerkleidern. Nicht daß es ihn gekümmert hätte, wie die Leute sich zum Kirchgang kleideten; aber diese Menschen waren hier, um zu gaffen, nicht um zu beten, das bestätigten auch die immer wieder aufflammenden Blitzlichter.

Nach dem Gottesdienst wurde er von Sensationsgierigen umlagert, die auch ihn fotografieren wollten.

»Würden Sie einen Moment stehenbleiben, Reverend? Nur einen Moment, ich hab's gleich.«

»Ach, kann ich Sie mal mit meiner Kleinen zusammen knipsen? Dann kann sie später das Bild herzeigen und sagen, das ist der

Pfarrer, der die Schauspielerin getraut hat, die kurz danach ermordet worden ist.«

»Stellen Sie sich doch bitte mal vor den Altar, so wie bei der Trauung von der Schauspielerin, Reverend, damit ich ein Bild schießen kann.«

Randollph kochte. Am liebsten hätte er diese nichtswürdigen Karikaturen von Menschen grün und blau geschlagen. Als ein unförmig dicker Mann in einem Hawaii-Hemd schrie: »He, Reverend, in der Zeitung steht, Sie haben sie gleich nach dem Mord gesehen, hat sie grausig ausgeschaut?« wäre er dem Kerl beinahe nachgelaufen. Doch während er es immer wieder höflich ablehnte, sich fotografieren zu lassen – »Ich glaube, das ist nicht angebracht« –, sagte er unentwegt zu sich selbst, Gott liebt diese Menschen . . . Christus ist für diesen fetten Idioten gestorben. – Es half.

Am Montag fühlte sich Randollph an das Gebet des Bischofs erinnert. ›Gib uns in unserer Traurigkeit die Kraft, zu den Pflichten des Lebens zurückzukehren.‹ Er hatte das Bedürfnis, sich in die Arbeit zu stürzen, als könnte er damit die bösen Geister des Samstags vertreiben. Berge trivialer Kleinarbeit wären ihm willkommen gewesen, sogar der Papierkram, mit dem ihn Miss Windfall zu überhäufen pflegte und der ihm sonst so verhaßt war.

Nur eines wollte er nicht tun: Er wollte nicht an einer Predigt arbeiten.

Während der ersten Wochen an der Good Shepherd Kirche hatte es ihm beinahe Angst gemacht, wie schnell ein Sonntag auf den anderen folgte; ob er bereit war oder nicht, er mußte sich vor eine Gemeinde von etwa tausend Menschen hinstellen und Erbauliches und Erleuchtendes sagen. Er war an die weniger strukturierte Atmosphäre des Vorlesungssaales gewöhnt, wo er über Dinge sprach, mit denen er gründlich vertraut war. Da brauchte er kaum Notizen.

Aber Predigten waren etwas anderes. Gewiß, der größte Teil seiner Gemeinde war jeden Sonntag neu. Das war eine der Besonderheiten an Good Shepherd. Die Leute kamen, weil die Kirche berühmt war; weil sie von ihren Hotels aus bequem zu erreichen war; weil sie einen bekannten Organisten und einen ausgezeichneten Chor hatte; weil man daheim in Great Band oder Bucyrus oder Evansville auch jeden Sonntag zur Kirche ging; oder weil man, wenn man schon mal in Chicago war, auch wirklich alles mitgemacht haben wollte, was die Stadt bot.

Kaum jemand kam, um eine Predigt zu hören. Manche hofften vielleicht, daß sie eine gute Predigt zu hören bekommen würden. Manche vermuteten vielleicht, daß eine so große und bekannte Kirche gar keinen Geistlichen verpflichten würde, der nicht auch ein ausgezeichneter Prediger war. Aber anders als die Mitglieder einer normalen Gemeinde kamen sie nicht ausdrücklich, um eine gute Predigt zu hören, und waren auch nicht verärgert oder bekümmert, wenn sie eine schlechte vorgesetzt erhielten. Sie reisten heim und erzählten ihrem Geistlichen am folgenden Sonntag: »Wir waren übrigens am letzten Sonntag in der Good Shepherd Kirche in Chicago.«

Der Bischof hatte ihm das alles erklärt, als er ihn gebeten hatte, als Interimspastor in der Good Shepherd Kirche eingesetzt zu werden. Aber Randollph war nicht der Mann, der halbe Sachen machte. Der Beifall der Menge zählte für ihn nicht. Für ihn zählte allein, ob er mit gutem Gewissen von sich sagen konnte, daß er sein Bestes gegeben hatte.

Und mit dieser Einstellung ging er auch an sein neues Amt als Prediger heran. Er entwarf ein Programm für das ganze Jahr seiner Amtszeit, das sich am Kirchenkalender orientierte. Auf diese Weise wußte er immer, was bevorstand, und konnte Einfälle und Illustrationen für zukünftige Predigten sammeln. Jeden Montag pflegte er dann die Gliederung für die Predigt zum folgenden Sonntag zu machen. Danach füllte er das Gerüst jeden Tag ein Stück aus, bis er eine zwanzigminütige Predigt beisammen hatte, die, wie er hoffte, zu hören sich lohnte.

Er war froh, als Miss Windfall sich über die Sprechanlage meldete. Zweifellos hatte sie irgendeine lästige, langweilige Arbeit für ihn. Normalerweise brachte er dann alle möglichen Ausreden vor, um sich davor zu drücken, und erntete dafür kühle Mißbilligung von Miss Windfall. An diesem Tag jedoch war ihm jede nervtötende Aschenbrödelarbeit willkommen.

»Hier ist jemand, der behauptet, Sie wollten ihn sprechen«, teilte ihm Miss Windfall in ihrem ausdruckslosen Büroton mit. »Sein Name ist Higbee, Clarence Higbee.«

Randollph hatte bereits gelernt, Miss Windfalls Ton und Ausdrucksweise zu übersetzen. Er wußte genau, was sie ihm jetzt übermittelte. ›Hier ist ein Mann, der seiner Erscheinung nach nicht zur gehobenen Mittelklasse gehört, also ganz eindeutig nicht der Gesellschaftsschicht angehört, die wir hier in der Good Shepherd Kirche akzeptabel finden. Ich setze diesen dubiosen Menschen gern vor die Tür, wenn Sie es wünschen, Herr Pastor. Ja, ich würde es sogar empfehlen.‹

Aber wer war Clarence Higbee? Randollph mußte einen Moment überlegen, ehe es ihm einfiel.

»Ja, Miss Windfall, schicken Sie Mr. Higbee bitte herein.«

Es machte ihm Vergnügen, sich Miss Windfalls Frustration darüber vorzustellen, daß ihr Urteil verworfen wurde.

Clarence Higbee war eine Überraschung.

Er war klein. Höchstens einen Meter achtundfünfzig, schätzte Randollph. Sein schwarzer Anzug alten englischen Schnitts hatte einen grünlichen Schimmer. Aber er war sauber und adrett. Das weiße Hemd leuchtete weiß. Der alte Anzug war tadellos gebügelt. Die hohen schwarzen Schnürstiefel, bei deren Anblick sich Randollph an seinen Großvater erinnert fühlte, glänzten im Licht der Schreibtischlampe.

Clarence Higbee war völlig kahl. Sein sonnenverbranntes Gesicht, von Wind und Wetter auf den sieben Meeren gepeitscht, wirkte wie altes gegerbtes Leder. Wären nicht die blauen Augen gewesen, so hätte man ihn leicht für einen Asiaten halten können.

Auf eine steife, respektvolle Art schien Clarence Higbee durchaus unbefangen.

»Die Stellenvermittlung hat mir mitgeteilt, daß Sie einen Koch suchen, Sir.«

Es war ein abgehackter, korrekter Akzent, ohne jene Nuancen, die Angehörigen der – wie die Engländer sagen – dienenden Klasse eigen sind.

»Das ist richtig.« Randollph hoffte, daß seine Antwort enthusiastisch genug klang. Er sah, daß Higbees Füße, obwohl er auf dem Rand des Sessels kauerte, mit knapper Not den Boden berührten.

»Ich bin ein sehr guter Koch, Sir.« Higbee sprach mit dem gelassenen Stolz des Handwerkers. »Ich war Küchenchef auf den Schiffen vieler Nationen und bin daher in der Zubereitung zahlreicher internationaler Spezialitäten bestens bewandert. Ich arbeitete in der Küche des *Mirabelle* in London und des *Ritz* in Paris, ganz zu schweigen von den adeligen Häusern, in denen ich als Butler und Majordomo tätig war. Ich bin ein Weinkenner –«

Randollph hob die Hand, um dieser gastronomischen Biographie Einhalt zu gebieten.

»Ich zweifle nicht daran, daß Sie bestens qualifiziert sind, Mr. Higbee. Die Frage ist: wollen Sie damit zufrieden sein, für einen alleinstehenden Mann zu kochen, der wahrscheinlich nicht den Gaumen hat, den Sie erwarten?«

Zum erstenmal lächelte Higbee ein wenig.

»Wenn die Stellung angenehm ist, Sir, ja. Gaumen kann man erziehen.«

Randollph lag viel daran, daß die Plage, jeden Morgen zum Frühstück ausgehen, jeden Tag im Restaurant essen zu müssen ein Ende fand.

»Wenn Sie bereit sind, einen Versuch zu machen, Mr. Higbee, würde ich mich darüber freuen. Ihr Gehalt, das mir von der Vermittlung genannt wurde, ist mir recht. Und ich bin sicher, Ihre Unterkunft wird Ihnen zusagen.«

»Oh, ja, Sir. Ich habe noch nie in einem Penthaus gedient. Das ist einer der Reize an dieser Stellung. Ich bin immer für neue Erfahrungen offen.«

Aber dennoch, vermerkte Randollph, war er nervös, als machte ihm etwas zu schaffen.

»Haben Sie vielleicht irgendwelche Fragen zu der Stellung?«

Higbee war sichtlich erleichtert.

»Ja, eine Frage muß ich, glaube ich, stellen, Sir.«

»Bitte.«

»Vielleicht sollte ich zunächst erklären, daß ich Waise bin«, sagte Higbee. »Ich bin ein geborener Cockney. In sehr jungen Jahren kam ich ins Waisenhaus der Kirche von England. Dort ging es streng zu. Die geistlichen Herren gaben mir eine Ausbildung mit. Als ich Interesse am Kochen zeigte, sorgten sie dafür, daß ich eine Grundausbildung als Koch erhielt. Sie lehrten uns die Manieren und den Akzent der oberen Klassen. Der Akzent ist in England sehr wichtig. Sie sehen also, Sir, ich verdanke es der Kirche von England, daß mir im Leben eine Chance geboten wurde. Meine Loyalität ist daher unverbrüchlich.«

Randollph war verwundert. »Ich finde diese Einstellung äußerst lobenswert. Aber inwiefern ergibt sich daraus ein Problem?«

Clarence Higbee wand sich in seinem übergroßen Sessel, als könnte er nicht um alles in der Welt eine bequeme Haltung finden.

»Es ist so, Sir: Da ich noch nie für einen geistlichen Herrn tätig war, würde es mich interessieren, ob von mir erwartet wird, daß ich die Gottesdienste Ihrer Kirche besuche?«

Randollph hätte beinahe gelacht, aber er sah, daß es dem kleinen Mann bitterernst war.

»Aber nein, selbstverständlich nicht, Mr. Higbee. Angestellte der Kirche zu zwingen, der Kirche anzuhängen, wäre eine Beschneidung der Religionsfreiheit. Unser Organist beispielsweise ist Katholik. Ich möchte Sie ob Ihrer Fähigkeiten anstellen, nicht ob Ihres Glaubens.«

Higbee schien höchst erleichtert.

»Ich bin ein Mann, der regelmäßig zur Kirche geht, Sir, damit wir uns da nicht mißverstehen. Und nicht nur aus Dankbarkeit für alles, was die Kirche von England für mich getan hat.« Er stand auf. »Hier muß ich mich natürlich mit der protestantischen Episkopalkirche begnügen. Sie kommt der Kirche von England noch am nächsten. Ich betrachte die Kirche von England als die einzige wahre Kirche, Sir. Aber ich möchte Ihnen sagen, daß ich gegen die Leute, die ihr nicht angehören, keinerlei Vorurteil habe.«

Es war, als wäre Randollphs Stoßseufzer erhört worden. Die Besucher gaben sich an diesem Tag die Klinke in die Hand. Er hatte keine Gelegenheit, über Lisa Julian zu grübeln.

Nach Clarence Higbee kam ein Mr. Edgar Otis, den Miss Windfall als Mitglied von Good Shepherd identifizierte. Sie tat dies aber wiederum in einem Ton, der besagte, daß Mr. Otis zwar gewiß ein durchaus achtbarer Mann war, daß er aber nicht jener Klasse zugerechnet werden konnte, aus der nach Miss Windfalls Auffassung die eigentlichen Eigentümer der Kirche kamen.

Otis, der fünfundvierzig Jahre alt war, aber wie Mitte Fünfzig aussah, hatte braunes Haar, das sich am Scheitel lichtete, und er musterte Randollph aus kurzsichtigen Augen, die hinter dicken Brillengläsern zusammengekniffen waren. Ein dunkelbrauner Anzug von überdurchschnittlicher Qualität vermittelte den Eindruck konservativen Wohlstandes. Aber er sollte kein weißes Hemd tragen, dachte Randollph. Das macht ihn blaß.

Randollph bat ihn, auf dem Sofa Platz zu nehmen, und setzte sich in einen Sessel.

»Es freut mich, eines unserer Gemeindemitglieder kennenzulernen«, begann er, um dem Manne seine Befangenheit zu nehmen. »Leider ist das aufgrund der besonderen Situation dieser Kirche gar nicht so einfach.«

»Das weiß ich, Dr. Randollph.« Otis bemühte sich, frische Herzlichkeit zu zeigen, doch darunter, das spürte Randollph, verbarg sich ein ängstliches Wesen. »Meine Frau und ich haben jede Ihrer Predigten gehört, seit Sie hier sind. Wir wohnen in Glenview, aber wir finden, es ist die Fahrt wert. Wir sind natürlich beide in dieser Gemeinde aufgewachsen.«

»Es freut mich, daß meine Gottesdienste einen solchen Anreiz auf Sie ausüben«, erwiderte Randollph.

Was will der Mann, fragte er sich. Hat er Probleme mit seiner Frau? Kaum. Randollph hatte entdeckt, daß es fast immer die Frauen waren, die kamen, um über Eheschwierigkeiten zu sprechen. Ehemänner waren zu stolz, um zuzugeben, daß sie mit solchen Problemen nicht fertig wurden. Vielleicht würde eines Tages einmal auch ein Mann hereinkommen und sagen: »Meine Ehe geht in die Brüche. Bitte helfen Sie mir.« Aber bisher war das nicht geschehen. Vielleicht hatte Mr. Otis Sorgen mit einem Kind, vielleicht nahm eine Tochter oder ein Sohn Drogen, vielleicht bestanden aufgrund des Generationssprunges Kommunikationsschwierigkeiten. Aber dann hätte eigentlich die Frau auch mitkommen müssen.

Randollph gab das Raten auf und fragte: »Was ist Ihr Beruf, Mr. Otis?«

Otis lockerte sich augenblicklich.

»Deswegen wollte ich mit Ihnen sprechen.« Und dann sprudelte alles heraus wie aus einem Hahn, der plötzlich aufgedreht worden ist. »Ich bin Elektroingenieur, ein guter. Bis vor sechs Monaten war ich Chefingenieur bei einem Unternehmen, das Elektrogeräte fabriziert. Dann kaufte uns eine deutsche Firma, und bei der Umstellung verloren viele von uns ihren Posten. Ich finde keine Arbeit. Alle wollen jüngere Leute haben, und ich bin mit meinen finanziellen Mitteln am Ende. Ich bin vollkommen verzweifelt.«

Edgar Otis schlug die Hände vor sein Gesicht und begann zu schluchzen.

Randollph war verlegen und schämte sich seiner Verlegenheit. Es gab keinen Grund, weshalb ein Mann nicht weinen durfte. Man mußte sich nur daran gewöhnen.

Als Edgar Otis' herzzerreißendes Schluchzen zu leisem Wimmern abklang, ging Randollph zu seiner Schreibtischschublade, in der er eine Schachtel Kleenex hatte. Freddie hatte ihm geraten, immer Tücher zur Hand zu haben, und Freddie hatte recht gehabt.

Edgar Otis nahm das Tuch, schneuzte sich und sagte: »Entschuldigen Sie. Ich habe das wahrscheinlich so lange mit mir herumgeschleppt, daß ich es einfach mal rauslassen mußte.«

»Gut, daß Sie es konnten.« Randollph bemühte sich, beruhigend zu wirken.

»Ich habe mich eben mit so was noch nie auseinandersetzen müssen. In der Firma bin ich schnell vorwärtsgekommen. Ich will nicht angeben, aber ich verstehe was von meiner Arbeit.«

»Das glaube ich Ihnen«, murmelte Randollph.

»Aber diese Deutschen –« Otis sprach das Wort ›Deutsche‹ beinahe mit Haß aus – »setzten ihre eigenen Leute als Abteilungsleiter rein.«

»Bitter.«

»Ich verstehe nur eines nicht: Ich bin ein guter Christ. Meine Frau und ich, wir führen ein christliches Leben. Wir gehen regelmäßig zur Kirche. Ich betrüge sie nicht, habe sie nie betrogen. Wir haben nie etwas Unrechtes getan. Warum läßt Gott dann zu, daß mir das geschieht?«

Er lehnte sich zurück, überzeugt, einen Punkt gemacht zu haben, den ihm keiner streitig machen konnte, und wartete darauf, daß sein Pastor ihm erklärte, warum Gott die Gutpunkte, die er sich im Himmel verdient hatte, einfach ignorierte.

»Warum nicht?« fragte Randollph.

»Was?«

»So sieht Gott das nicht, Mr. Otis.«

»Eben doch.« Otis war gereizt. »Das habe ich doch hier in dieser Kirche in der Sonntagsschule gelernt. Man muß ein guter Mensch sein, wenn man möchte, daß Gott gut zu einem ist.«

Randollph seufzte. »Mr. Otis, ich bitte um Entschuldigung für den schlechten Glauben, den Sie aus der Sonntagsschule bezogen haben. Es gibt kein Versprechen, daß Gott einen vor den Unbilden des Lebens schützt. Es gibt nur eine Verheißung, daß er einem die Kraft gibt, sie zu ertragen. Warum können Sie keine Stellung finden?«

»Oh, eine Stellung kann ich schon finden, das ist es nicht.«

»Ich dachte, das wäre es.«

»Nein, nein. Ich habe mich wahrscheinlich nicht klar genug ausgedrückt. Ich kann keine Stellung finden, die auch nur entfernt meiner früheren Position entspricht. Ich war Abteilungsleiter und hatte ein Gehalt von fünfzigtausend im Jahr. Das Beste, was man mir bisher geboten hat, war eine Stellung als zweiter Designer mit jährlich zweiundzwanzigtausend. Aber davon kann ich nicht leben. Außerdem geht es um den Prestigeverlust. Sogar mit den zusätzlichen dreizehntausend, die meine Frau als Lehrerin verdient, könnten wir's nicht schaffen.«

Randollph kam zu dem Schluß, daß er zu lange im Elfenbeinturm gelebt hatte. Ihm war völlig unverständlich, wieso eine Familie, die im Jahr ein Einkommen von fünfunddreißigtausend Dollar haben konnte, von Armut bedroht sein sollte.

Mr. Otis erklärte es ihm.

»Die Hypotheken aufs Haus betragen monatlich siebenhundert. Es ist ein hübsches Haus, keine Villa, aber hübsch. Die Zahlungen für den Mercedes und für den Buick kommen auf sechshundertdreißig im Monat. Und zweihundert für Edgars Porsche – wir haben ihn spottbillig bekommen, aus zweiter Hand. Der Country Club kostet uns monatlich auch an die drei- oder vierhundert. Dann die Zahnarztrechnungen – Sie haben ja keine Ahnung, was mich der Zahnarzt kostet! Und Edgar, mein Sohn, studiert an der Northwestern Universität. Emily soll nächstes Jahr nach Vassar – und dann die gesellschaftlichen Verpflichtungen – das Leben ist heute einfach unheimlich teuer.«

Randollph, der selten dazu neigte, anderen gute Ratschläge darüber zu geben, wie sie sich ihr Leben einrichten sollten, unterdrückte einen Impuls, Edgar Otis ob soviel Dummheit gehörig die Meinung zu sagen. Doch das Land, vielleicht sogar seine eigene Gemeinde, war wahrscheinlich angefüllt mit solchen Männern, die trotz Doppeleinkommens langsam in den Wogen hoher Lebenshaltungskosten und hoher Schulden versanken.

»Haben Sie daran gedacht, eine schlechter bezahlte Stellung anzunehmen und sich einzuschränken, Mr. Otis?«

»Hm...« Otis zögerte. »Wir haben uns schon überlegt, ob wir aus dem Country Club austreten sollen. Aber wir spielen beide gern Golf, und alle unsere Freunde gehören dazu. Wie erklärt man das seinen Freunden?«

»Und brauchen Sie einen Mercedes und einen Buick, und braucht Ihr Sohn einen Porsche? Vielleicht könnten Sie mit billigeren Transportmitteln auskommen?«

Edgar runzelte unglücklich die Stirn.

»Ja, wissen Sie, das sähe doch wirklich nicht gut aus.«

Randollph gab auf. Es wären Monate geduldiger Gespräche nötig gewesen, um Edgar von den Vorstellungen zu befreien, die er sich im Umgang mit seiner Umwelt erworben hatte – daß nur Verlierer ohne Villen in Suburbia, ohne ausländische Autos und ohne Skiurlaub in Aspen auskommen.

»Mr. Otis«, sagte er in einem Ton, der, wie er hoffte, jenem des Propheten Amos glich, als dieser die albernen Frauenzimmer der vornehmen Gesellschaft Israels ›ihr Kühe von Baschan‹ genannt hatte, »haben Sie sich schon einmal überlegt, daß Gott Sie vielleicht für Ihren Stolz und Ihre Besitzgier straft? Ist Ihnen schon einmal der Gedanke gekommen, daß Ihr aufwendiges Leben Gott mißfällt und daß er sich deshalb entschlossen hat, Sie Demut zu lehren?«

Edgar Otis blieb vor Erstaunen der Mund offenstehen, aber ein Ausdruck des Begreifens und ein Ausdruck der Erleichterung, als fühlte er sich von seinen Sünden freigesprochen, breiteten sich langsam auf seinem Gesicht aus. Randollph hegte den Verdacht, daß Edgar aufgrund seiner streng protestantischen Erziehung immer Schuldgefühle wegen seiner üppigen Lebensweise gehabt hatte.

»Glauben – glauben Sie, daß es das ist?« Otis' Erleichterung wuchs. »Ja, bestimmt ist es das. Warum habe ich das nur nicht selbst gesehen?« Er richtete sich auf und straffte die Schultern. »Ich will nicht gegen Gottes Willen handeln. Wir werden unser Leben ändern. Ich bin hergekommen, um Sie zu bitten, mir bei der Suche nach einer guten Stellung behilflich zu sein. Aber jetzt nehme ich eine, die mir bereits angeboten wurde. Ich danke Ihnen von Herzen, daß Sie mir geholfen haben, die Wahrheit zu sehen, Dr. Randollph. Jetzt wird alles gut. Bis Sonntag.«

Randollph wußte, es hätte ihm Befriedigung geben sollen, daß er einem niedergeschlagenen Menschen geholfen hatte, sein Leben wieder in die Hand zu bekommen, aber er fühlte sich scheußlich. Es war ein billiger Trick, auf irreführende theologische Lehren zurückzugreifen, um momentane Ergebnisse zu erzielen.

Heiligt der Zweck die Mittel? Randollph glaubte, daß der Zweck das innerhalb vertretbarer Grenzen tat. Sicher hatte er recht daran getan, Edgar Otis unter Berufung auf einen beängstigenden göttlichen Beschluß dazu zu bringen, der Wirklichkeit ins Auge zu sehen. Aber es gab kein Gesetz, das besagte, daß der Pastor Befriedigung verspüren mußte, wenn er zweifelhafte Mittel zum Erreichen eines guten Zwecks einsetzte.

Nach Edgar Otis kam eine Frau, deren Mann Trinker war. Sie flehte Randollph an, ihren Mann aufzusuchen und mit ihm zu sprechen. Eingedenk Freddies Empfehlung, niemals einem Menschen zu raten, der nicht von selbst kommt, lehnte er so schonend und behutsam wie möglich ab.

Dann rief der Geschäftsführer des Hotels an, das von der Kirche an eine nationale Hotelkette verpachtet worden war. Er wollte wissen, wie Randollph dazu stünde, die Turnhalle der Kirche an das Hotel zu vermieten. Man wollte sie zu einem Sitzungssaal umbauen.

»Da kommen nämlich die Gewinne her, aus dem Tagungsgeschäft«, erklärte der Geschäftsführer. »Wir würden einen guten Preis zahlen. Wir haben viel zuwenig große Sitzungssäle. Und Sie benutzen den Turnsaal doch sowieso kaum.«

Randollph erwiderte, soviel er wüßte, hätte Mr. Gantry ein Sportprogramm laufen, aber er würde sich genauer erkundigen.

Ein junges Paar sprach vor, um den Termin für eine Hochzeit in kleinem Rahmen in der Kapelle von Good Shepherd zu vereinbaren.

Das Bestattungsinstitut rief an, um Einzelheiten über die für den folgenden Tag angesetzte Beerdigung von Lisa Julian Brandt zu erfragen.

Randollph fand, er hätte jetzt genug, und wollte gerade gehen, als Miss Windfall die Sprechanlage wieder summen ließ.

»Lieutenant Michael Casey von der Polizei möchte Sie sprechen«, meldete sie.

11

Lieutenant Michael Casey hatte den größten Teil des Tages im Drake Hotel zugebracht. Als er den schwarzen Pontiac parkte, hatte der Morgen bereits einiges von seiner Frische verloren. Der glatte blaue Spiegel des Sees wurde hier und dort von einer trägen Brise bewegt. Die Autoschlangen auf dem North Michigan Boulevard und dem Lakeshore Drive heizten die warme Luft mit Auspuffgasen auf.

Casey war froh und dankbar, sich ins kühle Drake Hotel retten zu können. Sein kurzärmeliges blaues Hemd klebte schon, und sein beiges Sommerjackett kam ihm so schwer vor wie ein Wintermantel. Nachdem er am Empfang seinen Dienstausweis vorgezeigt hatte, führte man ihn sogleich ins Büro des Geschäftsführers.

Martin Hamlin, makellos in einem grauseidenen Anzug mit Weste und rostroter Krawatte, begrüßte Casey mit der höflichen Herablassung, die langgeschulte Hotelangestellte gern zur Schau tragen. Selbstverständlich wollte er der Polizei nach besten Kräften helfen, wenn auch die Publicity über diesen ›unglückseligen Zwischenfall‹ dem Ruf des Hotels nicht eben zuträglich gewesen war.

Casey rechnete nicht damit, daß er von dem Geschäftsführer viel erfahren würde. Er fragte, ob seit Samstag jemand von den Angestellten gekündigt hätte oder überraschend nicht wieder an seinem Arbeitsplatz erschienen wäre. Hamlin tätigte ein paar Anrufe und schüttelte dann verneinend den Kopf. Casey fragte, ob es am Samstag oder Sonntag irgendwelche ungewöhnliche Ereignisse gegeben hätte.

»Was meinen Sie damit, Lieutenant?«

Es war nichts Unhöfliches am Ton des Geschäftsführers, aber sein Gehabe entsprach dem eines Mannes, der eine lästige Pflicht zu erledigen hat.

Casey gelang es, seinen Ärger hinunterzuschlucken.

»Es steht fest, Mr. Hamlin, daß jemand in Lisa Brandts Zimmer eingedrungen ist, sie getötet hat und wieder verschwunden ist. Ich weiß, es ist einfach, in einem großen Hotel unterzutauchen, aber wir müssen fragen. Mit den Mädchen, die dort oben Dienst hatten, sprachen wir bereits. Nichts. Ich frage jetzt nur, weil es ja sein kann, daß einer der anderen Angestellten etwas bemerkt hat, das uns weiterhelfen könnte. Sie bekommen in solchen Fällen doch einen Bericht, nicht wahr?«

Verdrossen nahm der Geschäftsführer einen Hefter aus der Schublade des Schreibtisches, zog einige Papiere heraus und blätterte sie rasch durch.

»Am Samstag abend wurden zwei Betrunkene aus der Bar hinausgeworfen. Sie drohten beide, gerichtliche Schritte zu unternehmen, aber das werden sie natürlich nicht tun«, sagte er. »Einer unserer Detektive schnappte im Foyer einen uns bekannten Taschendieb und setzte ihn an die Luft.« Er blätterte weiter. »Ein Gast, der eigentlich gestern hätte ausziehen sollen, ist nirgends aufzutreiben. Mehrere Pärchen, die sich vermutlich unter falschem Namen einlogiert haben. Aber da machen wir im allgemeinen keinen Wirbel, wenn sie ihre Rechnung bezahlen.« Er legte die Papiere wieder in den Hefter. »Nichts Ungewöhnliches dabei.«

»Wer ist der Gast, der nicht aufzutreiben ist?« wollte Casey wissen.

Widerstrebend klappte Martin Hamlin den Hefter noch einmal auf.

»Mrs. Laura Justus. Bestellte vor zwei Wochen telefonisch ein Zimmer. Freitag nachmittag um eins kam sie an. Die Buchung war für Freitag und Samstag.«

»Warum sagen Sie, daß sie nicht aufzutreiben ist?«

»Als sie gestern nicht, wie geplant, auszog und sich auf das Klopfen des Zimmermädchens in ihrem Zimmer nichts rührte, schloß das Mädchen mit dem Hauptschlüssel auf. Das halten wir immer so. Es kommt ja vor, daß Leute an einem Herzinfarkt sterben oder –« Er wollte weitere Beispiele anfügen, tat es dann aber nicht. »Sie war nicht im Zimmer, doch ihr Gepäck war noch da. Es ist heute noch vorhanden.«

»Wie sah das Bett aus? Hatte sie darin geschlafen?«

Hamlin blickte wieder auf das Papier.

»Nein.«

»Was halten Sie aufgrund Ihrer Erfahrung von dieser Geschichte?« Casey gab sich Mühe, seine Stimme mit ein wenig Schmeichelei zu schmieren.

Der Geschäftsführer breitete die Hände aus.

»Vielleicht ist sie eine Ehefrau, die das Hotel als Deckadresse benützt, um sich anderswo mit einem Geliebten zu treffen.«

»Warum ist sie dann nicht zurückgekommen und zur geplanten Zeit ausgezogen?«

»Vielleicht amüsierte sie sich so gut, daß sie keine Lust hatte zurückzukommen.«

»Hätte sie dann nicht angerufen, um ihre Reservierung zu verlängern?«

»Das wäre das Normale gewesen, ja.«

»Ihr Verhalten paßt also nicht ins übliche Schema?«

Martin Hamlin gab sich das Air des Mannes, dem nichts fremd ist.

»Nein, das nicht. Aber in meinem Beruf lernt man, daß es normales Verhalten gar nicht gibt. Hotelgäste tun Dinge, die jedem – außer ihnen selbst – völlig unverständlich sind.«

»Ich möchte mit dem Mann sprechen, der diese Mrs. Justus hier empfangen hat«, erklärte Casey, »und mit dem Hoteldiener, der ihr Gepäck aufs Zimmer gebracht hat. Dann sehe ich mir das Zimmer selbst an. Bitte sorgen Sie dafür, daß dort nichts mehr angerührt wird.«

»Ist das wirklich notwendig, Lieutenant? Unsere Gäste haben ein Recht darauf, ungestört zu bleiben. Wir haben keinen Anlaß zu glauben, daß Mrs. Justus nicht die Absicht hat zurückzukommen. Schließlich steht ja ihr Gepäck noch auf dem Zimmer.«

Seine eigene Selbstherrlichkeit und Caseys freundliche Art verführten den Geschäftsführer zu der Annahme, er könne diesen jungen Polizeibeamten einschüchtern.

»Mr. Hamlin, ich bin froh, daß Sergeant Garboski, der viel mit mir zusammenarbeitet, sich nicht an meiner Stelle hier befindet. Sergeant Garboski ist ein ungehobelter Mensch. Er würde Sie nicht um Kooperation bitten. Er würde Ihnen genau ausmalen, was für Schwierigkeiten die Stadt einem Hotel machen kann, wenn sie will. Plötzlich würden hier Leute von der Gesundheitsbehörde auftauchen, Inspektoren von der Feuerwehr, Experten für Aufzüge, die vielleicht Ihre Aufzüge mehrere Stunden lang zum Stillstand bringen müßten. Ich persönlich halte nichts davon, die Dinge so zu handhaben. Ich bin der Meinung, die meisten Leute geben der Polizei gern Hilfestellung, wenn sie höflich darum gebeten werden. Sind Sie nicht auch dieser Ansicht?«

Hamlin, dessen Gesicht rot war vor Verlegenheit und Wut, griff zum Telefon und sagte: »Schicken Sie mir Vanderwater ins Büro.«

George Vanderwater war ein zwangloser junger Mann, der sich das überlegene Getue des langjährigen Hotelangestellten noch nicht angeeignet hatte. Er schien hocherfreut darüber, daß Casey um seine Hilfe gebeten hatte.

»Ja, den Empfang der Dame habe ich gemacht«, erklärte er.

»Wie sah sie aus? Können Sie sich erinnern?«

»Natürlich. Auf gute Beobachtung wird bei uns Wert gelegt. Außerdem mache ich mir gern meine eigenen Gedanken darüber, was jeder einzelne wohl sein könnte. Das betreibe ich so als Spiel.«

»Können Sie Mrs. Justus beschreiben?«

»Klar. Groß für eine Frau, an die einsfünfundsiebzig. Langes blondes Haar. Es hing ihr weit ins Gesicht, so wie bei dieser alten Filmschauspielerin, Veronica Lake. Man sah praktisch nur eine Hälfte von ihrem Gesicht. Blaue Augen. Eines war jedenfalls blau. Das andere habe ich nicht gesehen. Ziemlich stark geschminkt. Gut angezogen, teuer. Sie hatte einen dunkelgrünen Hosenanzug an und dazu eine helle Bluse. Die Jacke trug sie wie ein Cape um die Schultern. Und ein Riesenbusen.«

»Wie alt Ihrer Schätzung nach?« fragte Casey.

»Um die Dreißig.«

»Hat sie etwas zu Ihnen gesagt?«

»Sie wollte ein Zimmer in einem der unteren Stockwerke haben. Ich habe ihr 334 gegeben.«

Casey überlegte einen Moment, dann fragte er: »Da Sie sich so gern Ihre eigenen Gedanken über die Gäste machen, würde ich gern wissen, was Sie von Mrs. Justus hielten.«

George Vanderwaters Gesicht verzog sich zu einem jungenhaften Grinsen. Er warf einen Blick auf den Geschäftsführer, dann sagte er: »Für mein Empfinden war sie eine teure Nutte.«

»Vanderwater, Sie wissen, daß wir Personen dieses Gewerbes ablehnen«, fuhr Hamlin mißbilligend dazwischen.

»Natürlich weiß ich das, Sir.« Vanderwater blieb gelassen. »Aber sie kommen ja nicht mit Schildern rein, auf denen steht: ›Ich bin eine Fünfhundertdollar-Nutte.‹«

»Wie kamen Sie darauf, daß sie ein Call-Girl ist?« fragte Casey.

»Die starke Schminke. Nicht ordinär. Nicht wie bei den Mädchen in den billigen Kneipen auf der North Side. Sie verstand, damit umzugehen. Aber sie war ganz offensichtlich keine junge Hausfrau aus Milwaukee. Und ich glaube, sie trug eine Perücke. Wenn ja, dann eine gute. Eine Perücke erkennt man fast immer, aber ganz sicher war ich bei der nicht.«

»Stimme?«

»Eine normale Frauenstimme. Nichts Besonderes dran.«

»Was für eine Adresse hat Mrs. Justus angegeben, als sie sich anmeldete?« Casey richtete die Frage an Hamlin, der wieder nach dem Hefter griff.

»Zwölf-einundzwanzig Copper Beach Lane in Indianapolis.«

Vanderwater gab diese Auskunft, noch ehe der Geschäftsführer das richtige Blatt gefunden hatte. Casey fragte sich, ob George Vanderwater dazu überredet werden könnte, zur Polizei zu gehen.

»Kann ich mal telefonieren, Mr. Hamlin?« fragte Casey.

Hamlin nickte.

Casey wählte, wartete, sprach kurz, wartete wieder, sprach nochmals einige Worte, legte dann auf.

»So, kann ich jetzt mit dem Mann reden, der Mrs. Justus auf ihr Zimmer gebracht hat? Und würden Sie mir das Zimmer zeigen, Mr. Vanderwater? Ich möchte, daß Sie das Gepäck identifizieren.«

Er dankte dem Geschäftsführer für seine Hilfe.

Der Hausdiener namens Ernest war dank George Vanderwaters phänomenalem Gedächtnis rasch gefunden. Ja, er erinnerte sich, die Dame auf ihr Zimmer gebracht zu haben. Nein, er hatte nicht sonderlich auf sie geachtet. Er erinnerte sich nur, daß sie ihm zwei Dollar Trinkgeld gegeben hatte. Frauen gaben selten soviel. In Casey löste diese Bemerkung einen vagen Gedanken aus, aber er bekam ihn nicht zu fassen.

»Wenn Mrs. Justus wirklich eine Prostituierte war«, wandte er sich an George Vanderwater, »wäre das hohe Trinkgeld dann typisch?«

Der junge Mann schob nachdenklich die Lippen vor, dann erwiderte er: »Nein. Die meisten Nutten sind geizig. Sie verschenken nichts. Sie verkaufen nur.«

Zimmer 334 sah unbewohnt aus, schien aber darauf zu warten, in Besitz genommen zu werden. Ein Koffer von guter Qualität, ein Markenerzeugnis, das in allen Kaufhäusern des Landes verkauft wurde, lag offen auf der Kofferbank. Casey sah rasch den Inhalt durch: Strümpfe, frische Unterwäsche, hauchdünn und sündteuer. Auf dem Toilettentisch standen Schmink- und Kosmetiksachen aufgereiht. Im Badezimmer fand Casey Mundwasser, Zahnpasta und Zahnbürste, Aspirin, Schlaftabletten, ein Eisenpräparat, das als wesentlich für die Gesundheit der Frau über Dreißig angepriesen wurde, und eine Packung Anti-Baby-Pillen, die zur Hälfte geleert war.

Im Schrank hingen zwei Kleider. Casey suchte nach den Etiketten. Sie waren herausgeschnitten. Auf dem Boden des Schranks stand ein Paar weiße Lackpumps.

»Das Mädchen hat das Zimmer saubergemacht«, bemerkte George Vanderwater. »Deshalb ist es so ordentlich.«

»Können Sie mir die Zimmermädchen herholen?« fragte Casey. »Ich muß mit ihnen sprechen.«

»Kein Problem.«

»Kann ich von hier aus einen Anruf machen?«

»Selbstverständlich. Wählen Sie erst neun, dann Ihre Nummer.«

Caseys Telefongespräch dauerte nicht lange. Als er aufgelegt hatte, sagte er: »In Indianapolis gibt es keine Copper Beach Lane und auch keine Laura Justus. Das Zimmer wird abgeschlossen, bis unsere Spurensicherungsleute es untersucht haben. Wenn Mrs. Justus zurückkommen sollte, dann benachrichtigen Sie mich bitte unverzüglich.«

Er glaubte nicht, daß Mrs. Justus zurückkehren würde.

Casey sprach mit Annette Paris, Amos Oregon und Jaime DeSilva, die alle im Drake wohnten und alle bis zu Lisas Beerdigung bleiben wollten.

Annette Paris wirkte sehr zierlich und feminin in einem weißen Hausanzug aus leichtem, fließendem Material. Sie bat Casey in ihre Suite, als hieße sie einen heimlichen Liebhaber willkommen. Nachdem sie es sich in einer Ecke des riesigen Sofas bequem gemacht hatte, forderte sie ihn auf, sich zu ihr zu setzen.

»Sie können sich vorstellen, wie erschüttert ich bin, Lieutenant, und dabei steht mir noch die Beerdigung bevor. Ich weiß nicht, wie ich das aushalten soll.« Sie betupfte ihre Nase mit einem hübschen Spitzentaschentüchlein. »Meine beste Freundin ermordet. Ermordet! Mein Gott! Ich habe nie jemanden gekannt, der ermordet worden ist. Mord ist etwas, das in Kriminalromanen vorkommt oder wovon man in den Boulevardzeitungen liest. Er trifft immer andere. Ich habe einmal auf der Bühne in einem Kriminalstück gespielt – damals fing ich gerade beim Theater an. Es hat Spaß gemacht. Es war ein Spiel. Es war nicht Wirklichkeit. Im wirklichen Leben bringen nette Menschen nicht einfach andere um.«

Annette Paris redete nur, um zu reden, und Casey fragte sich, warum sie das tat.

»Ihre Bemerkung, daß nette Menschen nicht einfach andere umbringen, interessiert mich«, unterbrach Casey ihren Schwall. »Die vorherrschende Meinung ist, daß Lisa Julian von einem Einbrecher getötet wurde. So stand es auch in den Zeitungen.

Haben Sie Informationen, die wir nicht haben?«

Betroffen, dann verwirrt starrte Annette Paris ihn an. »Ich – damit meinte ich nichts Bestimmtes.«

Casey wußte, daß es nicht so einfach sein würde wie bei Hamlin Martin, Annette davon zu überzeugen, daß es in ihrem eigenen Interesse lag, der Polizei zu helfen. Eine bekannte Filmschauspielerin konnte man nicht mit Drohungen einschüchtern. Außerdem hatte er gar nichts in der Hand, womit er ihr hätte drohen können. Er konnte sie aufs Präsidium schleppen und dort ins Verhör nehmen, aber dann würde innerhalb kürzester Zeit ihr Anwalt auftauchen, ihre Filmgesellschaft würde einen Riesenwirbel machen, der Bürgermeister würde dem Polizeipräsidenten auf die Finger klopfen, und wem der Polizeipräsident auf den Hut spucken würde, konnte man sich denken. Auf dieser Welt, dachte sich Casey, lohnt es sich wirklich, reich und prominent zu sein. Nein, bei Annette Paris konnte er nur weiterkommen, wenn er den gutmütigen, warmherzigen Polizeibeamten spielte, der ihren Beistand nötig hatte, um den Mord an ihrer Freundin aufklären zu können. Er mußte sie zum Reden ermuntern. Sie redete gern.

»Ich brauche eben alle Hilfe, die ich bekommen kann, um herauszufinden, wer Lisa Julian getötet hat«, sagte er behutsam.

»Nun ja ...« Annette Paris war sichtlich unschlüssig, ob sie schweigen oder die Katze aus dem Sack lassen sollte. »Ich meine – ich dachte mir, es gibt sicher Leute, die über Lisas Heirat sehr aufgebracht waren.«

Annette machte ein Gesicht, als wollte sie gleich zu weinen anfangen.

»Glauben Sie?«

»Ganz bestimmt.« Wie eine Alkoholikerin, die schließlich doch zur verbotenen Flasche greift und weiß, daß es kein Zurück mehr gibt, sprudelte sie ihre Enthüllungen heraus. »Amos Oregon ist in einer gefährlichen Stimmung. Er hat das ganze Wochenende unentwegt getrunken und dauernd gesagt, er ließe sich nicht einfach abschieben. Er fühlte sich von Lisa brüskiert, obwohl er nur einer von ihren vielen Liebhabern war. Aber Männer sind ja solche Egoisten«, fügte sie giftig hinzu. »Sie bilden sich ein, wenn eine Frau ihnen ein bißchen Aufmerksamkeit zeigt, dann müßte sie schon leidenschaftlich in sie verliebt sein. Jaime DeSilva ist auch so einer, obwohl er ein bißchen zivilisierter ist als Amos. Er rannte Lisa schon seit Jahren hinterher und flehte sie an, ihn zu heiraten. Er dachte, früher oder später würde sie den ewigen Wechsel satt bekommen und doch noch bei ihm landen. Dieser Idiot! Den ewigen Wechsel bekam sie zwar satt, aber zu ihm kam sie nicht. Sie landete bei Carl Brandt. Kann das ein Mensch verstehen? Was hat Lisa an dem bloß gefunden?«

Casey wußte, daß sie nicht ihn fragte, sondern sich selbst.

Annette war nicht zu bremsen.

»Und ich glaube, das hat Jaime fürchterlich geärgert. Gekränkt wäre er sowieso gewesen. Aber daß sie sich dann auch noch einen Mann wie Carl Brandt aussuchte – darüber ärgerte er sich grün. Wenn sie sich für Con Randollph entschieden hätte, dann hätte er das wahrscheinlich akzeptiert. Das hätte Jaime verstehen können. Aber daß sie einen langweiligen Tölpel wie Carl Brandt nahm, das konnte er ihr nicht verzeihen.«

Casey war echt überrascht.

»Sie sprechen von Reverend Dr. C. P. Randollph?«

Jetzt war Annette die Überraschte.

»Natürlich. Für mich ist er nur Con, weil ich ihn kennenlernte, als er noch bei den Rams spielte. Lisa sagte, sie hätte beinahe der Schlag getroffen, als er da im Pfarramt plötzlich vor ihr stand. Sie war eine ganze Weile mit ihm befreundet. Wußten Sie das nicht? Ich glaube, die Sache lief ungefähr ein Jahr, dann ging sie in die Brüche. Con hörte mit dem Football auf und verschwand einfach von der Bildfläche. Er machte mit Lisa Schluß. Sie kam lange nicht darüber hinweg. Ich dachte, Sie wüßten das.«

»Nein, mir hat niemand davon erzählt«, erwiderte Casey. Insbesondere, dachte er, hat Reverend Dr. C. P. Randollph mir nichts davon erzählt. Er mochte Randollph. Er bewunderte ihn sogar dafür, daß er seine Karriere als Football-Star aufgegeben hatte, um Geistlicher zu werden.

Aber von seiner früheren Beziehung zu Lisa Julian hatte Randollph nichts gesagt. Casey stellte sich einen Moment lang die ungewöhnliche Situation vor, mit der Randollph sich konfrontiert gesehen hatte, als Lisa zu ihm gekommen war, um einen Termin für ihre Trauung zu vereinbaren. Er glaubte zwar nicht, daß die alte Beziehung zwischen Lisa Julian und dem Pastor etwas mit dem Mord zu tun hatte, er beschloß aber, Randollph ein bißchen schmoren zu lassen.

Annette setzte ihren Redefluß fort: »Ich wollte nicht sagen, daß Amos oder Jaime sie getötet hat. Nein, das kann keiner getan haben. Es ist nur – ich meine, sie hat starke Gefühle bei ihren Freunden ausgelöst.«

»Wie ist es mit Frauen?« fragte Casey ruhig.

Annette Paris fuhr hoch. Ihr Gesicht war rot.

»Was wollen Sie damit sagen?« Ihre Stimme klang zornig.

»Vielleicht gibt es Frauen, denen Lisa Julian einen Freund oder sogar einen Ehemann ausgespannt hat«, erklärte Casey beschwichtigend.

»Ach so.« Annette wurde etwas lockerer. »Ja, das sicher. Da gibt es sicher eine ganze Menge Frauen. Im Moment fällt mir allerdings keine bestimmte ein. Aber nachprüfen sollten Sie das auf jeden Fall.«

»Das werden wir auch tun«, nickte Casey. »Und wissen Sie, ob Lisa irgendwann einmal eine –« Casey hatte Mühe, die Frage zu formulieren. »Ich meine, es würde mich interessieren, ob Lisa Julian irgendwann einmal eine tiefere Beziehung zu einer anderen Frau gehabt hat.«

Annettes Gesicht wurde wieder rot.

»Sie Schwein! Sie haben sich den Klatsch angehört, wie? Die ganze Zeit wollten Sie nur darauf hinaus!« Sie schlug mit den Fäusten auf ein Sofakissen ein. »Aber ich will Ihnen mal was sagen, Sie neunmalkluger Schlaumeier, Sie verklemmter Bulle: Das, was zwischen Lisa und mir war, das war schön, sehr schön. Sie hat mich geliebt, das weiß ich, und mit der Zeit hätte sie auch erkannt, daß das wahre Liebe war. Sie hat Carl Brandt nicht geliebt. Das hat sie mir sogar selbst gesagt. Ich habe das zweite Gesicht. Ich kann die Zukunft sehen. Ich habe ihr gesagt, es würde eine

Tragödie geben, wenn sie Brandt heiratet. Aber sie hat mich nur ausgelacht. Warum hat sie nicht auf mich gehört? Warum hat sie nur nicht auf mich gehört?«

Annette Paris warf sich der Länge nach auf das Sofa und trommelte mit beiden Fäusten wie ein Kind in einem Wutanfall auf die Kissen ein.

»Scheren Sie sich hinaus, Sie hinterhältiges Schwein!« schrie sie ihn an. »Scheren Sie sich hinaus! Verschwinden Sie!«

»Sieh an, der Mann des Gesetzes! Kommen Sie rein!«

Amos Oregon hatte getrunken. Er schloß die Tür hinter Casey und goß sich dann gleich wieder neu ein, überließ es dem Polizeibeamten, sich einen Platz zu suchen.

»Ich kann Ihnen nichts erzählen. Keine Ahnung, warum Sie zu mir kommen.«

Er hob den Deckel eines Eiskübels, griff mit der Hand hinein und warf ein paar Eiswürfel in sein großzügig gefülltes Whiskyglas.

»Wir sprechen mit allen, die Lisa Julian kannten, Mr. Oregon. Vielleicht kann uns jemand einen Hinweis geben. Wenn ich recht unterrichtet bin, standen Sie ihr ziemlich nahe.«

Zu Caseys Überraschung stellte Amos Oregon sein Glas nieder und schlug beide Hände vor sein Gesicht. Ein spontanes Schluchzen erschütterte seinen Körper.

»Ich habe das Mädel geliebt. Wirklich geliebt habe ich sie«, erklärte Oregon, als er sich wieder in der Gewalt hatte. »Für mich war das Leben vorbei, als sie zu diesem Pfeifenkopf von einem Doktor ›ja‹ sagte.«

Dieser Star Dutzender von Wild-West-Filmen verblüffte Casey. Spielte er jetzt Theater? War er in die vertraute Rolle des wortkargen, rauhen aber herzlichen Sohnes des Wilden Westens geschlüpft, bei dessen Erscheinen auf der Leinwand angeblich die Herzen von Millionen Frauen höher schlugen?

Casey begriff nicht ganz, was Frauen an diesem Mann anziehend fanden. Oregan sah zwar auf eine kernige, naturburschenhafte Art nicht übel aus, aber auf Casey wirkte er flegelhaft und ungehobelt. Er würde Liz fragen müssen. Sie behauptete ja sowieso immer, von Frauen hätte er keine Ahnung.

Im Moment allerdings interessierte ihn mehr die Frage, ob der Amos Oregon, mit dem er sich hier unterhielt, der wahre Amos Oregon war oder die Filmfigur. Es war natürlich möglich, daß die beiden so ineinander verschmolzen, daß selbst Amos Oregon nicht wußte, wo der eine begann und der andere aufhörte.

»Nur der Ordnung halber, Mr. Oregon. Könnten Sie mir kurz sagen, was Sie taten und wo Sie waren, nachdem das Brautpaar sich zurückgezogen hatte?«

Oregon, der eben sein Glas zum Mund führen wollte, hielt mitten in der Bewegung inne.

»Soll das heißen, daß man mich verdächtigt?« Eine Drohung lag in seinem Ton.

»Nein, natürlich nicht.« Casey bemühte sich, diplomatisch zu sein. »Wir müssen aber jeden danach fragen.«

Oregon nahm einen langen Zug von seinem Whisky.

»Das verstehe ich nicht. Mit dem Mord habe ich nichts zu tun. Ich habe sie geliebt. Ich hätte vielleicht den Doktor umgelegt. Es gibt nämlich noch Männer, die was dagegen haben, daß ihnen die Frau ausgespannt wird. Ich gebe zu, ich habe daran gedacht, ihn kaltzumachen. Aber doch nicht sie! Sie habe ich geliebt!«

»Es heißt, Sie hätten gesagt, Sie ließen sich nicht einfach von einer Frau abservieren«, bemerkte Casey.

Oregon knallte sein Glas auf den Tisch.

»So? Wer hat Ihnen das denn erzählt?« fragte er zornig. Dann ruhiger: »Wenn ich das gesagt habe, dann höchstens im Suff.«

»Und wo waren Sie, als Lisa und Dr. Brandt sich zurückzogen?« fragte Casey noch einmal.

»Keinen Schimmer.« Oregon war mürrisch. »Ich weiß nicht mal, wann sie gegangen sind. Ich war blau. Voll. An den Empfang kann ich mich kaum erinnern. Ich war einfach stockbesoffen.«

Zu besoffen, fragte sich Casey, um sich zur Hochzeitssuite hinaufzuschleichen und Lisa Julian Brandt totzuschlagen?

Jaime DeSilva verkörperte einen angenehmen Gegensatz zu Amos Oregon, aber das Gespräch mit ihm war so unergiebig wie das mit Oregon.

»Ja, Lieutenant, ich habe Lisa geliebt«, erklärte er auf Caseys Frage mit entwaffnender Offenheit. »Ich werde sie wahrscheinlich immer lieben.«

Voller Traurigkeit starrte er in die Ferne, und in seinen großen dunklen Augen spiegelten sich Schmerz und Verzweiflung wider. Immerhin, vermerkte Casey, hat er soviel Lebenswillen aufgebracht, sich tadellos anzuziehen. Eine weiße Leinenhose und ein knallrotes Polohemd unterstrichen seinen dunklen Typ.

Caseys aufmerksames Auge entdeckte in einem großen Kristallaschenbecher einen Zigarettenstummel mit Lippenstiftspuren am Filter. Möglich, daß DeSilva Lisa Julian immer lieben würde, aber er hatte nicht lange gebraucht, um bei einer anderen Frau Trost zu suchen. Casey vermutete, daß das Mädchen im Schlafzimmer von DeSilvas Suite wartete.

»Sagen Sie, Mr. DeSilva, können Sie sich erinnern, was Sie taten und wo Sie sich aufhielten, nachdem das Brautpaar den Empfang verlassen hatte?«

»Bin ich ein Verdächtiger?« DeSilvas trauriges Lächeln sagte, auch diese Last müsse sein gebrochenes Herz noch tragen.

»Reine Routine«, antwortete Casey freundlich.

»Natürlich. Es versteht sich von selbst, daß ich Ihnen nach besten Kräften helfen möchte. Sehen Sie, Lieutenant, ich hatte Lisa viele Male gebeten, meine Frau zu werden. Sie lehnte immer ab. ›Ich liebe dich, Jaime‹, pflegte sie zu sagen, ›aber du bist als Ehemann völlig ungeeignet.‹ Ich mache kein Hehl daraus, daß wir jahrelang eine sehr enge Beziehung hatten. Wir waren gute Freunde. Wir haben in vielen Filmen zusammen gearbeitet. Es war so etwas wie eine dieser modernen offenen Ehen. Aber ich wollte mehr. Ich bin Spanier. Ich habe feste Vorstellungen von Ehe und Familie. Aber sie wollte nicht mehr.«

»Dann war ihre Heirat wohl ein Schlag für Sie?«

»Ja, das war sie.« Jaime DeSilva zündete sich mit einem goldenen Feuerzeug eine lange braune Zigarette an. »Ihre Weigerung, mich zu heiraten, konnte ich ertragen. Aber daß sie dann einen anderen heiratete, einen Spießer wie Carl Brandt, ja, das war ein Schlag.«

In erster Linie wohl für deine Eitelkeit, dachte Casey.

»Und wie war das nun beim Empfang?« fragte er.

»Ach ja.« DeSilva blies eine Rauchfahne zur Decke. »Nachdem das Brautpaar sich zurückgezogen hatte, war für mich irgendwie etwas Endgültiges passiert. Ich ging wieder auf die Tanzfläche und tanzte mit irgend jemandem, ich weiß nicht mehr, mit wem, aber es wird mir schon wieder einfallen. Unentwegt mußte ich an die beiden da oben in ihrem Zimmer denken. Vollziehen sie wohl jetzt die Ehe? dachte ich dauernd. Ich war so außer mir, daß ich mich schließlich einfach verdrückt und einen langen Spaziergang gemacht habe. Ich weiß nicht einmal mehr, wo ich war – das heißt, irgendwo in der Nähe des Sees. Ungefähr zwei Stunden später bin ich wieder ins Hotel gekommen.«

Casey seufzte und klappte sein Notizbuch zu.

12

Captain John Manahan mochte Lieutenant Casey nicht besonders. Der Captain, ein stämmiger, bulliger Ire mit rundem Babygesicht und vollem grauem Haar, hatte es vom Streifenpolizisten zum leitenden Beamten gebracht, weil er ein gewiefter Politiker war, wenn ihm auch hier und dort ein glücklicher Zufall zu Hilfe gekommen war. Wie die meisten der hartgesottenen Männer, die sich von unten hochgedient haben, verachtete er die neue Rasse gebildeter junger Beamter, die samt und sonders ein Studium am College nachweisen konnten. Zum Teil allerdings verbargen sich hinter dieser Verachtung Furcht und Respekt. Manahan war klug genug, zu wissen, daß diesen jungen Leuten die Zukunft gehörte.

Casey mochte er nicht, weil er den Verdacht hatte, daß Casey auf ihn herabblickte. Manahan, der Tatmensch, hatte für die ›Eierköpfe‹ nur Feindseligkeit übrig. Unter ›Eierköpfen‹ verstand Manahan Leute, die Bücher lasen.

Doch Manahan wußte, daß Casey ein sehr fähiger Beamter war. Deshalb tolerierte er Casey, machte hin und wieder sogar Anstrengungen, ihm freundlich zu begegnen.

»Wie steht's in der Sache Julian, Mike?«

Er lehnte sich zurück und übersäte sein weißes Hemd mit Zigarrenasche. Casey fand Manahan ekelhaft, gab sich aber immer größte Mühe, seinen Widerwillen zu verbergen.

»Nicht besonders«, bekannte Casey. »Es ist allerdings auch noch früh.«

»Was ist mit dem Junkie, den wir haben? War der's vielleicht? Die von oben machen uns Dampf, den Fall zu klären.«

»Nein, Captain, der war's nicht. Das steht einwandfrei fest.«

»Schade«, meinte Manahan. »Hätte sich gut gemacht. Ein Junkie als Mörder gefällt jedem. Da können sie alle mit den Zungen schnalzen und sagen, ist es nicht gräßlich, was dieses Pack uns anständigen Leuten alles antut? Na, der Presse können wir ja sagen, daß der Junge noch vernommen wird. Die brauchen nicht zu wissen, daß es um Drogen geht und nicht um Mord. Wie steht's mit dem Motiv?«

»Oregon, der Cowboystar, und DeSilva, der viel mit Lisa zusammen gespielt hat, waren beide in sie verliebt und haben angeblich düstere, wenn auch vage Drohungen ausgestoßen. Und Annette Paris hat auch was mit ihr gehabt.«

»Was?«

»Ich weiß nicht, ob das von Bedeutung ist. In Hollywood geht's ziemlich unkonventionell zu.«

Der Captain leckte sich Tabakfetzchen von den Lippen und spie sie in den Aschenbecher.

»Das gäbe eine saftige Geschichte, hm. Aber was ist mit dem Doktor?«

»Er kann's gewesen sein. Sie haben von der Versicherung gehört, die Lisa und ihr Mann auf Gegenseitigkeit abgeschlossen hatten?«

»Ja. Aber weshalb sollte ein gut verdienender Arzt so dringend

Geld brauchen?«

»Ich weiß es nicht.«

»Angenommen, er war's. Meinen Sie, er hat sich einen Mörder gekauft, hat irgendwie diesen Anruf arrangiert und ist dann abgehauen, bis die schmutzige Arbeit getan war?«

»So kann es gewesen sein.«

Manahan knurrte. »Vielleicht hat er's auch selbst getan. Wir haben ja nur seine Aussage, daß er den Anruf bekommen hat, oder?«

»Ja«, bestätigte Casey. »Die Telefonistin erinnert sich nicht. Sie hatte eine Menge Anrufe.«

Es machte Captain Manahan Spaß, solche Geschichten zu spinnen, das wußte Casey. Der Captain starrte zur Decke hinauf, als erwartete er von dort Erleuchtung.

»Passen Sie mal auf – angenommen, er hat's selbst getan – wie hat er's angefangen? Sie kommen ins Zimmer, und er sagt: ›Leg dich doch hin, Liebling, du bist bestimmt todmüde.‹ Kaum ist sie eingeschlafen, packt er den Schürhaken und schlägt zu. Dann fährt er in die Klinik. Als er zurückkommt, erleidet er einen Schock und bringt mit Müh und Not noch die Kraft auf, um Hilfe zu rufen.« Manahan schüttelte den Kopf. »Einbuchten können wir ihn jedoch aufgrund dieser Theorie nicht.«

»Ich werde mich mal mit ihm unterhalten«, sagte Casey. »Aber wenn der Polizeipräsident Dampf macht –«

»Und was für einen!« rief Manahan.

»– wenn er auf Klärung der Sache drängt, Captain, dann brauche ich Leute.«

»Wie viele?«

»Zwei Leute, die sämtliche Personen überprüfen, die den Anruf getätigt haben könnten, den Brandt erhalten haben will. Aber wirklich alle, die in Frage kommen. Dann einen, der sich in einschlägigen Kreisen umhört, ob jemand was davon spitz gekriegt hat, daß der Doktor einen Killer angeheuert hat. Und schließlich müssen sämtliche Hehler überprüft werden. Vielleicht taucht der Schmuck irgendwo auf, obwohl ich da wenig Hoffnung habe.«

»Mann, Mike, das ist eine ganze Kompanie«, nörgelte Manahan. »Wir haben auch noch andere Fälle am Hals, falls Ihnen das entgangen sein sollte.«

Casey lächelte seinen Vorgesetzten freundlich an.

»Fällt Ihnen was Besseres ein, Captain? Sie haben gesagt, daß von oben Druck ausgeübt wird.«

Der Captain seufzte. »Okay, Mike, ich werd's versuchen.«

»Sie sind hier wie immer herzlich willkommen, Lieutenant«, sagte Randolph und führte den adretten Kriminalbeamten zum Ledersofa seiner Sitzgruppe. »Sicher sind Sie nicht nur vorbeigekommen, um sich mit mir über die Gegensätze diverser Glaubensrichtungen zu unterhalten.«

»Lust dazu hätte ich schon«, erwiderte Casey, »aber ich muß es auf ein andermal verschieben. Dr. Randollph, warum haben Sie mir nichts davon gesagt, daß Sie ein enger Freund von Lisa Julian waren?«

Es war, als hätte sich Casey blitzartig vom freundschaftlichen Bekannten zum harten, unpersönlichen Kriminalbeamten gewandelt. Randollph war verärgert, besonders über die Art und Weise, wie Casey das Wort ›eng‹ betont hatte. Am liebsten hätte er erwidert: ›Weil Sie das nichts anging!‹ Doch er hielt sich zurück.

»Weil ich gar keine Gelegenheit hatte, Ihnen das zu sagen«, antwortete er statt dessen. »Und weil es mir gar nicht in den Sinn gekommen ist, daß das für Ihre Ermittlungen von Belang sein könnte.«

»In einer Mordsache ist alles von Belang. Sie hätten es mir im Hotel sagen können, als Sie sie identifizierten.«

»Ich hätte Ihnen im Beisein von Mrs. Stack meine frühere Beziehung zu Lisa Julian beschreiben sollen? Aber Lieutenant!«

Michael Casey überlegte sich, wie Liz wohl darauf reagieren würde, wenn er vor ihr einer dritten Person intime Einzelheiten über eine seiner früheren Liebschaften erzählte, und kam zu dem Schluß, daß Randollph ein vernünftiger Mann war.

Er lächelte und sagte: »Tut mir leid, Doktor, ich wollte Sie nur ein bißchen ärgern. Dieser Zufall, daß Sie mit Lisa Julian so eng befreundet waren, hat mich einfach neugierig gemacht.«

»Ich hatte sie seit Jahren nicht mehr gesehen.« Er streckte seine Beine aus und lehnte sich im Sessel zurück. »Heißt das übrigens, daß Sie Ihre Theorie, daß ein Einbruch zu dem Mord führte, aufgegeben haben, Lieutenant?«

»Nein. Das ist noch immer die logischste Erklärung.«

»Aber Sie sehen andere Möglichkeiten?«

Caseys Lächeln war beinahe herablassend.

»Es gibt immer andere Möglichkeiten. Die Menschen töten aus Eifersucht oder aus Haß oder aus Habgier. Menschen, die in nüchternem Zustand niemals töten würden, sind fähig zu töten, wenn sie betrunken sind. Unter den Hochzeitsgästen waren mehrere Personen, denen man ein Motiv für den Mord nachweisen könnte. Außerdem haben wir einen Hotelgast, eine Dame, die spurlos verschwunden ist.«

Casey berichtete ihm kurz.

Randollph war skeptisch. »Motive für kindische Wutanfälle vielleicht. Aber für einen Mord? Diese Schauspieler sind doch wie verzogene Kinder. Es fällt mir schwer, mir einen von ihnen mit dem Schürhaken in der Hand vorzustellen.«

»Ich fürchte, da sind Sie ein bißchen naiv, Dr. Randollph. Sie sind an den Umgang mit netten, anständigen Leuten aus dem gehobenen Mittelstand gewöhnt, und nette, anständige Leute bringen einander im allgemeinen nicht um. Manchmal aber tun sie's doch. Glauben Sie mir, sie tun's doch.«

Casey erhob sich. Er ging auf die Tür zu.

»Die meisten Morde«, bemerkte er, »werden nicht im Einklang mit irgendeinem ausgeklügelten Plan begangen. So was kommt in Kriminalromanen vor. Wir suchen immer zuerst die einfache, offenkundige Lösung, und die ist in diesem Fall Raub.«

»Hoffen wir, daß Sie recht haben«, meinte Randollph. »Aber interessieren würde es mich doch, was es mit der verschwundenen Dame aus dem Hotel auf sich hat.«

»Lauta Justus? Mich auch.«

»Nur ist es bei mir ganz ordinäre Neugier.«

»Ich gebe Ihnen Bescheid, wenn wir sie gefunden haben«, versprach Casey. »Und bitte entschuldigen Sie die Unverblümtheit, mit der ich Sie vorhin nach Miss Julian fragte. Ich fürchte, daran war *meine* ganz ordinäre Neugier schuld.«

Etwa um die gleiche Zeit, als Casey die Good Shepherd Kirche verließ, trat Dr. Carl Brandt aus seiner Wohnung. Am Morgen war er in der Klinik gewesen, um nach einigen Frischoperierten zu sehen, aber dann war er wieder nach Hause gefahren. Es machte sich nicht gut, fand er, wenn der trauernde junge Ehegatte den Tag vor der Beerdigung seiner verstorbenen Frau damit zubrachte, im Operationssaal zu stehen. Das war einer der Vorteile der Teilhaberschaft an der Klinik. Wenn er eine Privatpraxis gehabt hätte, dann hätte er sich wegen der zweitausend Dollar Gedanken machen müssen, die ihm dadurch entgangen wären, daß er am Morgen nicht operierte. Und er brauchte ja das Geld, weiß Gott, ganz dringend. Doch wenn man Teilhaber war, dann rollte der Rubel von alleine, ob man nun einen Tag aussetzte oder nicht.

Er drückte auf den Aufzugknopf und verdrängte die Gedanken an Geld. Er saß in der Patsche, aber so wie es sich anließ, würde er da wieder herauskommen. Er beschloß, nie wieder zu spielen.

»Tag, Dr. Brandt. Ihr Wagen steht schon da.«

Der Portier redete ihn mit unverkennbarer Vertraulichkeit an.

»Tag, Ernest. Haben Sie für morgen einen guten Tip?«

»Ja, da habe ich was echt Gutes.« Ernest senkte die Stimme zu einem verschwörerischen Flüstern. »›Arthur's Hope‹ im sechsten Rennen. Achtzehn zu eins –«

»Hundert auf den Kopf.«

»Ja, Sir.« Ernest hätte beinahe salutiert. Er hielt die Tür des leuchtend blauen Mercedes Sportcoupés auf. »Die Klimaanlage hab ich schon eingeschaltet. Müßte eigentlich schön kühl sein da drinnen.«

»Danke, Ernest.«

Carl Brandt rutschte in den Wagen, und beinahe unbewußt reagierte sein Körper auf das weiche Leder der Polsterung und den flauschigen blauen Bodenbelag. Carl Brandt hatte eine Schwäche für luxuriöse Eleganz. Sie entschädigte ihn für eine Kindheit in Armut.

Er steuerte den Mercedes in den Strom des Spätnachmittagsverkehrs hinein. Den grauen Chevrolet Vega, der sich ein Stück hinter ihm in die Kette der Autos einreihte, bemerkte er nicht.

Brandt fuhr zum Lakeshore Drive hinaus und bog dann nach Norden ab. Der Verkehr war dicht, aber er floß. Carl Brandt fuhr gern bei dichtem Verkehr. Sein Wagen war stärker und wendiger als die plumpen Cadillacs und Buicks, die schwerfälligen Dodges und Mercurys und Pontiacs. Es machte einen Riesenspaß, fand Dr. Brandt, sich an die Spitze der Meute vorzuarbeiten, indem man mit dem schnittigen kleinen Mercedes von Spur zu Spur wechselte, von Lücke zu Lücke sprang. Wenn ein anderer Fahrer ihn beschimpfte, nahm er das als ein Zeichen des Sieges. Es hatte etwas ungeheuer Aufregendes und Anregendes in sich, zu wagen und zu gewinnen.

In der Sheridan Road ging es nicht mehr so flott, da bot sich keine Chance, die anderen auszumanövrieren. In Evanston wandte er sich nach Westen und fuhr durch Skokie und Morton Grove. Dann gelangte er durch ein Gewirr von Nebenstraßen an den Nordrand von Arlington Heights. Eine halbe Meile weiter hatte er das niedrige, langgezogene, im rustikalen Stil gehaltene Gebäude, das er suchte, erreicht. Grell hob sich die Neonreklame mit der Bezeichnung ›Angelo's Restaurant‹ vom noch hellen Himmel ab. Der Parkplatz war schon zu einem Drittel gefüllt.

Carl Brandt steuerte den Mercedes hinter das Haus. Auch hier war ein Parkplatz. Ein brauner Plymouth stand unter einem Baum am Rand des Platzes. Brandt hielt neben dem Wagen an, sperrte seinen Mercedes ab und stieg vorn in den Plymouth ein.

Einen Moment lang betrachtete er die blonde Frau in dem weißen ärmellosen Kleid, dann packte er sie beinahe grob.

»Mein Gott, hast du mir gefehlt, Kitty!« Er küßte sie auf den Mund und auf den Hals, während seine Hand ihren Schenkel hinaufglitt.

Die Frau hielt seine Hand fest, dann stieß sie sie weg.

»Dazu haben wir später Zeit. Wir müssen miteinander reden, Carl.«

»Ich weiß, Kitty.« Er stieg aus und ging um den Wagen herum, um ihr die Tür zu öffnen. »Du bist so schön«, sagte er.

Im Restaurant war es düster und laut. Linkerhand war die Bar. An der Theke drängten sich die Gäste. Aus einem Musikautomaten kam die schluchzende Stimme eines Sängers, der sein Herz in San Francisco verloren hatte. Eine Hostess in einem langen Kleid stand bei einem kleinen Pult am Eingang zum Restaurant. Zu ihr sagte Brandt: »Ich bin Dr. Carl Jones. Ich habe eine Reservierung für das Roma Room.«

»Natürlich, Dr. Jones.« Die Hostess hakte einen Eintrag auf ihrer Liste ab. »Bitte folgen Sie mir.«

Sie nahm zwei große Speisekarten in Rot und Gold und führte sie durch mehrere Räume, in denen bereits die ersten Gäste saßen. Das Roma Room war vom Eingang am weitesten entfernt, schummrig beleuchtet, aufgeteilt in Nischen, die mit rotem Samt ausgeschlagen waren.

»Linda kommt sofort, um Ihre Bestellungen aufzunehmen. Ich wünsche Ihnen einen angenehmen Abend.«

Die Hostess rauschte davon.

Bei Linda bestellte Carl Brandt einen Daiquiri für Kitty und einen Scotch für sich selbst. Als das Mädchen gegangen war, sagte Kitty: »So, Carl, jetzt rede.«

Dr. Brandt öffnete seine Speisekarte.

»Vielleicht sollten wir uns zuerst überlegen, was wir essen wollen.« Er war sich nicht schlüssig, wie er dieses Gespräch anpacken sollte. Er hatte gehofft, daß der leidenschaftliche Überschwang, mit dem er sie im Auto überfallen hatte, sie erweichen, Erklärungen überflüssig machen würde. Aber das hatte nicht geklappt.

»Nein, jetzt!«

»Schön, Kitty, ich gebe zu, daß ich – äh – daß ich dich nicht gerade anständig behandelt habe.«

Das war das Richtige. Den reuigen Sünder spielen. Ihre Teilnahme wecken.

»Das ist die Untertreibung des Jahres, Carl.« Kittys Stimme war hart. »Wie lange teilst du schon mit mir mein Bett? Wie oft hast du's mit mir da oben in der Wäschekammer im dritten Stock schon getrieben? Oh, ich fand es schön. Ich mag dich. Ich habe dich geliebt. Ich liebe dich immer noch. Aber ich bin keine Hure, Carl. Ich bin nicht eine von diesen entgegenkommenden kleinen Schwestern, die sich hinlegen, wenn nur einer von den hohen Herren Ärzten mit dem Finger winkt. Du hast mir allen erdenklichen Grund geliefert, zu glauben, daß du mich heiraten würdest. Und dann steht plötzlich in der Zeitung, daß du die Tochter des Chefs heiratest. Keine Erklärung für mich. Nur, ›Guten Morgen, Miss Darrow, wie geht es der Gallenblase auf Zimmer 55?‹.«

»Ihre Getränke, Sir.«

Carl war heilfroh über die Unterbrechung. Er nahm einen Schluck von seinem Whisky.

»Ah!« sagte er. »Ausgezeichnet. Ganz ausgezeichnet.«

Kitty ignorierte ihren Drink.

»Also?« fragte sie.

»Okay, okay, ich war gemein zu dir. Ich hätt's dir sagen sollen, ich hätte dir erklären sollen, warum, aber ich hatte Angst, du würdest es nicht verstehen, würdest vielleicht eine Dummheit machen.«

»Was verstehen?« Sie lachte spöttisch.

Carl Brandt beugte sich vor, eindringlich und aufrichtig.

»Okay, Kitty, ich versuche dir klarzumachen, daß ich triftige Gründe für das hatte, was ich tat. Ich wollte dir alles im geeigneten Moment erklären.«

Kitty öffnete den Mund, aber er hob abwehrend die Hand.

»Laß mich ausreden. Ich mußte diese Teilhaberschaft an der Klinik haben. Ist dir klar, was sie wert ist? Eine Viertelmillion im Jahr, vielleicht sogar mehr. Ich habe ein paar finanzielle Rückschläge gehabt –«

»Hast du wieder gespielt, Carl?«

Er überging den Einwurf.

»Weißt du eigentlich, was ich bisher verdient habe? Lumpige achtzigtausend im Jahr. Und jetzt habe ich die Teilhaberschaft, mit Brief und Siegel. Der alte König David kann sie mir nicht mehr wegnehmen. Ich hatte vor, mich wieder mit dir zu treffen, sobald sich die Dinge eingespielt hätten.«

»In der Wäschekammer, Carl? Als kleine Abwechslung, wenn du dich mit Lisa gelangweilt hättest?«

»Hör auf, Kitty. Es war eine reine Vernunftheirat. Für Lisa genauso wie für mich. In einem Jahr oder zwei wäre die Ehe wahrscheinlich ohnehin auseinandergegangen. Aber die Teilhaberschaft hätte ich gehabt.«

»Du bist wirklich ein Schwein. Hast du sie umgebracht, Carl?«

Er fuhr hoch, als hätte sie ihm ihren Drink ins Gesicht geschüttet.

»Das ist eine Gemeinheit!« Er war wütend. »Wie steht's denn mit dir, hm? Mir ist tatsächlich schon der Gedanke durch den Kopf geschossen, ob du's nicht getan hast. Das Motiv hattest du. Hast du sie getötet?«

Kitty sah ihn mit einem unergründlichen Lächeln an.

»Das möchtest du wohl gern wissen, wie, Carl?« Sie rührte das grüne Gebräu in ihrem Glas mit einem Plastikröhrchen um. »Ja, das möchtest du gern wissen.«

Keiner von beiden hatte die hochgewachsene blonde Frau in der weißen Hose und der langen grünen Jacke bemerkt, die sich dem Tisch genähert hatte. Jetzt glitt sie neben Kitty in die Nische, nahm ihre große weiße Schultertasche ab und stellte sie auf den Tisch.

»Guten Abend, Dr. Brandt, Sie Schwein – guten Abend, Herzchen.«

Nach einem Moment verdatterten Schweigens sagte Carl Brandt: »Wer, zum Teufel, sind denn Sie? Ich kenne Sie nicht. Wer könnte Sie mit der Frisur auch schon erkennen. Man sieht ja kaum was von Ihrem Gesicht. Am besten zischen Sie wieder ab.«

»Meine Frisur gefällt Ihnen nicht? Es ist aber nicht nett von Ihnen, mir das zu sagen.«

Brandt stemmte die Hand auf den Tisch und wollte aufstehen.

»Bleiben Sie sitzen, Doktor!« sagte die blonde Frau in eiskaltem Ton. »Was Sie da in meiner Hand sehen, ist eine kleine, aber wirkungsvolle Automatic. Niemand kann sehen, daß ich sie auf Sie gerichtet halte, weil meine Hand durch meine Tasche verdeckt ist – genau aus diesem Grund nämlich habe ich die Tasche so auf den Tisch gestellt.« Die Frau wandte sich an Kitty, während sie den Blick auf Brandt gerichtet hielt. »Und Sie, Schätzchen, sollten lieber auch keine Dummheiten machen, sonst geht's Ihnen ebenfalls an den Kragen. Die kleine Pistole macht kaum Lärm. Nicht einmal im Nebenzimmer würde man die Schüsse hören.«

»W-was wollen Sie?« Brandt bekam es mit der Angst zu tun.

»Ich möchte Sie erschießen. Ich bin hergekommen, um Sie zu erschießen, Doktor. Sie haben es nämlich verdient. Ihre verstorbene Frau liegt noch nicht einmal unter der Erde, und Sie treiben sich hier schon mit einer anderen herum.«

»Sie – Sie verstehen nicht –«

»Doch, doch, ich verstehe sehr gut, Doktor. Ich habe gesehen, wie Sie sie im Auto abgeknutscht haben. Aber Ihre Moral ist mir gleichgültig. Man könnte vielleicht sagen, daß ich hier bin, um den Tod Lisa Julians zu rächen. Ich glaube, daß Sie Ihre Frau umgebracht haben, Doktor. Oder war es vielleicht Ihre kleine Zuckerpuppe hier? Vielleicht muß ich Sie beide erschießen. Das wäre doch ein Knüller für die Zeitung.«

»Sie sind ja verrückt!« stieß Brandt mit Anstrengung hervor.

»Nein, nicht verrückt, Doktor. Aber neugierig. Wenn Sie und/oder Ihre Freundin es nicht waren, wer war's dann?«

»Woher, zum Teufel, soll ich das wissen?«

Geh auf die Irre ein, rede mit ihr, vielleicht gibt sie dann auf.

»Vergessen Sie nicht, Doktor, daß ich der Racheengel bin.«

»Warum? Warum tun Sie das?«

Bring sie zum Reden. Bring sie dazu, daß sie von sich redet. Vielleicht steckt sie die verdammte Pistole dann weg, dachte Brandt.

»Das ist unwichtig. Sagen wir einfach, ich habe meine Gründe. Und wie ich eben schon sagte, ehe Sie mir so unhöflich ins Wort fielen, Doktor, Racheengeln ist es ziemlich gleichgültig, wen sie bestrafen. Vielleicht haben Sie es getan, vielleicht hat es Ihre kleine Freundin hier getan, oder vielleicht haben Sie's zusammen getan – ich erschieße Sie beide, und ich habe den Mörder. Wenn einer von Ihnen unschuldig sein sollte – Pech. Und wenn Sie beide unschuldig sein sollten – auch Pech.«

»Mein Gott, sind Sie kaltblütig!«

»Das haben Racheengel im allgemeinen so an sich, Doktor. So, und jetzt sagen Sie mir, ob Sie eine Ahnung haben, wer sie getötet haben könnte. Wenn Sie mir einen plausiblen Verdächtigen präsentieren können, dann laß ich Sie beide vielleicht laufen.«

Carl Brandt kämpfte gegen die aufsteigende Panik an. Denk nach. Laß dir was einfallen, das sie schluckt.

»Wenn es kein Einbrecher war«, sagte er mit zitternder Stimme, »dann war es irgendein eifersüchtiger Kerl. Ich könnte mir denken, daß es Amos Oregon war. Lisa hat mir erzählt, daß er ganz vernarrt war in sie.« Ja, das ist eine gute Theorie, dachte Brandt. Nun noch ein bißchen ausschmücken für diese Verrückte. Dick auftragen. »Lisa hatte Angst vor ihm«, improvisierte Carl. »Er hatte ihr gedroht, daß er sie umbringen würde, wenn sie einen anderen heiraten sollte. Er war brutal. Wenn es kein Einbrecher war, dann war's er.«

»Sie sollten sich aufs Drehbuchschreiben verlegen, Doktor. Das ist doch alles erfunden.« Die blonde Frau spielte an der Sicherung ihrer Automatic. »Amos Oregon findet nicht mal den Weg zur Toilette, wenn er betrunken ist. Und da soll er zu Lisa in die Suite hinaufmarschiert sein und sie umgebracht haben? Versuchen Sie sich zu erinnern, ob Lisa Ihnen mal etwas aus ihrer Vergangenheit erzählt hat, etwas über eine besondere oder ungewöhnliche – äh, sagen wir – Beziehung, die vielleicht einen Anhaltspunkt dafür liefern könnte, wer der Mörder ist.«

Brandt sackte zusammen. Nichts fiel ihm ein, was er dieser Wahnsinnigen hätte erzählen können.

»Äh – nein. Lisa hat nie viel über die Vergangenheit gesprochen. Vorbei ist vorbei, hat sie immer gesagt.«

Die Frau richtete die Pistole auf Brandts Kopf.

»Wirklich Pech, Doktor. Aber da ich eine gutmütige Person

bin, habe ich beschlossen, Ihre Freundin am Leben zu lassen. *Sie* muß ich aber erschießen.«

Sie drückte auf den Abzug. Nichts geschah.

»Verdammte Automatic. Funktioniert nicht. Naja, dann eben ein andermal.«

Sie steckte die Waffe in ihre Handtasche.

Brandt sprang auf, aber die blonde Frau war schneller. Sie stieß den Tisch zu ihm hinüber und klemmte ihn in der Nische ein.

»Sie haben eine große Schwäche, Doktor. Sie sind dumm. Was würden Sie tun, wenn Sie mich schnappen würden? Wer würde Ihnen Ihre Geschichte glauben? Oder würden Sie mich zusammenschlagen? Dann stünde morgen in der Zeitung: ›Lisa Julians Witwer, in Begleitung einer Freundin, verübt tätlichen Angriff auf Frau in Vorortrestaurant‹. Das würde am Tag von Lisas Beerdigung in der Zeitung stehen. Möchten Sie das, Doktor? Wenn Sie kein Mörder sind, so sind Sie auf jeden Fall ein Narr, Doktor. Ich muß gehen. Einen netten Abend noch.«

Ganz lässig schlenderte sie hinaus.

13

Carl Brandt zündete sich mit zitternder Hand eine Zigarette an. Kitty war es, die sich zuerst erholte.

»Wir müssen zur Polizei«, sagte sie.

Carl steckte sein Feuerzeug ein.

»Bist du wahnsinnig? Der Polizei erzählen, daß wir zusammen waren? Daß wir uns schon seit Jahren kennen? Was glaubst du wohl, was das für einen Eindruck macht? Hast du ein gutes Alibi für die Zeit von Lisas Tod?«

Kitty gab zu, daß sie das nicht hatte.

»Und ich habe auch keines. Außerdem hängt der verdammte Anruf über mir, mit dem man mich in die Klinik gelockt hat. Ich glaube, daß einer von meinen lieben Freunden sich da einen Scherz erlaubt hat. Aber keiner gibt's zu. Na, was würdest du von all dem glauben, wenn du Polizeibeamter wärst?«

Kitty wußte nicht, was sie glauben würde.

»Schön, ich werde dir sagen, was sie glauben«, fuhr Carl fort. »Sie glauben, ich habe mir die Geschichte mit dem Anruf ausgedacht. Sie glauben, ich habe sie entweder zuerst getötet und bin dann in die Klinik gefahren, oder ich bin zuerst in die Klinik gefahren und habe sie dann getötet. Die hätten mich doch schon längst festgenommen, wenn sie auch nur den Hauch eines Beweises hätten. Und jetzt schlägst du vor, daß wir Hand in Hand ins Präsidium marschieren und Ihnen das Motiv auf dem Präsentierteller überreichen sollen.«

»Aber das ist doch unsinnig, Carl. Weshalb hättest du sie an eurem Hochzeitstag töten sollen?«

Brandt zuckte die Achseln.

»Die Teilhaberschaft an der Klinik.«

»Quatsch. Die hattest du doch schon.«

»Na, vielleicht würden sie denken, daß ich so scharf auf dich bin –«

»– daß du nicht warten konntest?« Kitty lachte bitter. »Ich wollte, deine Gefühle wären so. Aber die Polizei würde schnell dahinterkommen, daß es nicht so ist. Komm, Carl, du verheimlichst mir etwas.«

Dr. Brandt berichtete ihr von der Lebensversicherung.

»Das sieht schlecht aus«, stimmte Kitty zu. Doch dann hellte sich ihr Gesicht auf. »Aber nur ein Vollidiot würde wegen der Versicherung seine Frau noch am Hochzeitstag umbringen«, sagte sie. »So blöd wärst du doch nie gewesen!«

Carl Brandt wich ihrem Blick aus.

»Ganz so simpel liegen die Dinge nicht, Kitty.«

»Dann sag mir endlich die ganze Wahrheit.«

Carl sagte sie ihr.

»O Gott!« Kitty war den Tränen nahe. »Carl, wie konntest du dich in eine solche Lage bringen? Aber das ist um so mehr Grund, zur Polizei zu gehen. Die werden das mit der Versicherung und alles andere sowieso erfahren, wenn sie es nicht schon wissen. Wenn du zu erkennen gibst, daß du mit ihnen zusammenarbeiten willst, dann macht das einen besseren Eindruck, als wenn du versuchst, alles zu vertuschen.«

»Ach ja?« Carl Brandt war sarkastisch. »Und wie erklären wir unser kleines Rendezvous am heutigen Abend?«

Kitty zahlte ihm den Sarkasmus zurück.

»Hast du schon mal daran gedacht, es zur Abwechslung mit der Wahrheit zu versuchen, Carl? Sag Ihnen einfach, du hast mich sausen lassen und hattest dir vorgenommen, mir wenigstens zu erklären, warum.«

»Ich gehe nicht zur Polizei, und damit basta!«

Kitty wußte, daß es ihm damit ernst war. Verzweifelt zerbrach sie sich den Kopf nach Mitteln und Wegen, diesen Mann vor sich selbst zu retten.

»Gut, Carl«, sagte sie schließlich. »Wenn du nicht zur Polizei gehst, dann mußt du mit jemand anderem sprechen. Du mußt jemanden finden, der das Ganze objektiv sehen und dir raten kann.«

»Du denkst an einen Anwalt? Ich hasse Rechtsanwälte. Außerdem würde es einen schlechten Eindruck machen, wenn ich mir einen Anwalt nähme, noch ehe man mir irgendeinen Vorwurf gemacht hat. Das würde durchsickern. Und die Leute würden es als Schuldgeständnis nehmen.«

»Schön, einen Priester dann eben.«

»Ich bin nicht katholisch«, sagte er scharf. »Nicht mehr«, fügte er hinzu.

»Man braucht nicht katholisch zu sein, um sich an einen Priester zu wenden«, erklärte Kitty geduldig. »Du hast Rat nötig. Du mußt dir über alles klarwerden.«

»Nein.« Carl Brandt war stur.

»Gut, Carl, wenn du dich nicht retten willst, dann muß ich dich eben ertrinken lassen und mich allein retten.«

»Was soll das heißen, Kitty?«

»Das heißt, daß ich gewisse Dinge weiß, die – die im Zusammenhang mit einem Verbrechen, mit einem Mord vielleicht von Bedeutung sind. Es ist strafbar, der Polizei solche Informationen vorzuenthalten. Und ich will nicht ins Gefängnis gehen.« Sie stand auf.

»Warte doch, Kitty. Setz dich wieder«, bettelte Carl Brandt.

»Nur wenn du einen Vorschlag hast«, erwiderte sie frostig, aber sie setzte sich.

»Ich weiß, was ich mache. Wir reden mit dem Geistlichen, der uns getraut hat – Lisa und mich. Randollph. Den mag ich. Und er würde doch alles, was ich ihm sage, für sich behalten müssen wie bei einer Beichte, nicht wahr?«

»Ganz sicher, Carl.« Kitty war gar nicht so sicher, aber ihr ging es jetzt nur darum, Carl mit einem Menschen zusammenzubringen, der ihn davon überzeugen konnte, daß es falsch und dumm war, Stillschweigen zu bewahren.

»Dann komm, fahren wir«, sagte Brandt.

Randollph inspizierte die sechs kümmerlichen Krabben auf dem welken Salatblatt. Er wußte, die Krabben würden gummizäh und geschmacklos sein. Ebenso wußte er, daß das nachfolgende Schnitzel kaum zu kauen sein würde. Doch ab morgen würde alles anders werden; morgen trat Clarence Higbee seinen Dienst an. Der Gedanke heiterte Randollph auf. Danach schaffte er sogar sein nur teilweise genießbares Schnitzel.

Als Randollph später die Tür zu seinem Büro aufsperrte, läutete das Telefon. Eilig machte er Licht und ging zu Miss Windfalls Schreibtisch. Er drückte auf den Knopf, der ihn anfunkelte, und sagte: »Good Shepherd Kirche. Kann ich etwas für Sie tun?«

»Könnte ich – wäre es möglich, den Pastor zu sprechen?«

Es war eine weibliche Stimme, unsicher und jung.

»Ich bin selbst am Apparat.«

»Reverend Randollph?«

»Ja.«

»Sie kennen mich nicht. Ich heiße Kitty – Katherine – Darrow. Ich bin Schwester in der Julian-Klinik. Ich bin –«, es klang, als koste es sie Anstrengung, die Worte herauszubringen – »ich bin eine Bekannte von Dr. Carl Brandt. Wir – Dr. Brandt und ich – wir wollten Sie gern aufsuchen, um mit Ihnen zu sprechen.«

»Natürlich«, erwiderte Randollph. »Morgen habe ich allerdings einen vollen Tag –«

»Wir wollten Sie jetzt sprechen, Reverend«, unterbrach Kitty Darrow mit flehender Stimme. »Heute abend. Wir müssen mit Ihnen sprechen.«

»Ich habe heute abend eine Sitzung.« Randollph versuchte, die nichtswürdige Hoffnung zu unterdrücken, daß die Dame nicht lockerlassen und ihm so Grund liefern würde, sich vor der Sitzung zu drücken. Im Geiste formulierte er Entschuldigungen und Erklärungen gegenüber den übrigen Sitzungsteilnehmern, als sie sagte: »Bitte, es muß sofort sein. Es ist – es geht um Leben und Tod.«

Randollph bat Carl Brandt und Kitty Darrow in die beiden Besuchersessel vor seinem Schreibtisch. Er war nicht sicher, wie das Gespräch sich entwickeln würde, aber er spürte, daß er für dieses Paar eine Art Vaterfigur war. Da war es das Beste, die Rolle auch zu spielen, die sie ihm zugedacht hatten.

Carl Brandt rutschte nervös in seinem Sessel hin und her, schluckte und sagte dann: »Ich – das heißt, wir, Miss Darrow und ich – äh – wissen Sie, ich mußte mit ihr sprechen – ich mußte ihr etwas erklären . . .« Seine Stimme zitterte heftig, und er verstummte.

Im Laufe seiner kurzen Amtszeit an der Good Shepherd Kirche hatte Randollph bereits einige zitternd und zagend hervorgebrachte Geständnisse gehört. Sein dadurch schon geschultes Ohr sagte ihm, daß Brandt wie ein schuldbewußter Schuljunge Anlauf nahm, etwas auszusprechen, das ihn selbst in einem schlechten Licht erscheinen lassen würde. War er gekommen, um sich am Tod seiner Frau schuldig zu bekennen? Kaum. Wenn er sich dazu entschlossen hätte, würde er nicht zögern, sondern mit einer Mischung aus Verzweiflung und Erleichterung reinen Tisch machen und nicht dasitzen wie ein armer Sünder, der dabei ertappt worden ist, daß er Äpfel aus Nachbars Garten klaute.

Randollph wartete.

»Ja, also, Reverend, wissen Sie, Miss Darrow und ich, trafen uns ganz zufällig in diesem Restaurant, und –«

»Laß mich lieber erzählen, Carl.«

Kitty Darrow sprach mit einer Art müder Autorität. Brandt schien ihr nun, nachdem sein männliches Vorrecht, als erster zu sprechen, gewahrt geblieben war, erleichtert die Führung zu überlassen.

»Wir haben uns in dem Restaurant nicht zufällig getroffen. Wir hatten uns dort verabredet. Wir dachten, es wäre so weit außerhalb, daß wir dort niemandem begegnen würden, der uns kennt. Carl bestellte den Tisch sogar unter einem falschen Namen. Wir sind schon seit Jahren befreundet –«

Sie machte eine Pause, als erwartete sie eine Äußerung moralischer Entrüstung, doch Randollph sagte nichts. So fuhr sie denn fort: »Ich hatte in der Zeitung gelesen, daß Carl und Lisa heiraten wollten. Er hatte mir keinen Ton davon gesagt.«

»Ist das nicht ungewöhnlich?« Randollph hielt seinen Ton neutral.

»Nicht von Carl. Er ist feige, wenn es darum geht, für etwas geradezustehen, das er selbst herbeigeführt hat.«

Sie sagte es ohne Feindseligkeit und ohne Verachtung.

Randollph fand, es wäre an der Zeit, zum springenden Punkt zu kommen.

»Wie kann ich Ihnen behilflich sein?«

»Carl hat sich in eine scheußliche Lage gebracht.«

Kitty Darrow warf einen Blick voller Zuneigung auf Brandt. Brandt starrte ins Leere.

»Ich fand, er müßte unbedingt mit jemandem darüber sprechen, aber zur Polizei oder zu einem Anwalt will er nicht gehen. Er sagte, er wäre bereit, mit Ihnen zu sprechen, weil er Sie mag, aber nur unter der Voraussetzung, daß alles, was er Ihnen erzählt, geheim bleibt – wie bei der Beichte der Katholiken, wissen Sie. Da kann es die Polizei doch auch nicht aus einem herausholen, nicht wahr?«

Randollph nickte.

»Carl hat Angst, man könnte ihn verdächtigen, daß er seine Frau getötet hat«, fuhr Kitty fort. »Weil so vieles dafür spricht.«

Randollph unterdrückte mit Mühe sein Erstaunen.

»Erklären Sie mir das.« Er richtete die Aufforderung direkt an Kitty Darrow, da er sich sagte, daß Dr. Brandt wahrscheinlich doch nur stottern und stammeln würde. »*Was* spricht dafür, daß Dr. Brandt seine Frau getötet hat?«

»Das Geld«, erklärte Kitty. »Er braucht ganz dringend Geld. Er hat hohe Schulden bei den Banken.«

»Darf ich fragen, wieso?«

»Carl spielt. Er spielt unentwegt, wettet auf alles. Er spekuliert an der Börse, er wettet beim Pferderennen, bei jedem Glücksspiel ist er dabei. Und verliert.«

»Das scheint mir doch kaum ein zwingendes Motiv für den Mord an seiner Frau«, meinte Randollph. »Ich vermute, Sie haben Angst, die Polizei wird zwischen Dr. Brandts Schulden und der Lebensversicherung, die er für seine Frau abschloß, eine Verbindung herstellen, schon gar, weil es sein Einfall war, die Versicherung abzuschließen.«

Brandt, der bisher zusammengesunken vor sich hin gestarrt hatte, richtete sich auf.

»Woher wissen Sie das?«

»Lisa hat es mir erzählt. Aber Banken sind im allgemeinen nachsichtig mit Ärzten. Sie haben hohe Einkünfte, und in Ihrem Fall kommt hinzu, daß Sie gerade Teilhaber an der Klinik geworden sind. Ihre finanziellen Verhältnisse müßten doch eigentlich jeden Bankier befriedigen.«

Kitty sah Carl Brandt an.

»Vielleicht solltest du es erzählen, Carl.«

»Ich habe Schulden bei einem Geldverleiher.« Brandts Stimme war verzweifelt. »Er hat gedroht, mir die Hände zu zerschmettern, wenn ich nicht zahle. Und was wird aus mir, wenn ich meine Hände nicht mehr gebrauchen kann? Wenn die Polizei diese Geschichte hört, dann wird sie davon überzeugt sein, daß ich Lisa getötet habe, weil das der einzige Weg für mich war, schnell an Geld heranzukommen.«

»Haben Sie sie getötet?« Randollphs Stimme klang unpersönlich.

»Nein, nein, nein. Ich schwöre es, so wahr ich hier sitze. Ich bin ein Spieler. Ich kann einfach nicht aufhören. Lisa habe ich – habe ich wegen meiner Karriere geheiratet. So was ist doch gang und gäbe. Was ist daran so schlimm?«

Randollph war längst daran gewöhnt, daß die Menschen stets versuchten, das dunkle Grau unehrenhafter Handlungen in den helleren Farben konventioneller Verhaltensweise darzustellen. Er sagte nichts dazu.

»Aber Mord? Nie! Nie hätte ich das getan!«

»Carl ist ein großartiger Chirurg. Er ist der Star unter den Ärzten im Krankenhaus«, sagte Kitty.

Sie hatte wohl das Gefühl, sich für Brandt verwenden zu müssen.

»Moment mal, Kitty«, schwächte Brandt ab. »Kermit ist auch ein verdammt guter Chirurg.«

»Das hat ja niemand bezweifelt.« Kittys Ton klang beinahe gereizt. »Aber frag nur mal die Operationsschwestern. Die werden dir sagen, wer der Beste ist.«

»Und was halten die Schwestern von Dr. Valorous Julian?« fragte Randollph.

Zum erstenmal lächelte Kitty.

»Val? Der ist ganz anders als alle anderen Ärzte. Zumindest als alle, die ich kenne.«

»Ein Clown«, brummte Brandt. »Er nimmt die Medizin nicht ernst.«

»Das ist nicht fair, Carl«, entgegnete Kitty. »Er ist als Internist so brillant wie du als Chirurg.«

»Inwiefern unterscheidet er sich von anderen Ärzten?« Dies interessierte Randollph nun doch.

Kitty überlegte, wie sie das einem Laien erklären konnte.

»Ich weiß nicht genau, ob ich Ihnen das klarmachen kann.«

»Versuchen Sie's«, schlug Randollph vor.

»Nun, also die Medizin hat angeblich eine – hm – eine große Tradition.«

»Eine hohe und heilige Tradition«, meinte Randollph.

»Genau. Ärzte verstehen sich als – als selbstlose Heiler, die leidenden Menschen die Gesundheit wiedergeben. Es ist – naja, als wären sie etwas ganz Besonderes . . .« Sie verstummte, während sie nach einer Erläuterung suchte. .

»Als hätten sie die Weihe erhalten?« schlug Randollph vor.

Kitty strahlte. »Ja, und bei den meisten färbt das auf ihr Benehmen und ihre Einstellung ab. Dr. Rex spricht immer von der heiligen Kunst der Medizin, Dr. Kermit auch. Und Carl ebenfalls.«

Das riß Dr. Brandt aus seiner Lethargie.

»Also, hör mal, Kitty –«

»Doch, das stimmt, Carl. Aber Val ist nicht so. Damit will ich nicht sagen, daß er seine Arbeit nicht ernst nimmt. Aber er lacht über die, wie er es nennt, Prätentionen der Medizin. Und ich glaube, aus Geld macht er sich gar nichts.«

»Jeder Mensch macht sich was aus Geld«, wandte Carl Brandt ein.

Kitty ignorierte ihn. »Wenn Dr. Rex von der heiligen Kunst der Medizin spricht, dann nennt Val das die heilige Kunst, hohe Honorare herauszuschinden.«

»Und die anderen Ärzte mögen das nicht?«

»Sie hassen es, daran erinnert zu werden, daß sie eine geldgierige Bagage sind«, antwortete Kitty. »Aber die Schwestern beten ihn an.«

»Warum?«

»Haben Sie ein bißchen Ahnung von den Beziehungen zwischen Ärzten und Krankenschwestern?« fragte Kitty.

»Nicht viel.«

»Nun, eine Schwester ist völlig – ich weiß nicht, welches Wort ich suche, aber eine Schwester muß genau das tun, was der Arzt ihr sagt. Sie kann natürlich den ganzen Kram hinschmeißen, aber wenn sie das nicht macht, dann muß sie jede Unfreundlichkeit – sie muß alles –«

»Sie meinen, der Arzt kann sie anschreien und beschimpfen und ihr das Letzte abverlangen, wenn er will, und sie muß es sich gefallen lassen«, versuchte Randollph ihr zu helfen.

»Ja, genau. Natürlich sind sie nicht alle schwierig oder gemein. Carl ist es nicht. Dr. Kermit und Dr. Rex sind es auch nicht. Die sind eher unpersönlich. Aber Val ist eben ganz anders. Er weiß die Namen von sämtlichen Schwestern, nennt sie auch beim Namen, macht Späßchen mit ihnen. Viele nennen ihn einfach Val, wenn die anderen Ärzte nicht in der Nähe sind. Bei denen könnte man sich das nie erlauben.«

»Ich verstehe«, sagte Randollph. »Erzählen Sie mir etwas über die Frauen der Julians.«

Kitty tat es nur zu gern.

»Nell – die Frau von Dr. Kermit – sie gehört zu den oberen Zehntausend. Für die Klinik interessiert sie sich überhaupt nicht. Hauptsache, der Rubel rollt, damit sie ihre Cadillacs und ihre Pelze und ihre Hausangestellten haben kann. Wir sehen sie fast nie.«

»Und Mrs. Rex Julian?«

Kittys Gesicht wurde hart.

»Eine unangenehme Person. Tyrannisch. Sie muß immer ihren Willen durchsetzen.«

»Und was ist ihr Wille?«

»Sie tut alles, was in ihrer Macht steht, um Val in den Vordergrund zu drängen. Sie ist eine richtige Glucke, und er ist ja ihr einziges Kind. Sie war Krankenschwester, als Dr. Rex sie kennenlernte, und jetzt bildet sie sich ein, alles besser zu wissen als wir. Dauernd hält sie uns Vorträge, und immer bringt sie irgendwo eine Bemerkung an, daß ihr Val der größte und beste Arzt aller Zeiten ist.«

»Ich könnte mir vorstellen, daß das bei den Schwestern eine Abneigung gegen ihn auslöst?«

»Sicher, aber er ist ein so netter Mensch, daß die Schwestern seine Mutter einfach ignorieren.«

»Und Dr. Val? Wie denkt er über seine Mutter? Er muß doch wissen, wie sie sich in der Klinik benimmt.«

Kitty Darrow runzelte die Stirn und überlegte.

»Ich würde sagen, daß es ihm auf die Nerven geht, aber er kann nichts dagegen tun. Er ist nett und freundlich zu ihr, aber er bemüht sich immer, sie zu dämpfen.«

»Und wie kam sie mit Lisa aus? Vielleicht frage ich das besser

Sie, Dr. Brandt.«

Brandt riß sich aus seinen Gedanken.

»Bitte? Wie? Oh, Lisa hatte nichts gegen sie. Die beiden haben sich ja nur selten gesehen. Sie –«

»Aber sie hatte für Lisa nicht viel übrig«, unterbrach ihn Kitty.

»Warum nicht?« fragte Randollph.

»Das weiß ich nicht«, antwortete Kitty.

»Auch keine Vermutung?«

»Nun, wenn ich Vermutungen anstellen darf, dann würde ich sagen, es war ihr nicht recht, daß Val und Lisa einander sehr nahestanden. Die beiden sind – äh – waren einander sehr ähnlich.«

»Inwiefern?«

»Ach, sie sind – waren beide Lebenskünstler. Sie haben das Leben genossen. Beide.«

»Und Mrs. Julian war eifersüchtig?«

»Ja, ich glaube schon.« Kitty schien überzeugt davon. »Val ist der einzige Mensch auf der Welt, der ihr etwas bedeutet.«

»Ist das der Grund, weshalb er Junggeselle geblieben ist?«

»Das glaube ich eigentlich nicht. Oder vielleicht doch. Wer weiß? Er hat massenhaft Freundinnen. Wie ein Mönch lebt er bestimmt nicht. Wenn er die richtige findet, dann heiratet er sie auch. Ob der lieben Mutter das nun paßt oder nicht. Val tut, was ihm gefällt.«

Das Gespräch versiegte, und es wurde eine Weile still. Kitty raffte ihre ganze Entschlossenheit zusammen, noch etwas zu sagen, das ihr nicht leichtfiel.

Schließlich begann sie: »Reverend Randollph, ich muß Ihnen von einem merkwürdigen Zwischenfall berichten, der heute abend im Restaurant passierte.«

»Bitte. Was war denn?«

Kitty erzählte ihm von der blonden Frau mit der Pistole. Randollph stellte augenblicklich die Verbindung her.

»Sagt einem von Ihnen beiden der Name Laura Justus etwas?«

Er war beiden unbekannt.

Randollph sprach mit großem Ernst: »Sie sind zu mir gekommen, um sich Rat zu holen. Was Sie mir berichtet haben, kann von großer Bedeutung für die Ermittlungen in einem Mordfall sein. Ich bin sogar überzeugt davon, daß es so ist. Deshalb kann ich Ihnen nur raten, gehen Sie sofort zu Lieutenant Michael Casey und berichten Sie ihm, was Sie mir berichtet haben.«

»Nein«, sagte Dr. Brandt.

»Carl, ich hab dir gesagt –« begann Kitty.

»Nein.«

Randollph erkannte den kindischen Eigensinn der schwachen Persönlichkeit und wußte, daß Dr. Brandt nicht umzustimmen sein würde.

»Ich werde Ihr Vertrauen nicht enttäuschen, Dr. Brandt. Aber wie lange, glauben Sie wohl, wird es dauern, bis die Polizei in den Besitz dieser Fakten kommt? Nicht lange. Wenn Sie – gleich, aus welchen Gründen – nicht zur Polizei gehen, darf dann ich Lieutenant Casey berichten, was Sie mir erzählt haben?«

Carl Brandt ließ sich das durch den Kopf gehen.

»Okay«, sagte er. »An Casey. Aber an keinen anderen. Ich weiß, ich stehe schlecht da in dieser Sache. Aber ich habe meine Frau nicht getötet. Ich bin gern bereit, mit Lieutenant Casey zu sprechen, wenn er zu mir kommt. Aber ich möchte nicht aufs Präsidium.«

Randollph stand auf. »Ich bin froh, daß Sie zu mir Vertrauen gehabt haben. Sie können mich jederzeit anrufen, wenn Sie mich brauchen sollten.«

Sobald Brandt und Kitty Darrow draußen waren, rief er Caseys Dienststelle an. Der Lieutenant war nicht anwesend. Randollph wählte seine Privatnummer. Niemand meldete sich. »Dann zum Teufel damit!« sagte er und fuhr mit dem Aufzug in sein Penthaus hinauf.

Clarence Higbee hatte am Tag zuvor eines der Gästezimmer bezogen. Dann hatte er sich von Randollph seine Instruktionen geholt. Randollph war es ein wenig peinlich gewesen, ihn gleich an seinem ersten Tag als Koch und Majordomo zu bitten, ein Frühstück für drei Gäste zuzubereiten. Clarence stieß sich aber nicht daran, im Gegenteil.

»Mit Vergnügen, Sir«, hatte er versichert. »Doch ich muß mit Ihnen besprechen, was als Bestand für die Speisekammer eingekauft werden soll.«

Randollph hatte ihn verständnislos angesehen.

»Das Einkaufen der Lebensmittel gehört zu meinen Pflichten, Sir«, klärte Clarence ihn auf. »Ich muß wissen, ob Sie wünschen, die Menüs im voraus auszuwählen.«

»Überraschen Sie mich doch einfach«, erwiderte Randollph, der spürte, das Clarence das lieber war.

»In Ordnung, Sir. Ich müßte dann allerdings wissen, das heißt – äh –« Er zögerte.

»Gibt es Probleme?« Randollph ahnte, was Higbee auf dem Herzen hatte.

»Ja, sehen Sie, Sir, ich muß wissen – ich muß die finanziellen Grenzen kennen.« Der kleine Mann war beinahe verlegen. »Da ich noch nie für einen geistlichen Herrn tätig war und – äh –«

Randollph lachte. »Das braucht Ihnen nicht peinlich zu sein, Mr. Higbee. Sie glauben vielleicht, daß ich sparsam haushalten muß. Selbstverständlich halte ich nichts von unchristlicher Extravaganz, aber ich glaube, auf Qualität sollten wir achten.«

Sichtlich erleichtert erwiderte Clarence: »Ich bin nicht sicher, wie Sie unchristliche Extravaganz definieren würden, Sir. Ich, als christlicher Mensch, bin gegen jede Verschwendung. Aber für mich ist das Essen eine Gabe Gottes, und ich betrachte es als meine christliche Pflicht, die Speisen so zuzubereiten und anzurichten, daß sie appetitlich anzusehen sind und munden.«

Randollph war sich über die Trennungslinie zwischen der angemessenen Behandlung der Gaben Gottes und verschwenderischer Genußsucht nicht ganz im klaren, hielt es aber für richtig, diese Entscheidung Clarence Higbees christlichem Gewissen zu überlassen.

»Da bin ich ganz Ihrer Meinung«, sagte er.

»Danke, Sir. Und darf ich jetzt noch fragen, wer Ihr Weinhändler ist?«

»Mein was?«

»Ich konnte nur zwei Flaschen kalifornischen Rotwein finden und eine Flasche weißen Tischwein, der mir unbekannt ist. Sie werden doch sicher wünschen, daß ich Ihren Vorrat aufstocke.«

Das, wußte Randollph, war ein Tadel für seine Nachlässigkeit.

»Ich bin kein Weinkenner«, gestand er und hoffte, Clarence würde deshalb nicht schlecht von ihm denken. »Sicherlich ist Ihnen ein guter Weinhändler bekannt. Ich glaube, die Auswahl überlasse ich am besten Ihnen, Mr. Higbee.«

»Danke, Sir. Und darf ich Sie bitten, mich Clarence zu nennen?«

Randollph war erstaunt. »Warum das denn?«

»Es ist angemessen, daß die Herrschaften die Leute, die Ihnen dienen, beim Vornamen nennen, Sir. In einer Stellung, wo diese Unterschiede beachtet werden, fühle ich mich am wohlsten. Ich bin überzeugt, es wäre besser um die Welt bestellt, wenn jeder sich mit dem Platz zufriedengäbe, an den er durch seine Geburt gestellt worden ist.«

Randollph wollte seinen Ohren nicht trauen.

»Sie reden ja wie ein Monarchist, Clarence«, stellte er verwundert fest.

»Ich bin ein Monarchist, Sir. Und wenn Sie mich jetzt nicht mehr brauchen, gehe ich an meine Arbeit.«

Als Randollph die Wendeltreppe aus dem Schlafzimmer herunterkam, war es erst halb acht. Seine Gäste sollten um halb neun eintreffen. Er hatte also noch genug Zeit, mit dem Aufzug ins Hotelfoyer hinunterzufahren, sich eine Morgenzeitung zu besorgen und seine Post gleich mitzunehmen. Und dann konnte er noch eine halbe Stunde der Muße genießen, ehe der lange ermüdende Tag begann, der vor ihm lag.

Er warf einen Blick ins Eßzimmer, um zu sehen, ob Clarence da wäre. Der war nicht da, aber auf dem Tisch lag die *Chicago Tribune*, und daneben stand eine silberne Platte, auf der sauber aufgestapelt die Morgenpost lag. Clarence war offenbar schon im Foyer gewesen.

Durch die Glaswand des Eßzimmers war ein Stück Himmel zu sehen, das regnerisch grau und verhangen war. Plötzlich zerriß ein Blitz die Wolken, und im selben Moment öffnete der Himmel seine Schleusen. Bedrückendes Wetter zu einem bedrückenden Amt, dachte Randollph.

Er schlug die *Tribune* auf, als Clarence hereinkam.

»Guten Morgen, Sir.«

Er stellte ein Tablett auf das Sideboard, breitete Randollph routiniert eine Serviette über die Knie und stellte eine silberne, mit Eis aufgefüllte Schale vor ihn hin. Aus dem Eis konnte Randollph ein kleines Glas mit einer orangefarbenen Flüssigkeit herausspitzen sehen.

»Ich dachte, Sie hätten vielleicht gern eine kleine Erfrischung, während Sie die Zeitung lesen«, sagte Clarence. »Hier auf dem Sideboard steht eine Kanne Kaffee, wenn Sie welchen wünschen sollten. Ich versäumte, Sie zu fragen, ob Sie Sahne und Zucker nehmen, Sir, aber ich war ziemlich sicher, daß Sie Ihren Kaffee ohne alles trinken.«

»Da haben Sie richtig vermutet«, antwortete Randollph und trank seinen Orangensaft. Frisch ausgepreßt. Wie hätte es anders sein können.

»Darf ich davon ausgehen, daß Ihre Gäste pünktlich sein werden?« fragte Clarence.

»O ja, sie kommen pünktlich.«

»Dann serviere ich kurz nach halb neun, Sir.«

Als Clarence ging, bemerkte Randollph, daß dieser ein schwarzes zweireihiges Jackett über einer grau gestreiften Hose trug. Dazu ein weißes Hemd und eine graue Krawatte.

Randollph griff wieder zur *Tribune*, zog sich zuerst den Sportteil heraus. Die Cubs hatten verloren, die Sox gewonnen. Ganz flüchtig verspürte er den Wunsch, er wäre jetzt dabei, seine Koffer für das Trainingslager zu packen, um sich für die kommende Saison fit zu machen. Hastig schob er den Gedanken mit dem Sportteil beiseite.

Zwischen den Berichten und Meldungen über die Grausamkeiten und Scheußlichkeiten, die in den letzten Tagen in Chicago verübt worden waren, entdeckte Randollph ganz unten eine Notiz mit der Überschrift ›Polizei meldet keine Fortschritte im Mordfall Julian‹. Kurz wurden die Umstände des Mordes noch einmal skizziert. Im letzten Absatz stand, daß die Trauerfeier für Lisa Brandt heute im Bestattungsinstitut Bockmeister-Riordan von Reverend Dr. Cesare Paul Randollph zelebriert werden würde.

Randollph legte die Zeitung aus der Hand und wollte eben zur Post greifen, als er die Türglocke hörte. Gleich darauf vernahm er die Stimmen von Freddie, Samantha und Dan Gantry. Die drei machten sich offenbar mit Clarence bekannt. Er eilte hinaus.

»Guten Morgen, C. P.«, begrüßte ihn der Bischof und reichte ihm die Hand.

»Morgen, Chef«, sagte Dan. »Sie wollen doch in dem Aufzug nicht zur Beerdigung?« Randollph steckte noch in einem roten Polohemd.

Sam gab Randollph einen raschen Kuß.

»Das Frühstück ist serviert, Sir«, meldete Clarence.

Randollph war spachlos angesichts der Veränderung im Eßzimmer. Clarence mußte sie mit Blitzesschnelle vollbracht haben. Ein weißes Tischtuch, funkelndes Silber, Servietten, Kristallgläser, in der Mitte des Tisches eine flache Schale mit gelben Rosen. An jedem Platz stand eine silberne Schale, auf der, von zerdrücktem Eis umgeben, eine halbe Melone lag. Randollph fragte sich, wo Clarence all die Tischwäsche und das Geschirr aufgestöbert hatte; die Dinge mußten irgendwo in der geräumigen Küche vergraben worden sein, als Reverend Dr. Hartshorne und seine Frau widerstrebend ihrem unbekannten Nachfolger das Feld geräumt hatten.

Der Reifegrad der Melone war gerade richtig, das Aroma köstlich. Eine solche Delikatesse bekam man sonst allenfalls in sehr teuren Hotels. Als sie fertig waren, kam Clarence schon mit dem Servierwagen zurück, auf dem Wärmeplatten standen, silberne Pfannen, Teller, Tassen und Untertassen. Flink, aber ohne Hast, ruhig und sparsam in den Bewegungen lud er die Sachen vom Servierwagen auf das Sideboard um und zündete die Brenner unter den Wärmeplatten an.

»Ich habe alles hier zurechtgestellt, Sir«, sagte er zu Randollph. »Dann können Sie sich nach eigenem Belieben bedienen.«

Er begann, die Melonenschälchen abzudecken, und stapelte sie auf dem Wagen.

Der Bischof nahm sich einen Teller und hob den Deckel einer Pfanne.

»Nicht möglich! Was haben wir denn da? Bücklinge? Ich habe seit meinen Tagen in Oxford keinen Kipper mehr gegessen.«

»Ja, Mylord, Bücklinge«, bestätigte Clarence. »Es freut mich, daß sie Ihnen zusagen. Sonst sind noch Eier Benedict da, Omelette und Würstchen, die ich bei einem Farmer hole, der sie selbst macht. Die Brötchen habe ich gebacken. Verzeihen Sie, daß ich es erwähne, aber ich bin recht stolz auf sie.«

»Ein wahrer Schmaus«, stellte der Bischof fest.

»Danke, Mylord.«

»Äh – Clarence«, sagte der Bischof, »ich weiß, daß die Bischöfe der Kirche von England den Titel eines Lords tragen, aber wir hier sind demokratischer. Ich bin kein Lord, und Sie brauchen mich deshalb nicht so zu titulieren.«

»Entschuldigen Sie, Mylord, aber ich bin es gewöhnt, Bischöfe mit ›Euer Lordschaft‹ anzusprechen, und es ist meine Überzeugung, daß alle Bischöfe, auch solche eines nonkonformistischen Bekenntnisses, diese Ehre verdienen. Wenn Sie gestatten, werde ich Sie weiterhin so ansprechen.« Er wandte sich an Randollph. »Wenn Sie etwas brauchen, dann klingeln Sie bitte«, sagte er und schob den Servierwagen in Richtung Küche.

»Mann, ist das gut«, bemerkte Dan Gantry, als er sich genießerisch über seine Eier Benedict hermachte. »Ich nehme mir von allem etwas – außer von den Bücklingen.«

»Du wirst dick und rund wie ein Mastschwein werden, Randollph, wenn du jeden Tag so bekocht wirst«, stellte Sam fest.

»Das ist deine Schuld«, entgegnete er. »Du hast mich überredet, ihn anzustellen. Ich war für die attraktive geschiedene Frau, die gern mal wieder für einen Mann kochen wollte, falls du dich erinnern solltest.«

»Das weiß ich, lieber Freund. Deshalb bestand ich ja auf Clarence.«

»Was hat es für einen Sinn, Sam, wenn du mich vor den Verlokkungen der Fleischeslust schützt, nur um mich der Sünde der Gefräßigkeit auszuliefern?«

Randollph genoß die kleine Plänkelei mit Samantha, er genoß es zuzusehen, mit welchem Appetit seine Gäste dem Essen zusagten, obwohl das gerade an diesem Tag so unangebracht schien.

Sam wollte Randollph gerade eine Antwort geben, als Dan Gantry bemerkte: »Verdammt gut, diese Würstchen. Und die Brötchen – hmm! Ich hol mir noch mal.« Er stand auf.

Sam gab ihm einen leichten Schlag in den Magen.

»Nicht so viele Kohlehydrate, Danny, sonst bekommt Ihr jugendlicher Körper einen Schmerbauch.«

»Oh, die Kalorien verbrenne ich, die verbrenne ich im Nu«, versicherte Danny, während er sich den Teller belud.

Der Bischof sagte: »C. P., ich hoffe, es kränkt Sie nicht, daß Rex Julian mich gebeten hat, heute bei der Trauerfeier mitzuwirken.«

Augenblicklich schlug die Stimmung um. Es war, als hätte der Lehrer bekanntgegeben, daß die Pause vorüber sei.

»Aber nein, Freddie, selbstverständlich nicht. Weshalb sollte mich das kränken?«

»Es gibt Pastoren, die in dieser Beziehung sehr empfindlich sind. – Dan, dürfte ich Sie bitten, mir noch eine Tasse Kaffee einzuschenken? Vielen Dank. – Wie ich sagte, manche Geistliche fühlen sich eingeengt, wenn noch ein anderer bei ihren Trauungen oder Beerdigungen mitmischt.«

»Der alte Arty Hartshorne war so einer«, warf Danny ein. »Der hat niemanden an seine Trauungen und Beerdigungen rangelassen. Nicht mal mich. Höchstens, wenn er krank war oder verreist. Aber ich glaube, dem ging's nur ums Honorar. Er war ein ganz gieriger alter –« Dan hielt es für besser, nicht zu sagen, was er dachte, und brach ab.

»Es gibt geldgierige Geistliche«, sagte der Bischof. »Ebenso wie es neidische Geistliche gibt und hochmütige und lüsterne.«

»Sie haben mir eben meine Illusionen zerstört, Bischof«, erklärte Samantha. »Ich bin in dem Glauben aufgewachsen, daß Pfarrer niemals etwas Böses tun oder etwas Böses denken. Lüstern! Die haben doch gar nicht genug Saft, um lüstern zu sein. Allerdings«, fügte sie hinzu, »bin ich in einer presbyterianischen Familie aufgewachsen.«

»Ich fürchte, mein Kind, Ihre Geistlichen gaben vor, über die Sünden erhaben zu sein, die wir den meisten Mitgliedern der menschlichen Rasse vorhalten können.« Der Bischof knöpfte sein schwarzes Jackett auf und faltete die Hände auf dem runden Bauch. »Sehen Sie, die Laien sehen ihre Pastoren gern milde und gelassen, und die Pastoren tun ihnen den Gefallen und geben sich, als wären sie so. Das ist für die Geistlichen nicht gut, und das ist für die Laien nicht gut. Zum Glück jedoch weigern sich viele der jüngeren Leute, mit diesem Theater zu leben.«

Clarence erschien an der Tür und wandte sich an Randollph: »Entschuldigen Sie die Störung, Sir, aber eine Miss Windfall von Ihrem Büro wünscht Sie zu sprechen. Sie sagt, es wäre dringend. Wenn Sie wünschen, werde ich ihr sagen, daß Sie beschäftigt sind.«

Randollph war sehr versucht, Clarence gegen Adelaide Windfall in den Kampf zu schicken, nur um zu sehen, wer Sieger bleiben würde; aber zu dieser Konfrontation, sagte er sich dann, würde es früher oder später sowieso kommen.

»Bringen Sie das Telefon doch bitte hier herein, Clarence. Ein Stecker ist neben der Tür.«

»Ich weiß, Sir. Ich hatte ihn schon gesehen.«

»Entschuldigen Sie die Störung, Dr. Randollph«, sagte Miss

Windfall gar nicht bedauernd. »Ich habe eine Frau am Apparat, die behauptet, sie müßte Sie unbedingt sprechen. Sie läßt sich nicht abweisen.«

»Wer ist sie?«

»Sie möchte ihren Namen nicht nennen.«

Miss Windfalls Ton sagte, daß anonyme Anrufer nicht wert waren, von ihr überhaupt beachtet zu werden, und Randollph fragte sich, weshalb sie ihn dann von dem Anruf unterrichtet hatte.

»Aber«, fuhr Miss Windfall fort, »sie behauptet, ein Mitglied unserer Gemeinde zu sein, und sagt, sie brauchte dringend seelsorgerischen Rat.«

Das war die Erklärung. Ein Gemeindemitglied von Good Shepherd, selbst ein namenloses, dessen Behauptung vielleicht Lüge war, verdiente es, daß man sich mit ihm befaßte.

»Verbinden Sie mich mit der Dame«, sagte Randollph.

»Dr. Randollph«, meldete sich eine weibliche Stimme, »Sie kennen mich nicht, und ich werde Ihnen meinen Namen auch nicht nennen. Ich möchte nicht, daß Ihre Sekretärin ihn in ihren Terminkalender schreibt; ich möchte nicht zu Ihnen ins Büro kommen, ich könnte erkannt werden.« Sie hielt inne, um Atem zu holen, und Randollph wollte eben ein Wort der Ermunterung sagen, als sie forfuhr: »Ich bin in einer verzweifelten Lage. Ich brauche Rat. Würden Sie mit mir sprechen? Heute?«

»Heute habe ich einen vollen Tag«, sagte er, »aber wenn wir uns auf eine Zeit einigen können –«

»Um fünf. Paßt es Ihnen um fünf? In der Kapelle. Da sitze ich gegen Abend oft und bete. Um diese Zeit ist meistens kein Mensch da. Wenn doch jemand dasein sollte, können Sie ja so tun, als würden Sie beten – ach, das war nicht so gemeint, entschuldigen Sie, Sie würden nicht nur so tun, Sie würden richtig beten, nicht wahr? Warten Sie dann einfach, bis die anderen gegangen sind. Die Leute bleiben nie lange. Um fünf in der Kapelle.«

Sie legte auf, ohne ihm die Chance zu geben abzulehnen.

Als er sich umdrehte, sagte der Bischof: »Ich nehme an, es ist Ihnen lieb, wenn ich heute die Grabrede halte?«

»Dafür wäre ich sehr dankbar«, antwortete Randollph. »Ich glaube, mir würde es schwerfallen. Den Gottesdienst kann ich abhalten.«

»Die sichere Zuflucht des Rituals«, meinte der Bischof. »Es spricht für uns, wenn wir nicht für uns selbst sprechen können, und es sagt das, was wir empfinden, viel besser, als wir selbst es sagen können.«

15

Ein überlanger Mercedes 600 mit einem diskreten Nickelschild unter dem Rückfenster, auf dem ›Bockmeister-Riordan‹ stand, wartete vor dem Hotelportal. Es ist ein arrogantes Auto, dachte Randollph. Zusammen mit dem ach so geschmackvollen Namensschild des Bestattungsinstituts proklamierte es: ›Wir bestatten die besten Leute.‹ Er fragte sich, ob es selbst im Tode noch notwendig war, den Status des Verstorbenen hervorzuheben.

Ein Mann in einem schwarzen Zweireiher, der an eine Uniform erinnerte, trat zu ihnen.

»Bitte sehr, Bischof, Dr. Randollph«, sagte er und hielt ihnen die Wagentür auf.

Sam, Randollph und der Bischof ließen sich auf der mit üppigem grauem Brokat bezogenen Sitzbank nieder, Dan Gantry nahm einen Klappsitz. Der Fahrer war durch eine dicke Glasscheibe von den Insassen getrennt, so daß es ihm erspart blieb, sich leeres Geschwätz anhören und dumme Fragen beantworten zu müssen.

Während der große Wagen geräuschlos durch die Straßen glitt, berichtete Randollph von der Frau, die ihn gebeten habe, in die Kapelle zu kommen, weil sie seinen Rat suche.

»Rat, ha!« entrüstete sich Sam. »Ich kann mir schon denken, was die will – bestimmt keinen Rat!«

»In der Kapelle?« fragte Dan ungläubig. »Kann schon sein, daß die Dame scharf auf den Chef ist. Aber in der Kapelle? Sam, altes

Mädchen, das glauben Sie doch selbst nicht.«

Der Bischof räusperte sich.

»Es sind schon merkwürdigere Dinge vorgekommen«, begann er. »Ich erinnere mich an einen Fall – aber nein, den werde ich jetzt nicht erzählen. Immerhin – es passiert, daß weibliche Gemeindemitglieder sich in den Pastor verlieben. Ich wünschte, ich könnte sagen, daß das nur geschieht, wenn der Pastor ein ungewöhnlich anziehender Mensch ist. Aber das wäre nicht wahr. Ich habe die Erfahrung gemacht, daß es Frauen gibt, die sich in Geistliche verlieben, deren Anziehungskraft dem objektiven Auge völlig verborgen bleibt. Jedenfalls meinem objektiven Auge.«

»Wenn Sie den Zirkus erst mal eine Weile mitgemacht haben, Chef, werden Sie feststellen, daß viele Frauen verheiratet sind mit Männern, die an nichts anderes denken als an Geld und Beförderung. Sie haben keine Zeit für ihre Frauen. Von Romantik und Zärtlichkeit haben sie keine Ahnung. Manche von ihnen interessiert nicht einmal das Bett. Ist es ein Wunder, daß diese Frauen nach einer Weile woanders das suchen, was sie vom eigenen Mann nicht bekommen? Kann man ihnen das verübeln? Ja, und der Pastor bietet sich da als Objekt praktisch an. Er ist wenigstens gebildet, hat Manieren, ist nett und höflich zu den Frauen. Und schon fangen sie an, von ihm zu träumen. Und wenn sie aggressiv sind, dann ergreifen sie die Initiative. Ich wette mit Ihnen zehn zu eins, daß das auf die Frau zutrifft, die in der Kapelle mit Ihnen beten will.«

»Sprechen Sie aus Erfahrung, Danny?« erkundigte sich Sam.

»Kein Kommentar, meine Schöne. Kann ich was dafür, daß ich ein charmanter, gutaussehender Junggeselle bin?«

Randollph blickte an Sam vorbei zum Bischof hinüber.

»Was raten Sie, Freddie? Ich könnte natürlich einfach nicht hingehen, aber ich finde, das wäre ein bißchen verantwortungslos von mir.«

»Zieh deine Turnschuhe an und zisch ab, sobald das Mädchen dich merken läßt, daß sie dich gern näher kennenlernen würde«, empfahl Sam.

Der Bischof lachte. »Das ist kein schlechter Rat, C.P. Aber ziehen wir keine voreiligen Schlüsse. Die Dame behauptet, unter einem nicht näher spezifizierten seelischen Problem zu leiden. Sie hat gesagt, sie ginge oft in die Kapelle, um dort zu beten, also kann das Problem, das sie hat, nicht neu sein. Es ist daher wahrscheinlich, daß es sich jetzt zur Krise zugespitzt hat und sie nicht weiß, was sie tun soll. Warum wollen Sie nicht einfach ihre Erklärung für bare Münze nehmen? Wenn sie möchte, daß ihr Pastor mit ihr betet, dann tun Sie's. Sicher, Sie sollten vorsichtig sein. Vielleicht ist sie seelisch aus dem Gleichgewicht. Aber ein Geistlicher kann es sich nicht leisten, im Umgang mit seinen Gemeindemitgliedern ängstlich oder heikel zu sein, auch dann nicht, wenn es sich um weibliche oder gar attraktive weibliche Gemeindemitglieder handelt.«

»Ich hätte es nicht besser ausdrücken können«, bemerkte Dan.

»Ich fand die Bitte nur recht sonderbar«, sagte Randollph.

»Das wird nicht die letzte sonderbare Bitte sein, die man an Sie stellt«, erwiderte der Bischof.

»Ich habe zwar in der Seelsorge keine Erfahrung«, meinte Randollph, »aber ich denke, ich werde schon mit der Dame fertig werden.«

»Geben Sie jetzt an, Reverend?« erkundigte sich Sam.

»Ich hasse es, ›Reverend‹ genannt zu werden.«

»Ich weiß«, antwortete Sam mit einem zuckersüßen Lächeln.

Die Limousine fuhr zum Hintereingang des Bestattungsinstituts, eines weitläufigen roten Backsteinbaues hinter der Fassade eines Herrenhauses, wie sie in den Südstaaten vor dem Sezessionskrieg gebaut worden sind.

»Sieh sich einer alle diese Jaguars und Cadillacs an! Da steht sogar ein Bentley. Das nenne ich Klasse«, erklärte Dan.

»Die gehören den Ärzten, vermute ich«, sagte der Bischof. »Die Ärzte sind unter den Mitgliedern unserer Gesellschaft, die sich ihren Lebensunterhalt durch Arbeit verdienen, die reichsten.«

»Ich glaube, ich marschiere außenrum und geh vorn rein«, bemerkte Dan. »Vielleicht kann ich vor dem Gottesdienst noch ein paar Worte mit Val sprechen. Er ist der einzige Grund, weshalb ich hier bin. Kommen Sie mit, Sam.« Er bot Sam seinen Arm.

»Na schön, warum nicht«, erwiderte sie und ging mit ihm davon.

Der Chauffeur, der die Koffer mit ihren Gewändern trug, führte Randollph und den Bischof in ein kleines Vestibül. Ein hochgewachsener grauhaariger Mann, dessen Anzug Randollph an den erinnerte, in dem sich Clarence Higbee an diesem Morgen präsentiert hatte, eilte ihnen entgegen.

»Bischof«, sagte er, »Dr. Randollph«, und streckte zuerst Freddie, dann Randollph die Hand hin. »Ich bin Albert Bockmeister III.«

Woher weiß der, wer von uns wer ist, fragte sich Randollph, dann fiel ihm ein, daß Freddie ein Halstuch in bischöflichem Lila trug.

»Es ist wirklich ein Glück, daß Sie beide kommen konnten, um der Familie Julian in dieser Stunde des Schmerzes beizustehen. Die Familie wird Ihnen gewiß immer dankbar sein«, murmelte Albert Bockmeister III. »Bitte folgen Sie mir, dann zeige ich Ihnen gleich den Privatraum für die Geistlichkeit.« Er winkte ihnen mit graubehandschuhter Hand. »Wir sind das einzige Bestattungsinstitut im Stadtgebiet, das den Geistlichen einen eigenen Privatraum zur Verfügung stellt.«

Bockmeister führte sie in ein kleines Zimmer mit einem hohen Ankleidespiegel, zwei geradlinigen Stühlen und einem Garderobenständer, an dem mehrere Bügel hingen.

»Die Tür führt in die Toilette«, erklärte Bockmeister. »Ausschließlich für die Geistlichen. Kurz vor dem Gottesdienst komme ich und bringe Sie in unsere Gedächtniskapelle.«

Die Gedächtniskapelle war, wie Randollph feststellte, ganz streng im Kolonialstil gehalten. Das weiße Gestühl und die weiße Kanzel waren mit dunklem Walnußholz abgesetzt. Schwere weiße Vorhänge, mit Goldfäden durchwirkt, verhüllten die Fenster. Auf dem Altar brannten zwei Kerzen neben einem einfachen goldenen Kreuz, welches das einzige religiöse Symbol in der Kapelle war. Randollph erkannte sogleich, wie praktisch das war. Ersetzte man das Kreuz durch ein Kruzifix, so wurde die Kapelle römisch-katholisch. Eine Nepaa verwandelte sie in eine Synagoge; und das alles ohne Aufwand an Kosten und ohne Anstrengung für Albert Bockmeister III.

Das dünne Wimmern einer unsichtbaren elektronischen Orgel verklang. Ein kleines rotes Licht auf dem Lesepult, nur Randollphs Augen sichtbar, flammte auf und starrte ihn an, mahnte ihn, daß es Zeit war zu beginnen.

Mit Willensanstrengung löschte Randollph jeden Gedanken daran aus seinem Kopf, daß dies der Trauergottesdienst für Lisa war. Er wußte, daß er das tun mußte. Leicht war es nicht, das, was ihm bevorstand, durchzustehen. Er mußte unpersönlich und sachlich sein, zum Ritual Zuflucht nehmen.

Als er geendet hatte, als es Zeit war für Freddie, die Grabrede zu halten, sah er sich zum erstenmal um. Blumen überall, Berge von Blumen – kleine Körbe, große Körbe, riesige Kränze und Gestecke. Der Bronzesarg war beinahe ganz verborgen unter einem Meer von Rosen.

Während Randollph Freddie mit halbem Ohr zuhörte, schweifte sein Blick über die Trauergäste. Zuerst entdeckte er Annette Paris. Das schwarze Kleid unterstrich vorteilhaft das helle Blond ihres frischfrisierten Haares. Sie schluchzte leise. Hinter ihr saß mit düsterer Miene Amos Oregon. Er war umgeben von anderen Hollywoodleuten, die Randollph auf dem Hochzeitsempfang kennengelernt hatte, an deren Namen er sich jedoch nicht mehr erinnern konnte. In der letzten Reihe erblickte er einen bekümmert dreinblickenden Jaime DeSilva.

In einer Nische links von der Kanzel befand sich ein offener Raum, in dem, etwas abgesondert von den übrigen Trauergästen, die Familie saß. Dr. Rex Julians Gesicht war starr und reglos – aber das war es immer. Mrs. Julian tupfte sich ostentativ die Augen, doch sie sah mürrisch aus. Carl Brandt, frisch verwitwet, saß mit hängenden Schultern, völlig trostlos, wie es schien. Das Gesicht von Dr. Kermit Julian neben ihm war so maskenhaft wie das seines Vaters, während Mrs. Kermit verstohlen die Schar der Trauergäste musterte. Nur Dr. Valorous Julian zeigte echten Schmerz. Randollph hatte den Eindruck, daß er nur mit Mühe die Tränen zurückhielt.

Er fragte sich, ob sich Lieutenant Michael Casey wohl irgendwo unter den Trauergästen befand; dann fiel ihm ein, daß es ihm nicht gelungen war, Casey zu erreichen, um ihm von Dr. Brandt und Kitty Darrow zu erzählen. Er würde es im Laufe des Tages noch einmal versuchen müssen. Hier schien Casey nicht zu sein. Nein. Das war nicht Caseys Stil. Er ging noch immer von der Vermutung aus, daß Lisa das Opfer eines Einbrechers geworden war. Er schloß aber auch andere Möglichkeiten nicht aus. Wahrscheinlich behielt er auch diesen oder jenen von Lisas Freunden oder verflossenen Liebhabern im Auge. Ganz sicher war ihm Dr. Carl Brandt verdächtig. Der überlebende Ehepartner war Casey immer verdächtig. War es möglich, daß einer von diesen mehr oder weniger anständigen, wohlhabenden, halbwegs gebildeten Menschen, die dort draußen Freddie zuhörten, Lisa getötet hatte? Und wenn ja, besäße der Betreffende die Frechheit, zu ihrer Beerdigung zu kommen? Es schien unwahrscheinlich.

Randollph merkte, daß Freddie sich dem Ende seiner Rede näherte. Er schlug das kleine schwarze Buch auf, um das Schlußgebet und die Segnung zu sprechen. Rasch hatte er seine Aufgabe erfüllt.

Die Fahrt zum Friedhof war lang gewesen, und als Randollph zur Kirche zurückkam, war es beinahe zwei Uhr. Er wäre gern ins Penthouse hinaufgefahren, um sich umzuziehen, aber er wußte, daß Arbeit auf ihn wartete, die er noch vor seiner Verabredung um fünf Uhr in der Kapelle erledigen mußte. Er ging deshalb direkt in sein Büro.

Miss Windfall erwartete ihn bereits mit der üblichen Liste.

»Ihr Leitartikel für *The Spire* muß rechtzeitig fertig sein, damit Evelyn ihn noch tippen kann, bevor er in die Druckerei geht.« Miss Windfalls Ton implizierte, daß er vorhatte, die Anfertigung des Artikels auf die lange Bank zu schieben, daß sie das aber nicht dulden würde.

»Ich weiß«, antwortete Randollph.

»Mr. Agostino kommt um drei, wie gewöhnlich. Mr. Smelser hat sich für dreiviertel vier angesagt. Mr. Thurman vom Hotel behauptet, er müßte sie unbedingt heute sprechen. Ich habe ihn für halb fünf eingetragen.«

»Mr. wer?«

»Mr. Wilfred Thurman, der Geschäftsführer des Hotels.«

»Ach so«, sagte Randollph. »Ja, ich glaube, ich weiß, was er will.« Ihm fiel ein, daß er mit Dan Gantry noch nicht über die Turnhalle gesprochen hatte. »Wenn wir hier fertig sind, würden Sie sich dann bitte mit Mr. Gantry in Verbindung setzen und ihn bitten, auf einen Sprung vorbeizukommen? Sonst noch etwas?«

»Hier ist eine Liste von Pantienten, die in der Julian-Klinik liegen.«

»Kann das Mr. Sloane nicht übernehmen?«

Randollph war einen Moment lang verärgert.

Reverend Mr. Henry Sloane war ein pensionierter Geistlicher, der sich während einer langen Karriere als Pastor einen Ruf als ungewöhnlich langweiliger Prediger, aber äußerst tüchtiger Seelsorger erworben hatte. Die Good Shepherd Kirche hatte ihm die Aufgabe übertragen, sich um Kranke und Häftlinge zu kümmern.

Dann jedoch fiel Randollph ein, daß er diesen Posten angenommen hatte, um zu lernen, was es hieß, ein Pastor zu sein, und er unterdrückte seinen Ärger.

»Mr. Sloane besucht die anderen Krankenhäuser. Aber Mrs. Victoria Clarke Hoffman ist im Julian. Ich dachte mir, Sie würden sie selbst besuchen wollen.«

Randollph wußte wohl, warum Mrs. Hoffman in Miss Windfalls Augen die Aufmerksamkeit des Oberhirten von Good Shepherd verdiente; nicht etwa, weil sie seelischer Fürsorge besonders bedurft hätte, sondern vielmehr, weil sie Geld und hohe soziale Stellung repräsentierte.

»Die Clarks gehörten zu den Gründern dieser Kirche, und Mrs. Hoffman hat sowohl von ihren Eltern als auch von ihrem

Mann Vermögen geerbt. Wenn wir recht unterrichtet sind, wird sie das Krankenhaus nicht lebend verlassen. Dr. Hartshorne meinte, sie hätte die Absicht, Good Shepherd ein großzügiges Legat zu hinterlassen, aber sie selbst hat das nie bestätigt.«

»Ja, ich denke, ich sollte sie besuchen«, sagte Randollph.

Vielleicht war es bedauerlich, daß den reichen Kranken sogar von ihren Geistlichen besondere Aufmerksamkeit zugewendet wurde. Vielleicht war es undemokratisch von ihm, an Mrs. Victoria Clark Hoffmans Krankenbett zu eilen, während er Mr. Sloane ausschickte, sich jener Gemeindemitglieder anzunehmen, die weder Geld noch sozialen Status vorweisen konnten. Aber Miss Windfall hatte recht. Er mußte sie aufsuchen. Ob das nun gut oder schlecht war, so war es einfach. Aber keinesfalls würde er sie nach dem von Miss Windfall erhofften Legat fragen.

Miss Windfall, die wohl der Meinung war, daß sie Randollph fürs erste genug aufgeladen hatte, rauschte in ihr Büro zurück. Wahrscheinlich, dachte Randollph, um sich weitere lästige Aufgaben für ihn auszudenken.

Und nun zum Leitartikel. Er holte sich ein Blatt Papier und starrte darauf nieder. Das Blatt Papier starrte zurück. Es verspottete ihn. Es sagte zu ihm, du weißt nichts zu sagen, aber du mußt etwas sagen. Warum reihst du nicht einfach ein paar Wörter aneinander? Misch hier und dort ein frommes Wort wie ›Glaube‹, ›Gebet‹ und ›Ergebenheit‹ darunter. Du bist doch bestens bewandert in dem Jargon. Das ist einfach, das spart dir Zeit. Und wenn es auch keine Tiefe hat, so wird es doch hübsch klingen.

Randollph war versucht, genau das zu tun. Aber als Footballspieler und als Lehrer hatte er gelernt, daß es, wenn man einmal unter dem eigenen Standard arbeitete, leicht passierte, daß man es ein zweitesmal tat. Und dann dauerte es nicht lange, bis man den feinen Schliff echter Sachkenntnis verlor.

Nachdenklich zeichnete er auf das Papier einen Kirchturm, in den der Blitz einschlug. Dann ein langgestrecktes Auto. Dann einen Wald von Grabsteinen. Unvermittelt griff er nach einem frischen Blatt Papier und schrieb: ›Letzte Woche habe ich einen Freund verloren.‹ Ohne Lisas Namen zu nennen, schilderte er seine Gefühle – die völlige Taubheit, die durch den Schock ausgelöst worden war. Den darauffolgenden Schmerz, das Gefühl des Verlusts. Groll darüber, daß ein junger, lebensfroher Mensch sinnlos hatte sterben müssen. Danach schilderte er, wie er versuchte, das Problem dieses tragischen Todes – der ein Beispiel für das Problem des Bösen war – in den Rahmen seines Glaubens einzupassen.

Er schloß den Artikel ab und läutete Evelyn. Er hoffte, daß er, indem er seine eigenen Erfahrungen mitteilte, anderen helfen würde, die entweder etwas Ähnliches durchgemacht hatten oder früher oder später würden durchmachen müssen.

Er fühlte sich besser, nachdem er alles niedergeschrieben hatte. Zum erstenmal war es ihm möglich, über Lisas Tod nachzudenken. Jemand hatte sich von ihrem Tod einen Nutzen versprochen. Aber was für einen Nutzen? Ein Einbrecher hätte nur Nutzen aus ihrem Tod gezogen, wenn Lisa ihn überrascht und deutlich gesehen hätte. Warum aber dann die entsetzliche Brutalität?

Ihr Mann? Randollph fand Carl Brandt nicht sonderlich einnehmend, aber als Mörder konnte er ihn nicht sehen, auch wenn er noch so dringend Geld gebraucht hatte.

Jemand aus der Filmbranche? Ein früherer Liebhaber? Eine eifersüchtige Frau? Möglich. Wer war diese Laura Justus? Er hatte nie von einer Laura Justus gehört, aber das war wahrscheinlich sowieso nicht ihr richtiger Name. Er fragte sich, ob es Casey wohl gelungen war, sie ausfindig zu machen, und dann fiel ihm ein, daß er den Lieutenant ja ohnehin hatte anrufen wollen. Über die Sprechanlage bat er Miss Windfall, beim Präsidium anzuläuten und festzustellen, ob Casey im Dienst war.

Er war im Dienst. Er war höflich, aber kurz, was bedeutete, daß er zu tun hatte.

»Was kann ich für Sie tun, Doktor?«

Randollph berichtete ihm von Dr. Brandt und Kitty Darrow, von Brandts Spielleidenschaft, von einem Kredithai namens Manny Friedman.

»Ich werde heute abend mit den beiden sprechen«, sagte Casey knapp. »Am besten wohl im Krankenhaus.«

»Ich muß heute abend auch in die Klinik«, bemerkte Randollph. »Vielleicht treffen wir uns.«

»Die haben da ein Restaurant. Laden Sie mich doch auf eine Tasse Kaffee ein – sagen wir: nach der allgemeinen Besuchszeit.«

»Beamte sollten von Steuerzahlern keine Geschenke annehmen, Lieutenant«, sagte Randollph.

»Schön, dann lade ich Sie ein.« Casey lachte und legte auf.

Miss Windfall meldete Mr. Agostino und fügte hinzu, daß Mr. Gantry ebenfalls ungeduldig darauf warte, mit Dr. Randollph zu sprechen. Miss Windfalls strikte Ansichten darüber, wie sich die Pastoren von Good Shepherd zu verhalten hätten, hatten unerklärlicherweise für Dan Gantry keine Geltung. Aus irgendeinem unerfindlichen Grund hatte sie weder an Dans lockeren Manieren noch an seiner recht ausgefallenen Art, sich zu kleiden, etwas auszusetzen. Jedem anderen, der ungeduldig gewesen wäre, hätte sie eisig mitgeteilt, er müßte eben warten, bis er an der Reihe wäre.

»Schicken Sie sie gleich beide herein!« befahl Randollph ihr.

Er hatte kaum aufgelegt, als Dan zu ihm an den Schreibtisch stürzte.

»Chef«, sagte er, beide Hände auf den Schreibtischrand gestützt und sich vorbeugend, »wissen Sie, was dieser Schweinehund, dieser Wilfred Thurman getan hat?«

»Ich habe keine Ahnung«, antwortete Randollph. »Aber wenn Sie es mir erzählen wollen, dann setzen Sie sich doch erst mal hin und beruhigen Sie sich. Und entschuldigen Sie sich bei Tony dafür, daß Sie ihm seinen Termin stehlen.«

»Ja, ja, wird gemacht. Entschuldigen Sie, Tony, ich revanchiere mich bei Gelegenheit«, sagte Dan zum Organisten, der hinter ihm hereingekommen war und sich gesetzt hatte. »Ich könnte Ihnen vielleicht die Namen von ein paar Mädchen geben, um die ich mich nicht kümmern kann, weil mir die Zeit zu knapp ist.«

»Das ist nicht nötig, Dan«, erwiderte Tony sehr liebenswürdig. »Ich komme schon mit meiner eigenen Liste nicht durch.«

Dan ließ sich in einen Sessel fallen und steckte sich eine Zigarette an.

»Chef, dieser Thurman will uns unseren Turnsaal abknöpfen und ihn in einen Sitzungssaal verwandeln. Don Miller vom Verwaltungsrat hat mir erzählt, daß der hinterhältige Kerl bereits mit sämtlichen Mitgliedern des Verwaltungsrats gesprochen und ihnen den Mund wässerig gemacht hat. Er erklärt, das Hotel würde uns ein Vermögen für den Turnsaal bezahlen, und wir brauchten ihn ja sowieso nicht. Die meisten hat er schon soweit, daß sie bereit sind mitzumachen.«

»Das hätte er wirklich nicht tun sollen«, meinte Randollph. »Aber brauchen Sie denn den Turnsaal, Dan?«

»Und wie!« Dan verschluckte sich vor Eifer am Rauch seiner Zigarette. »Dreimal in der Woche haben wir feste Trainingsabende – zwei Korbballmannschaften und eine Volleyballmannschaft von Mädchen. Die jungen Leute kommen alle aus dem Glasscherbenviertel hier in der Gegend. Und sie brauchen uns. Wohin sollen sie denn sonst? Ich leite diese Vereine nicht, sie haben ihre eigenen Leute, und immer sind ein paar Sozialarbeiter dabei, die aufpassen, daß alles seine Ordnung hat. Es ist das einzige, was diese Kirche für die armen Leute hier in der Gegend tut. Für die ausländischen Missionen wird ein Haufen Geld ausgegeben, aber für die eigenen Leute wird praktisch nichts getan. Berufen Sie eine Sitzung des Verwaltungsrats ein, Chef, und lassen Sie mich reden.« Dan sprach mit Leidenschaft. »Ich werde ihnen theologische Gründe geben, warum wir diese Sportprogramme weiterführen müssen. Ich werde eine Predigt halten, daß ihnen die Ohren sausen, so wahr mir Gott helfe.«

»Ich bewundere jeden, der sich mit Leidenschaft für das einsetzt, was er für richtig hält.« Randollph grinste seinen aufgeregten Assistenten an. »Aber manchmal ist es einem vor lauter Eifer nicht möglich, die logische Lösung eines Problems zu sehen. Das habe ich gelernt, als ich noch Football spielte.«

»Ach ja? Worauf wollen Sie hinaus?«

Dan drückte seine Zigarette in einem Aschenbecher aus, den Randollph hastig aus der untersten Schublade seines Schreibtisches herausgeholt hatte.

»Ich bin dafür, den leichten Weg zu gehen.« Randollph war geduldig. »Wenn wir eine Sitzung einberufen, dann müssen wir damit rechnen, daß die Leute Partei ergreifen, und dann dauert es nicht lange, und die Kirche ist gespalten, die eine Hälfte der Mitglieder findet, wir sollten die Turnhalle vermieten, die andere Hälfte findet, wir sollten unsere Programme weiterführen. Schon unwichtigere Anlässe haben Kriege ausgelöst.«

»Ich sehe aber keine Alternative.«

»Wenn Mr. Thurman sein Angebot zurückzöge, wäre das Problem gelöst.«

»Dieser gierige Kerl? Nie im Leben!«

»O doch«, widersprach Randollph. »Ich werde ihm erklären, warum ihre Sportprogramme in der Turnhalle ein Zeugnis der Christlichkeit sind, das in den Augen der Kirche für ihre Amtsführung in der Stadt lebenswichtige Bedeutung hat.«

Dan lachte sarkastisch. »Das wollte ich den Mitgliedern des Verwaltungsrats erzählen, Chef. Thurman ist ein Pirat. Der würde nicht mal verstehen, wovon Sie eigentlich reden.«

Randollph sah auf seine Uhr. Der Nachmittag verrann, und er hatte noch immer viel zu tun.

»Glauben Sie mir, Dan, er wird es begreifen. Verlassen Sie sich auf mich, und verschwinden Sie jetzt. Tony und ich müssen noch Hymnen heraussuchen, und der Drucker wartet nicht.«

Dan stand auf. »Okay, Chef.« Restlos überzeugt sah er nicht aus. »Wollen Sie die Namen von den Mädchen wirklich nicht haben, Tony?«

»Wenn Sie die kostenlos hergeben, dann sind es wahrscheinlich sowieso Nieten«, erwiderte Tony. »Ich verlasse mich da lieber auf mein eigenes Jagdglück.«

Nachdem Dan gegangen war, sagte Tony Agostino: »Ich weiß, daß Ihre Zeit knapp bemessen ist, Doktor, deshalb habe ich für den Sonntag schon einige Hymnen herausgesucht. Zu Ihrer Begutachtung natürlich. Für Trinitatis ist es einfach.«

Randollph hatte entdeckt, daß die Auswahl der Hymnen häufig ein ermüdendes Unterfangen war. Wenn man eine gefunden hatte, deren Text zum Jahresabschnitt und zum Thema der Predigt paßte, stellte sich heraus, daß die Melodie nicht zu singen war oder daß die dichterischen Bilder schwach und sentimental waren oder daß sie Glaubenslehren, die nicht akzeptabel waren, Ausdruck gaben.

»›Holy, holy‹ ist eine gute Hymne«, meinte Tony.

»Fein.«

»Und wie wär's danach mit ›We Believe in one true God‹ und ›Come, Thou Almighty king‹? Die Melodien sind gut. Der Text paßt zu Trinitatis. Sie predigen doch über die Dreieinigkeit?«

Ja, wenn ich diese Woche noch Zeit finde, eine Predigt zu schreiben, hätte Randollph am liebsten gesagt. Er erinnerte sich, daß er mit der Arbeit an dieser Predigt angefangen hatte, als Lisa Julian wegen ihres Trauungstermins zu ihm gekommen war und ihn bei der Arbeit unterbrochen hatte, und daß dann die Arbeit liegengeblieben war.

»Ja natürlich«, antwortete er. Er überflog die beiden Hymnen rasch. »Die sind gut«, sagte er zu Tony. »Und danke, daß Sie sie schon im voraus herausgesucht haben. Heute bin ich wirklich im Druck.«

Reverend Mr. O. Bertram Smelser war schon seit mehr als zwanzig Jahren als Seelsorger der Good Shepherd Kirche tätig. Seine Aufgabe war es, sich um die geschäftlichen Angelegenheiten der Kirche zu kümmern. Da er weder über die Redegabe noch über das Interesse an anderen Menschen verfügte, die für einen guten Pastor Voraussetzungen sind, wurde er selten dazu eingesetzt, zu predigen oder seelsorgerische Besuche zu machen. Aber es war nicht zu leugnen, daß er gewissenhaft eintrieb, niederschrieb, ausgab und investierte, was an Geld – wenn schon nicht in Strömen, so doch wenigstens in vollen, lebhaft sprudelnden Bächen – auf die heiligen Bankkonten der Good Shepherd Kirche floß.

Der Haken war nur – nach Randollphs Auffassung –, daß Reverend Mr. Smelser sich, sei es aus Pflichtgefühl, sei es aus Stolz an seiner Arbeit, gezwungen fühlte, einmal im Monat zu erscheinen und wie eine *Apologia provita sua* einen langatmigen und äußerst trockenen, mit vielfältigen Dokumenten belegten Bericht über die Geschäfte der Kirche abzugeben.

Randollph bemühte sich, seine Ungeduld und seine Gereiztheit zu unterdrücken. Das sichtbare Königreich Gottes auf Erden bedurfte wahrscheinlich eines Verwalters, der sich um die Verteilung der Gelder des Herrn kümmerte und dafür sorgte, daß sie nicht verschwendet oder entwendet wurden. Aber mußte er, Cesare Paul Randollph, ein Kämpfer unter dem Kreuz, sich deshalb die unverständlichen, tödlich langweiligen Monologe dieses kleinen grauen Mannes gefallen lassen? Er seufzte. Vermutlich mußte er sie sich gefallen lassen.

Reverend Mr. O. Bertram Smelser nahm seine goldgeränderte Brille ab und wies mit ihr auf eine Zahl auf dem Blatt, das er in der Hand hielt.

»Sie sehen also, daß wir mit den Mieteinnahmen aus dem Hotel –«

»Mr. Smelser«, unterbrach Randollph ihn, »wann läuft der Mietvertrag des gegenwärtigen Mieters des Hotels aus?«

»Vom dreißigsten des letzten Monats an gerechnet in genau einem Jahr. Wir haben mit dem Unternehmen bereits erste Gespräche über eine Verlängerung des Vertrages geführt.«

»Lohnt sich der Betrieb des Hotels für den Mieter?«

»Sehr. Ich habe eine Reihe von Anfragen anderer Hotelketten, die sich für dieses Hotel interessieren.«

»Danke, das ist alles, was ich brauche.«

Smelser fuhr fort in der Verlesung seiner Zahlen, erfreut, daß Randollph endlich ein echtes Interesse an der geschäftlichen Seite zeigte.

Er hätte noch eine halbe Stunde Zeit gehabt, um Wilfred Thurman abzufertigen, aber er war nicht geneigt, soviel Zeit auf den recht gut aussehenden, noch jungen Mann mit den dünnen braunen Haaren und dem Ansatz eines Bauches zu verschwenden.

Randollph bedeutete dem Hotelgeschäftsführer, Platz zu nehmen, und blieb selbst hinter seinem imposanten Schreibtisch, der den Reverend Dr. Arthur Hartshorne vor aufdringlichen, lästigen Gemeindemitgliedern, geschwätzigen Geistlichen und Bittstellern geschützt hatte.

»Ich vermute, Sie sind wegen der Anmietung der Turnhalle hier«, sagte Randollph in einem, wie er hoffte, geschäftsmäßig sachlichen Ton. »Es tut mir leid. Ich habe mit Mr. Gantry gesprochen, und er ist der Meinung, daß die Sportprogramme, die er im Augenblick dort laufen hat, ein wichtiger Beitrag für die Gemeinde sind. Wir brauchen also die Turnhalle.«

Thurman bemühte sich um ein, wie Randollph dachte, füchsisches Lächeln.

»Wenn ich recht unterrichtet bin, sind aber die Mitglieder des Verwaltungsrats der Kirche unserem Vorschlag nicht abgeneigt.«

»Sie hätten nicht hinter meinem Rücken an die Mitglieder des Verwaltungsrats herantreten sollen, Mr. Thurman. Sie haben falsches Spiel mit mir getrieben.«

»Geschäft ist Geschäft. Wir brauchen den Raum. Die Mitglieder des Verwaltungsrats haben das Sagen darüber. Ich hielt es für vernünftig, mich mit ihnen darüber zu unterhalten.«

»So vernünftig war das gar nicht, Mr. Thurman. Hätten Sie sich gründlicher informiert, so hätten Sie entdeckt, daß gemäß der Verfassung dieser Kirche der verantwortliche Pastor und der Bischof gegen jede geplante Aktion des Verwaltungsrats ihr Veto einlegen können, wenn eine solche Aktion ihrer Meinung nach nicht dem Wohle der Gemeinde dient.«

Thurman versuchte aufzutrumpfen. »Ich werde mit dem Bischof sprechen. Er ist ein Geschäftsmann, er wird einsehen, daß mein Vorschlag vernünftig ist.«

»Wenn Sie das wünschen und mit Ihrer Zeit nichts Besseres anzufangen wissen – bitte. Ich kann Ihnen aber versichern, daß der Bischof meiner Empfehlung folgen wird.«

»Hören Sie, Reverend, Sie sind doch nur ein Geistlicher, Sie verstehen von diesen Dingen nichts.« Thurman meinte, eine Drohung könnte jetzt nur nützlich sein. »Es ist durchaus möglich, daß meine Firma den Mietvertrag nicht erneuert, wenn wir den Raum nicht bekommen.«

»Teilen Sie Ihrer Firma mit, daß mehrere Hotelketten nur darauf warten, in den Mietvertrag einsteigen zu können. Wenn Ihre Firma nicht daran interessiert ist, den Vertrag zu erneuern, dann sollte sie uns Bescheid geben. Und ich mag es nicht, wenn man mich mit ›Reverend‹ tituliert.«

»Häh?«

Randollph kippte seinen Sessel nach rückwärts und faltete die Hände hinter seinem Kopf.

»Mr. Thurman, Sie sind matt. Sie haben versucht, Ihr Ziel mit einem unehrenhaften Trick zu erreichen. Das allein ist Grund genug, Ihren Antrag auf eine Vermietung unserer Turnhalle abzulehnen. Aber wissen Sie, was ich an Ihrem Verhalten besonders unverschämt finde?«

»Häh?«

»Ich bin ganz besonders verärgert über Ihre Annahme, daß ein Geistlicher nur ein Narr sein kann, ein leichtgläubiger Dummkopf, der sich von gerissenen, hartgesottenen Geschäftsleuten hereinlegen läßt.«

»Aber hören Sie doch –«

»Nein, jetzt hören Sie mir mal zu. Sie werden die Mitglieder des Verwaltungsrats der Kirche informieren, daß Sie Ihr Angebot zurückziehen. Sie werden Ihren Vorgesetzten unterrichten, der Sie wahrscheinlich unter Druck gesetzt hat. Und Sie werden ihm mitteilen, daß er uns in dieser Angelegenheit nicht mehr belästigen soll.«

»Dazu können Sie mich nicht zwingen.«

»O doch, das kann ich. Wenn Sie es nicht tun – und zwar mit Durchschlägen beider Briefe an mich –, werde ich Ihrer Firma mitteilen, daß die Kirche nicht bereit ist, über eine Verlängerung des Mietvertrags zu verhandeln, und zwar aufgrund der unehrenhaften Art und Weise, wie sich der Geschäftsführer des Hotels verhalten hat. Ich kann so hartgesotten sein wie Sie, Mr. Thurman. Also, sind wir uns einig? Übermorgen liegen diese Briefe auf meinem Schreibtisch.«

Thurman hätte am liebsten mit der Faust auf den Tisch geschlagen und wütende Drohungen ausgestoßen, aber sein Pulver war naß geworden. Ihm blieb nur noch eins, das sah er ein: so rasch wie möglich zu verschwinden.

Der Hotelgeschäftsführer wollte gerade die Tür öffnen und hinausschlüpfen, als Randollph sagte: »Ach, übrigens, Mr. Thurman...«

»Ja?«

»Ich möchte Sie daran erinnern, daß die Gier zu den sieben Todsünden gehört. Guten Tag, Mr. Thurman.«

16

Captain Manahan sagte: »Mike, der Polizeipräsident ruft dauernd beim Chef an und fragt, wann wir im Fall Julian endlich eine Verhaftung vornehmen. Und Sie wissen, was das bedeutet.«

»Und ob ich das weiß, Captain«, antwortete Lieutenant Casey mit einem trüben Lächeln. »Der Chef macht Ihnen die Hölle heiß, und Sie machen wiederum mir Feuer unterm Hintern.«

»Mike, Sie wissen, ich bin überzeugt, Sie tun, was Sie können.« Der Captain versuchte eifrig, eine Heftklammer auseinanderzudrücken und gerade zu biegen. »Nur haben wir es hier eben mit einer, wie man sagen könnte, delikaten Situation zu tun. Wenn nicht bald etwas passiert, ist der Teufel los. Der Polizeipräsident geht an die Decke und läßt seinen Ärger am Chef aus, und der –«

»– läßt seinen Ärger an Ihnen aus und so weiter und so fort. Ich weiß, Captain.«

»Haben Sie denn gar nichts?«

Casey hatte eine ganze Menge, aber es kam praktisch nichts dabei heraus. Er war beinahe soweit, die Theorie vom Raubüberfall aufzugeben. Der gestohlene Schmuck war nirgends aufgetaucht. Von keinem Spitzel hatten sie auch nur die Andeutung eines Tips über die Geschichte bekommen. Er schloß die Möglichkeit nicht aus, daß ein früherer Liebhaber sie getötet hatte. Oder die Ehefrau eines früheren Liebhabers. Oder die Freundin. Die Brutalität, mit welcher der Mörder zugeschlagen hatte, konnte auf ein Verbrechen aus Leidenschaft hindeuten. Er würde sich Amos

Oregon und Jaime DeSilva und Annette Paris noch einmal vorknöpfen müssen.

Stärksten Verdacht zog jedoch Dr. Carl Brandt auf sich. Da stimmte alles – Mittel, Motiv, Gelegenheit. Und auf Brandt paßte das vertraute, beinahe banale Klischee des Ehemannes, der seine Frau des Geldes wegen umbringt.

»Ich habe nichts, womit ich eine Verhaftung rechtfertigen könnte, Captain«, antwortete er. »Heute abend nehme ich mir Dr. Brandt und Kitty Darrow noch einmal vor.«

»Sie glauben, die beiden haben es getan?«

»Wenn ich jetzt eine Wette abschließen müßte, würde ich mich für den Doktor entscheiden. Bei ihr bin ich mir nicht so sicher. Aber das ist auch nur ein Gefühl. Harte Fakten habe ich keine.«

»Einen Mann wie Brandt können Sie nicht in den Knast stekken, wenn Sie keine eindeutigen Beweise haben«, sagte der Captain. »Der ist zu prominent, hat zu viele Verbindungen. Es würde ein schlechtes Licht auf uns werfen. Womöglich würde man uns noch gerichtlich belangen.«

»Ich weiß«, erwiderte Casey. »Aber Brandt brauchte einen Haufen Geld, und zwar schnell.«

Er berichtete dem Captain über Dr. Brandts Spielschulden.

»Und bei welchen von diesen Kredithaien steht er in der Kreide?« fragte Manahan.

»Manny Friedman.«

»Einen schlimmeren hätte er sich nicht aussuchen können«, meinte der Captain. »Hat Brandt Ihnen das selbst gesagt?«

»Nein, das haben wir gehört.«

Casey hielt es nicht für nötig, zu erklären, daß er es von einem Geistlichen gehört habe. Sollte der Captain nur ruhig glauben, die Information wäre das Ergebnis geschickter Polizeiarbeit.

»Hat Manny dem Doktor gedroht?«

»Ja.«

»Ich würde Manny liebend gern diesen Mord anhängen. Besteht da eine Chance?«

»Wahrscheinlich nicht. Aber wir werden es überprüfen.«

»Legen Sie ihm die Daumenschrauben an. Aber tüchtig. Schikken Sie Markowitz zu ihm. Der hat Talent für so was.«

Lieutenant Phil Markowitz war ein großer Mann, mindestens einsneunzig, und neigte jetzt, nachdem er die Vierzig überschritten hatte, zur Beleibtheit. Er war zur Polizei gegangen, weil es ihm Vergnügen machte, andere herumzustoßen. Er war in Judo, Karate und anderen Kampfsportarten ausgebildet, die es ihm ermöglichten, seine Mitmenschen zu verprügeln oder, wenn notwendig, zu töten.

Er lümmelte mit übergeschlagenen Beinen in einem von Lieutenant Caseys Sesseln und reinigte sich die Nägel.

»Na, was haben Sie denn für mich, Mike?«

Er mochte Casey eigentlich ganz gern. Er hatte keine Ahnung davon, daß Casey ihn verachtete.

»Sie sollen Manny Friedman in die Zange nehmen.«

»Mit Vergnügen. Was hat er denn verbrochen?«

Casey berichtete ihm von Brandts Verbindung mit dem Geldverleiher.

»Und was soll ich rauskriegen?« fragte Markowitz.

»Ich werde heute abend mit Brandt sprechen. Ich möchte wissen, ob Manny mit dem Mord an Lisa Julian – Lisa Brandt etwas zu tun hat.«

»Um dem Doktor solche Angst zu machen, daß er zahlt? Das entspricht eigentlich nicht seiner Art. Er neigt mehr dazu, den Leuten die Kniescheiben zu zerschmettern.«

»Ich weiß«, sagte Casey. »Aber sehen Sie es doch einmal so: Wenn er Dr. Brandt körperliche Verletzungen beibringt, kann dieser nicht mehr arbeiten und folglich nicht das Nötige verdienen, um das Darlehen zurückzuzahlen oder zumindest mit den Zinsen auf dem laufenden zu bleiben. Er schickt also zwei von seinen Leuten zu Lisa, nachdem er zuerst den Doktor mit einem Anruf aus dem Zimmer gelockt hat. Die beiden sollen sie nur ein bißchen durch die Mangel drehen, vielleicht einen Arm brechen oder ein paar Zähne einschlagen. Sie sind zu eifrig, und ehe sie sich's versehen, ist sie tot.«

Markowitz machte ein nachdenkliches Gesicht.

»Das gefällt mir nicht besonders, aber es könnte ja sein.«

»Ich glaube auch nicht daran, Phil, aber ich muß Gewißheit haben, ehe ich mit Brandt spreche. Also, holen Sie's raus aus Manny. Und nehmen Sie Garboski mit. Der soll auch ein bißchen Spaß haben.«

Manny Friedman hatte seine Pfandleihe nordwestlich vom Loop, ein ganzes Stück von der Ecke entfernt, wo anständige kleine Läden billigen Animierlokalen und miesen Pornokneipen Platz machen. Hinter dem schmutzigen, mit Eisen vergitterten Fenster waren zwei Gitarren, ein Akkordeon, sieben Armbanduhren und ein wertvolles Transistorradio ausgestellt.

Als Markowitz und Garboski die Ladentür aufstießen, bimmelte ein Glöckchen. Im Laden weilte ein einzelner Kunde. Hinter dem Ladentisch stand ein sehr dicker Mann mit krausem grauem Haar. Mit einem Lächeln des Willkommens blickte er der vermeintlichen neuen Kundschaft entgegen; das Lächeln gefror und erlosch, als er die beiden Polizeibeamten erkannte. Der Kunde, ein junger Mexikaner oder Puertoricaner, griff rasch mit der Hand in seine Tasche und schob sich vom Ladentisch weg.

»Guten Tag, Manny«, sagte Markowitz freundlich. »Sie erinnern sich an meinen Freund, Mister Garboski, nicht wahr? Mister Garboski und ich hatten gerade nichts Besonderes zu tun, deshalb beschlossen wir, unserem alten Freund Manny Friedman einen Besuch abzustatten, da wir ihn ja schon so lange nicht mehr gesehen haben.«

Der Kunde wollte sich gerade an dem Kriminalbeamten vorbeidrücken, als Markowitz, ohne den Blick von Friedman zu wenden, mit kräftiger Hand zupackte und den jungen Mann am Arm festhielt.

»Nicht so eilig, Freundchen«, sagte er. »Garboski und ich wollen doch Mannys Kunden nicht vertreiben. Na, zeigen Sie mal her, was Sie zu verkaufen haben.«

Der Junge behielt die Hand in der Tasche.

»Sie haben kein Recht –«, begann er.

Markowitz bohrte dem Jungen plötzlich die Finger in die Schulter. Der Junge schrie auf.

»Zeigen Sie her, oder ich breche Ihnen den Arm«, drohte der Lieutenant in katzenfreundlichem Ton. »Ach, sieh mal einer an! Ein Brillantring – ein Riesenklunker dazu. Und ein goldenes Damenfeuerzeug. Ha, ich wette, Sie haben irgendwo eine Damenhandtasche gefunden, und nach langen, ermüdenden Bemühungen, die Eigentümerin ausfindig zu machen, gaben Sie auf und beschlossen, den Inhalt zu verkaufen.«

»Die gehören meiner Mutter.« Der Junge starrte zu Boden.

Markowitz versetzte ihm einen Schlag ins Gesicht, der ihn gegen Sergeant Garboski taumeln ließ.

»Könnte natürlich auch sein, daß Ihre Vorstrafenliste so lang ist wie die Kundenliste von Ihrer Hurenmutter. Bringen Sie ihn raus, Sergeant, und fesseln Sie ihn mit Handschellen ans Steuerrad. Wenn er abhauen will, dann brennen Sie ihm eine auf den Pelz. Manny und ich werden inzwischen ein bißchen über alte Zeiten plaudern.«

Der Pfandleiher wich zurück, als Markowitz sich dem Ladentisch näherte. Es war ein Angstreflex, und der Kriminalbeamte wußte es. Friedmans Doppelkinn, das über den Kragen seines sauberen weißen Hemdes hing, zitterte. Aber in den kleinen grauen Schweinsäuglein flackerte der Haß.

»Nun, Manny, ein reiner Freundschaftsbesuch ist das natürlich nicht«, sagte Markowitz. »Ihr Freund Mike Casey – Lieutenant Casey von der Mordkommission – bat mich, Sie aufzusuchen und mich mit Ihnen über Dr. Carl Brandt zu unterhalten.«

»Ich kenne keinen Dr. Brandt.«

Markowitz beugte sich über den Ladentisch und schlug Friedman in das fette Gesicht; auf die eine Wange mit der Rückhand, auf die andere mit der Vorhand, so daß Friedmans Kopf von einer Seite auf die andere flog. Der Pfandleiher drückte beide Hände auf sein Gesicht. Tränen des Schmerzes verschleierten die Schweinsäuglein.

»Hat's weh getan, Manny? Für einen Burschen, der dauernd Leute zusammenschlägt, ihnen die Beine bricht und die Kniescheiben zerschmettert, sind Sie arg empfindlich. Ich habe mir oft gedacht, daß man Ihnen mal die Kniescheiben zerschmettern sollte, Manny, damit Sie wissen, wie das ist. Vielleicht tue ich's gleich selbst. Ich weiß, wie man so was macht.«

Friedman wich noch weiter zurück und griff zum Telefon, das hinter ihm auf einem Schreibtisch stand.

»Ich rufe meinen Anwalt an.«

Markowitz war so schnell um den Ladentisch herum, daß der Dicke gar keine Chance hatte. Er ließ seine Handkante auf das Handgelenk in der weißen Manschette niedersausen. Friedman schrie auf.

»Wozu brauchen Sie denn einen Anwalt, Manny? Das ist doch nur ein Schwatz unter Freunden. Sehen Sie, Lieutenant Casey glaubt, Sie wollten Mrs. Brandt von Ihren Gorillas verprügeln lassen, um den Doktor zu warnen, und die beiden gingen zu weit und brachten sie um. Auf uns wird nun ganz schön Druck ausgeübt, endlich jemanden zu verhaften, und Casey ist der Meinung, wenn wir Ihnen die Sache anhängen könnten, dann wären alle Beteiligten glücklich und zufrieden. Die Öffentlichkeit wäre zufrieden, daß ein dreckiger Geldverleiher wie Sie, der seiner eigenen Mutter die Goldplomben aus den Zähnen stehlen würde, endlich sitzt. Und wenn die Öffentlichkeit zufrieden ist, dann ist der Polizeipräsident auch zufrieden. Und das wiederum macht unseren Chef zufrieden. Und wenn der Chef lächelt, dann ist unser Captain Manahan einfach selig. Lieutenant Casey freut sich immer, wenn er einen Fall abschließen kann. Es wären dann also, wie gesagt, alle glücklich und zufrieden. Außer Ihnen natürlich. Kapiert, Manny?«

Manny hatte kapiert.

»Sie haben keine Beweise«, winselte er. »Ich habe mit dem Mord nichts zu tun. Ich rühre Frauen nie an. Sie können überhaupt keine Beweise haben.«

»Sie würden Ihrer eigenen Großmutter den Kragen umdrehen, wenn Ihnen das ein paar Dollar einbrächte«, entgegnete Markowitz. »Ich weiß, daß Sie einen guten Anwalt haben. Wenn wir Sie einlochen – als wichtigen Zeugen oder so –, dann holt der Sie wieder raus.«

Manny Friedmans Gesicht verriet, daß ihm wieder etwas wohler war.

»Also lochen wir Sie nicht ein, Manny. Dafür beschatten wir Ihre Geldeintreiber. Und sobald wir einen dabei erwischen, daß er einen höheren Zinssatz kassiert, als das Gesetz erlaubt, sperren wir ihn ein. Sie kennen ja wohl die Wuchergesetze, nicht wahr, Manny? Außerdem setzen wir Ihnen einen Beamten in den Laden. Was glauben Sie wohl, wie Ihre Geschäfte gehen werden, wenn hier ein Bulle herumsitzt? Und wie hoch sind Ihre Außenstände? Eine Million? Selbst wenn es nur eine halbe Million ist, belaufen sich die Zinsen auf vierzig- bis fünfzigtausend pro Woche. Können Sie es sich leisten, das alles einfach sausen zu lassen, Manny?« Er legte eine Pause ein, um Manny Friedman das verdauen zu lassen. »Also, wollen Sie sich jetzt mit mir über Dr. Brandt unterhalten?«

Manny Friedman lockerte den Knoten seiner Krawatte und knöpfte seinen Hemdkragen auf. Schweißperlen glänzten auf seinem Gesicht.

»Dr. Brandt hat ein Darlehen von mir.«

»Wieviel?«

»Fünfzigtausend.«

»Ist er mit den Zinszahlungen auf dem laufenden?«

Manny zögerte. »Nein. Er ist im Rückstand.«

»Und?«

»Und was?«

»Mensch, kommen Sie, tun Sie doch nicht wie eine gottverdammte Jungfrau in einem Bordell!« Markowitz trat zwei Schritte auf den Pfandleiher zu. »Muß ich es aus Ihnen rausprügeln?«

Friedman wich zurück. »Nein, nein, ich sag's Ihnen. Aber schlagen Sie mich nicht. Wir haben den Doktor nur ein bißchen gedrängt, die Zinszahlungen zu leisten.«

»In welcher Form?«

Wieder zögerte Friedman. »Ich habe einen Mann zu ihm geschickt, der mit ihm reden sollte.«

»Wen?«

»Einen Mister Luigi Trentino.«

»Luigi, die Laus? Diesen Vollidioten. Was hat er denn zum Doktor gesagt?«

»Ich war nicht dabei.«

»Was hat er gesagt, Manny?«

»Er – er –«

»Los, Manny!« Markowitz trat noch näher.

»Okay, okay. Er sagte, der Doktor solle zahlen, sonst –«

»Sonst was?«

»Sonst würden wir Maßnahmen ergreifen müssen.«

»Was für Maßnahmen? Haben Sie ihm oder seiner Frau gedroht? Seiner zukünftigen Frau, meine ich? Das ist doch genau die Art von Niedertracht, die Sie sich einfallen lassen würden: seiner Frau zu drohen.«

»Nein, ihm. Ich schwöre es. Wenn Luigi der Frau gedroht hat, dann hat er es auf eigene Faust getan.«

Die Glocke über der Tür bimmelte. Sergeant Garboski sagte: »Sehen Sie mal, welches hübsche Pärchen ich draußen getroffen habe, Lieutenant.«

Einer der Männer war Anfang Vierzig. Rotes Haar sah unter dem braunen Filzhut hervor. Der Mann trug ein billiges Sakko und eine ungebügelte braune Hose.

Der andere Mann war etwa Dreißig. Das Massige seines Körpers wurde durch eine grünweiß karierte Hose und ein weißes Jackett noch betont. Sein dichtes schwarzes Haar glänzte von Pomade.

»Na so was! Mister Donovan und Mister Trentino!« rief Phil Markowitz in gut gespieltem Erstaunen. »Wie nett, Sie zu sehen! Kommen Sie doch herein, meine Herren. Manny und ich haben uns gerade über Sie unterhalten, Mister Trentino.«

»So?« meinte Trentino in unverschämtem Ton.

Markowitz trat ihm in den Unterleib. Trentino stürzte zu Boden, wälzte sich jammernd.

»Ich mag die Italiener nicht«, erklärte Markowitz. »Das sind alles Großmäuler. Und am wenigsten mag ich dämliche italienische Gangster wie Sie, Trentino.« Er beugte sich hinunter, packte Trentino an der Hemdbrust und riß ihn auf die Beine. »Nicht immer gleich hinlegen, Mister Trentino. Da machen Sie sich ja ihr hübsches weißes Jackett ganz schmutzig. So, und jetzt erzählen Sie mir mal, was Sie zu Dr. Carl Brandt sagten, als Sie ihm klarmachten, daß er endlich zahlen müßte.«

Trentino versuchte, sich Markowitz' eiserner Hand zu entwinden.

»Ich laß mich doch von Ihnen nicht herumstoßen, Sie –«

Der Kriminalbeamte wirbelte ihn herum, so daß er ins Schaufenster mitten unter die Uhren und Gitarren fiel.

»Helfen Sie ihm auf die Beine, Garboski, und bringen Sie ihn wieder hierher.«

Markowitz griff in seine Jackentasche und zog einen Schlagring heraus. »Mister Trentino, Sie wissen wohl, was das ist. Sie benützen das wahrscheinlich hin und wieder selbst. Das ist ein Schlagring. Ich ziehe ihn mir jetzt über die Finger. Nun kann ich Ihnen Ihre prachtvollen weißen Zähne einschlagen. Das tut weh. Und die Nase kann ich Ihnen auch brechen. Gleich an mehreren Stellen, wenn ich dazu Lust habe. Haben Sie schon einmal versucht, durch eine gebrochene Nase zu atmen, Mister Trentino? Ah, ich sehe Ihnen an, daß Sie schon selbst einige Nasen zerschmettert haben. Sie wissen, wie das Opfer leidet. Gut. Aber ich bin ein weichherziger Mensch. Wenn Sie mir genau erzählen, was Sie mit Dr. Brandt gesprochen haben, tue ich Ihnen nichts.«

»Okay, okay, Sie brauchen ja nicht gleich so gottverdammt grob zu sein. Ich habe ihm gesagt, er müßte zahlen, sonst bliebe uns vielleicht nichts anderes übrig, als ihm seine Fingerchen zu brechen, und dann wäre es aus mit der Karriere als Chirurg. Das ist alles, was ich ihm gesagt habe.«

»Sie haben ihm nicht damit gedroht, daß Sie sich seine Frau vorknöpfen würden. Die beiden waren damals noch nicht verheiratet, aber Sie hatten sicher von der bevorstehenden Hochzeit in der Zeitung gelesen – das heißt, wenn Sie überhaupt lesen können. Manny wußte jedenfalls davon. Er kann lesen.«

Trentino schluckte bei der Beleidigung, ging aber nicht darauf ein.

»Nein. An Frauen vergreife ich mich nicht.«

»Wie reizend von Ihnen, Mister Trentino. Ich hoffe in Ihrem Interesse, daß Sie die Wahrheit sagen.« Markowitz nahm den Schlagring wieder ab und spielte damit. »Hatte der Doktor Angst?«

»Und wie. Er hat gebettelt.«

»Worum?«

»Um eine Verlängerung. Er sagte, er würde bald einen Haufen Geld bekommen, dann würde er bezahlen.«

»Ach nein!« Markowitz' Augen blitzten auf. »Das wird Mike Casey interessieren. Ja, Garboski, ich denke, das wär's. – Ich wünsche Ihnen noch einen schönen Tag, meine Herren.«

Die Kapelle der Good Shepherd Kirche ist ein Seitenschiff der Kirche selbst. Im Gegensatz zu dem Stilgemisch im Hauptschiff ist sie im rein gotischen Stil gehalten. Sie wurde dem ursprünglichen Bau erst mehrere Jahre nach dessen Fertigstellung angefügt, und zwar dank der Hochherzigkeit von Jeremiah D. Pembroke, der sie zum Gedenken an seine treu ergebene und unscheinbare Gattin Lydia erbauen ließ. Und da er einmal in Chartres gewesen war, mußte es Gotik sein.

An Wochentagen schirmte eine transportable Trennwand die Kapelle vom Hauptschiff ab, so daß jene, die in der Kapelle beten wollten, ungestört waren. Sonntags wurde die Trennwand entfernt. Die Kirche hatte plötzlich hundert zusätzliche Sitzplätze mehr.

Um fünf Uhr glitt Randollph hinter die Trennwand und blieb stehen, um zu warten, bis seine Augen sich an die Düsternis des Raumes gewöhnt hatten. Nach einer Weile konnte er drei Menschen in der Kapelle erkennen. Zwei Frauen saßen, ziemlich weit voneinander entfernt, in den Kirchenstühlen. Die eine hielt das Gesicht auf die gefalteten Hände gesenkt. Die andere saß reglos, vermutlich mit geschlossenen Augen. Eine dritte Frau mit langem blondem Haar kniete am Ende des Altargitters in der Nähe der Tür.

Randollph setzte sich in einen der hinteren Kirchenstühle. Er wußte nicht, welche der Frauen Mrs. X war; er mußte also warten, bis zwei von ihnen sich selbst ausschieden.

Er brauchte nicht lange zu warten. Die Frau, die bisher ruhig und aufrecht dagesessen war, stand auf, schritt an der Frau vorbei, die am Altar kniete, und verließ das Gotteshaus. War sie hier gewesen, um Dank zu sagen? Hatte sie für einen kranken Ehemann oder Verwandten gebetet? Stand sie vor einer gefährlichen Operation, oder war ihr Leben aufgrund eines unlösbaren persönlichen Problems in Aufruhr? Hatte ihr das stille Gebet in dieser gespenstischen Miniaturkathedrale Frieden und Mut gegeben? Randollph hoffte es.

Einige Minuten später hob die andere Frau, die im Gestühl saß, den Kopf. Sie zog ein Taschentuch aus ihrer Handtasche, wischte sich die Augen, schneuzte sich dann. Auch sie ging durch die Tür beim Altar hinaus.

»Kommen Sie und knien Sie neben mir nieder, Dr. Randollph.«

Die Frau am Altar drehte sich nicht um, als sie sprach. Ihre Stimme, verzerrt von der Regentonnenakustik eines gotischen Raumes, war weiblich, jedoch abgesehen von einer leichten Rauheit ohne eigenen Charakter.

Randollph leistete der Aufforderung Folge.

»Ich danke Ihnen, daß Sie gekommen sind, Dr. Randollph.«

Mrs. X hielt den Kopf gesenkt, das Gesicht hinter ihren Händen versteckt, während sie sprach.

»Ich möchte gern helfen«, erwiderte Randollph.

Er war überzeugt, das klang frömmlerisch und gönnerhaft.

»Sie standen Lisa Julian einmal sehr nahe, nicht wahr?«

Im ersten Moment glaubte Randollph, er habe sie mißverstanden.

»Das kann doch mit Ihrem – hm – Problem nichts zu tun haben«, gab er zurück.

»O doch. Sie sagen, Sie möchten gern helfen. Sie können mir helfen, indem Sie mir einige Fragen über Lisa beantworten.«

»Wenn Sie über Lisa Julian sprechen wollen, dann hätten Sie

doch in mein Büro kommen können.«

Randollph schickte sich an aufzustehen.

»Bitte bleiben Sie, Dr. Randollph. Der leichte Druck, den Sie an Ihrer Seite spüren, rührt von einer automatischen Pistole her. Sie ist klein, aber sehr wirkungsvoll. Ich würde Sie vielleicht nicht töten, aber drei oder vier Kugeln wären äußerst schmerzhaft und würden Sie monatelang ans Bett fesseln. Also, sollen wir unser Gespräch fortsetzen? Wenn jemand hereinkommen sollte, tun Sie so, als beteten Sie.«

Zu seiner eigenen Überraschung mußte Randollph feststellen, daß seine Reaktionen auf diese groteske Situation ihn interessierten. Sein erster Gedanke galt Thomas Becket, der sich tapfer den unbedarften Häschern Heinrichs II. stellte, als diese ihn in Canterbury mit ihren Schwertern vor dem Altar totschlugen. Unter den christlichen Märtyrern war Becket ihm der liebste. Er entdeckte jetzt, daß er, so sehr er ihn bewunderte, kein Verlangen hatte, es dem standhaften Thomas nachzutun. Außerdem konnte Randollph in seinem vergangenen oder gegenwärtigen Leben nichts finden, wodurch er sich für die Rolle eines christlichen Märtyrers qualifiziert hätte. Ihn würde man nur als einen vom Pech verfolgten Geistlichen sehen, dem ein übergeschnapptes Frauenzimmer eine auf den Pelz gebrannt hatte.

»Also, kommen wir zur Sache«, sagte Mrs. X, das Gesicht immer noch versteckt haltend. »Um eine Frage zu beantworten, die Sie gleich an mich richten werden – ich stelle meine eigenen Nachforschungen über Lisas Tod an. Sehen Sie mich als Racheengel.«

»Sie glauben doch nicht, daß ich sie getötet habe«, erwiderte Randollph.

»Ich glaube gar nichts. Nein, ich bin überzeugt, daß Sie das nicht getan haben. Aber es kann sein, daß Sie etwas wissen, daß Sie einen Hinweis darauf haben, wer sie getötet hat. Das ist es, was ich suche.«

»Ich habe gar nichts.«

»In meinen Händen befinden sich Ihre Briefe an sie, Doktor. Sie hat sie nämlich aufgehoben. Sie sind sehr gut, sehr – nun sagen wir – ins einzelne gehend.«

Randollph spürte, wie ihm die Röte ins Gesicht schoß.

»Ich will auf folgendes hinaus, Doktor: Sie haben Lisa einmal sehr, sehr gut gekannt. Bitte überlegen Sie jetzt, überlegen Sie sehr gründlich, ob sie Ihnen jemals über irgendeine Episode in ihrer Vergangenheit erzählt hat, eine ungewöhnlich intensive Beziehung vielleicht, irgend etwas Außergewöhnliches, das einen Menschen veranlaßt haben könnte, jahrelang zu grübeln, jahrelang einen geheimen Haß mit sich herumzutragen, bis er schließlich den Zwang verspürte, sie zu töten.«

Randollph überlegte gründlich.

»Wenn ich auch nur die geringste Ahnung hätte, würde ich nicht zögern, Ihnen das zu sagen«, erklärte er schließlich. »Mir liegt ebensoviel daran wie Ihnen, herauszufinden, wer sie getötet hat. Es scheint, wir haben die gleichen Interessen.«

»Leider.«

»Lisa hat nie von ihrem vergangenen Leben gesprochen, das zur damaligen Zeit sicher auch noch nicht so viele Kapitel hatte. Sie war ein Mädchen, das dem Moment lebte, und ich – nun ja – ich war jung, und mein Leben war noch nicht auf ein bestimmtes Ziel gerichtet. Ich hatte den Eindruck, daß es in ihrem Leben eine ziemlich ernste Bindung gegeben hatte, daß sie sie aber überwunden hatte. Sie hat mir nie gesagt, um wen es sich handelte, und ich hielt es nicht für wichtig genug, sie danach zu fragen.«

»Schade. Den Namen hätte ich gern gewußt.«

Mrs. X seufzte, scheinbar enttäuscht, aber Randollph hatte den Eindruck, daß es eher erleichtert klang.

»Ich glaube Ihnen, Doktor«, fuhr sie fort. »Ich glaube Ihnen, weil ich denke, die Lüge würde man Ihnen ansehen. Bleiben Sie jetzt auf den Knien. Es tut mir leid, daß ich Ihnen Ungelegenheiten machen muß, aber ich muß Sie fesseln, damit ich wegkommen kann, ohne daß Sie mich verfolgen. Sie sind neugierig. Sie möchten wissen, wie ich aussehe, wer ich bin. Ich bin zwar kräftig, aber Sie sind noch kräftiger. Wenn ich mich gegen Sie wehren wollte, müßte ich schießen. Deshalb werde ich

Sie jetzt fesseln.«

Das Gesicht noch immer abgewandt, stand sie auf.

»Legen Sie jetzt eine Hand unter das Geländer, die andere darauf!« befahl sie ihm.

Randollph konnte ihre behandschuhten Hände sehen, die eine dünne Nylonschnur hielten. Er spielte mit dem Gedanken, sie zu packen, während sie einen Augenblick lang ihre Waffe weggelegt hatte, aber ehe er sich entschied, hatte Mrs. X schon flink und geschickt seine Handgelenke zusammengeschnürt und sie an einen Pfosten des Altargeländers gefesselt.

»Heißen Sie Laura Justus?« fragte er.

»Legion heiße ich«, sagte sie. »So, Doc, der Knoten ist nicht zu fest. In zehn bis fünfzehn Minuten haben Sie sich sicher selbst befreit. Bis dahin bin ich längst über alle Berge. Dank für Ihre Hilfe.«

Sie stürzte zur Tür hinaus.

Dan Gantry kam vom Hauptschiff her in die Kapelle. Zuerst sah er niemanden.

»He, Boss, sind Sie da?« fragte er. Als er dann durch den Gang schritt, sah er Randollphs kniende Gestalt. »Oh, entschuldigen Sie, Boss. Ich wußte nicht, daß Sie beten.«

»Ich bete nicht, ich bin gefesselt«, gab Randollph über seine Schulter zurück. »Kommen Sie her, und machen Sie mich los!«

»Mein Gott, Boss, sind Sie verletzt?«

Dan kniete vor Randollph nieder und begann, den Knoten aufzuschnüren.

»Das einzige, was verletzt ist, ist meine Würde«, antwortete Randollph. »Und die wird sich immer wieder erholen.«

Dan lachte leise. »Sieht aus, als wären Sie einem Geißlerorden beigetreten, bei dem man vor dem Altar angebunden wird, ehe man die Peitsche zu spüren bekommt. Was ist denn eigentlich passiert?«

Randollph berichtete ihm.

17

Beim Antritt seines Amtes in der Gemeinde von Good Shepherd hatte Randollph mit dem Bischof ein langes Gespräch über seine neuen Pflichten geführt.

»Ich weiß, daß es die erste Pflicht des Pastors ist, jeden Sonntag eine Predigt zu halten«, hatte er gesagt.

»Vielleicht hier in Good Shepherd, wo Ihre Gemeinde jeden Sonntag eine andere ist«, hatte der Bischof erwidert.

»Im übrigen aber – und es macht mich traurig, Ihnen das sagen zu müssen – legen die meisten Gemeinden gar keinen Wert mehr auf gute Predigten.«

»Wieso habe ich dann gelernt, daß gutes Predigen so wichtig ist?«

»Weil dieser Mythos beflügelt. Deshalb bemüht sich ja unser Berufsstand, ihn aufrechtzuerhalten. Aber eine gute Predigt, eine durchdachte und verantwortungsvolle Predigt nimmt viel Zeit in Anspruch. Der clevere Bursche, dem an rascher Beförderung liegt, verschwendet keine Zeit damit. Er merkt bald, daß es völlig reicht, wenn er auf eine Weise, die bei den Leuten gut ankommt, fromme Floskeln herunterleiert, und dann bleibt ihm viel mehr Zeit für seine administrativen Aufgaben übrig.«

»Nun, damit werde ich mich bestimmt nicht zufrieden geben. Ich weiß, wie ich meine Verpflichtungen als Prediger anzupacken habe. Aber es gibt etwas anderes, von dem ich keine Ahnung habe. Wie macht man einen Krankenbesuch? Wie verhält man sict da?«

Der Bischof beugte sich vornüber und schnürte seine Schuhe auf.

»Ich hoffe, das macht Ihnen nichts aus, C.P., mir tun die Füße weh, und gute Freunde sind Leute, mit denen man sich auch in Socken unterhalten kann.«

»Lassen Sie sich von mir nicht beeinträchtigen. Aber sagen Sie mir etwas über die Kunst des Krankenbesuchs.«

Der Bischof lehnte sich auf seinem Drehstuhl zurück und legte seine kurzen Beine auf den Schreibtisch.

»Es ist wirklich eine Kunst, C.P., und das bedeutet, daß sie nicht so leicht gelehrt werden kann wie ein Handwerk. Man muß ein Gefühl dafür entwickeln, ein Gespür, was man tun kann und was man lieber vermeiden sollte.«

Er blickte hinaus ins Herz des Loop, wo große Geschäfte abgeschlossen, Riesentransaktionen geplant, Unternehmungen aller Art besprochen und erwogen wurden, und das alles mit dem Ziel, Geld von einem Konto auf das andere zu bewegen.

»Die Besuche im Krankenhaus, bei denen ich Trost spenden, vielleicht beten mußte, hob ich mir immer für den späten Nachmittag auf, das müde Ende des Tages, an dem man sowieso gedrückter Stimmung ist.«

»Warum?«

»Weil ich um diese Zeit geistig schon zu ausgepumpt war, um gute Predigten zu halten, und weil ich meine Termine und administrativen Pflichten zumindest für den Tag erledigt hatte. Abends mußte ich oft noch zu Ausschußsitzungen, da konnte ich also auch nicht ins Krankenhaus. Und wenn der Abend frei war, habe ich gern einfach gefaulenzt oder einen Roman gelesen.«

»Ich hoffe, Sie lesen gute Romane.«

»Dickens, Sinclair Lewis, Kenneth Roberts, Willa Cather. Auch Schund. Jeder Mensch sollte ein bißchen Schund lesen. Tut der Seele gut. Aber Sie wollten von mir ja nicht einen Vortrag über Literatur hören. Wie ich schon sagte, ich mußte mich dazu zwingen, an diesen Spätnachmittagen ins Krankenhaus zu gehen . . .« Die Stimme des Bischofs verklang, während er im Geist noch einmal jene einfacheren, glücklicheren Tage, wie er meinte, durchlebte. Dann sprach er weiter: »Aber ich war hinterher immer froh, daß ich gegangen war. Jedesmal, wenn ich aus dem Krankenhaus kam, fühlte ich mich erfrischt – manchmal natürlich seelisch erschöpft. Oft traurig. Aber immer erfrischt.«

Randollph hatte sich nicht vorgestellt, daß Krankenbesuche erfrischend sein könnten. Der Bischof ging näher darauf ein.

»Es macht einem Angst, wenn man zu einem Kranken gehen muß, der starke Schmerzen leidet, oder der ziemlich sicher ist, daß er nicht wieder nach Hause kommen wird. Man fragt sich, was man für ihn tun kann, was man ihm sagen kann, mit welchem Gebet man ihn trösten kann. Aber sehr oft erweist sich dann, daß die Angst ganz umsonst war. Statt daß man selbst etwas für die Kranken tut, tun die etwas für ihren Pastor.«

Randollph starrte den Bischof verständnislos an.

»Ich will versuchen, es Ihnen zu erklären, C. P.«, fuhr der Bischof fort. »Sie entdecken die erstaunliche Tapferkeit, die einfache, normale Leute angesichts des Todes plötzlich aufbringen. Und ihre Dankbarkeit für eine Kleinigkeit wie einen seelsorgerischen Besuch wird Sie plötzlich verlegen machen. Es erfrischt einen und gibt einem neuen Mut.«

Wieder verstummte er, als Erinnerungen, die zu bewegend waren, um erklärt zu werden, aus der Ferne längst vergangener Jahre zurückkamen.

Randollph dachte über dieses Gespräch mit dem Bischof nach, als er zum Auskunftsschalter der Julian-Klinik kam. Er wußte nicht, ob er sich auf den Besuch freuen sollte oder nicht. Er fühlte sich unvorbereitet.

Die Frau mit dem sorgfältig frisierten Kopf blickte von den Karten auf, die sie gerade sortierte. Ihr Gesicht erstrahlte im Glanz des Lächelns, das jenen offiziellen Besuchern vorbehalten war, denen Behandlung erster Klasse zustand.

»Kann ich Ihnen behilflich sein, Pater?«

Tragen Sie Ihren Halskragen, wenn Sie ins Krankenhaus gehen, hatte der Bischof geraten. Niemand stellt das Recht der Geistlichkeit in Frage, sich in einem Krankenhaus aufzuhalten. Randollph hatte nicht daran gedacht, den Kragen anzulegen. Er hatte einfach keine Zeit gehabt, ihn abzulegen.

Randollph erklärte der Frau, daß er einige seiner Gemeindemitglieder besuchen wolle und ihre Zimmernummern brauche.

»Oh, Sie sind wohl neu hier«, zirpte die Matrone. »Wir haben ein Seelsorgezimmer, am Ende des Flures, gleich neben der Kapelle. In der Kartei sind alle Patienten nach Bekenntnis und nach Gemeinden geordnet.«

Das Seelsorgezimmer war eine fensterlose Höhle mit beigen Wänden. Neonröhren vergossen ein kaltes Licht über das spärliche und häßliche Mobiliar. Auf einem braunen Tisch in der Ecke standen ein Telefon und drei Karteikästen. Ein paar einfache Stühle und mehrere Aschenbecher luden die Geistlichen ein, Platz zu nehmen und bei einer Zigarette einen kurzen Plausch abzuhalten. In der Ecke waren drei Männer mit Waisenhauskrägen in ein lebhaftes Gespräch verstrickt. Randollph fand, sie sähen aus wie Lutheraner. Vielleicht unterhielten sie sich über die Augsburger Konfession, wahrscheinlicher war, daß sie den neuesten Kirchenklatsch durchhechelten. Es waren noch mehrere andere Männer im Raum, manche in Amtstracht, manche nicht. Sie alle nickten Randollph zu, aber keiner von ihnen stellte sich vor. Diese Großstadtpastoren hatten von ihren Gemeindemitgliedern gelernt, jedes beiläufige persönliche Engagement, das doch nichts brachte, zu vermeiden.

Da die Karteien im Moment alle besetzt waren, mußte Randollph warten. Als ein Kasten frei wurde, suchte er rasch die Patienten von Good Shepherd raus und schrieb sich ihre Zimmernummern auf den Karten auf, die Miss Windfall ihm gegeben hatte.

Als er das Seelsorgezimmer verließ, beschloß er, einen raschen Blick in die Kapelle zu werfen. Es war ein kleiner, einfacher Raum mit nur wenigen Kirchenstühlen. Der Altar war schlicht und schmucklos. Die Beleuchtung war dämmerig, aber man konnte gut sehen, wer sich in der Kapelle aufhielt. In diesem Augenblick war nur ein Mensch hier, ein dunkelhaariger junger Mann, der, das Gesicht in die Hände gedrückt, leise schluchzte. Obwohl Randollph sein Gesicht nicht sehen konnte, glaubte er zu erkennen, daß dies Dr. Kermit Julian war. Er vermutete, Dr. Julian weinte um seine tote Schwester. Randollph zog sich rasch zurück und überließ den jungen Mann seinem Kummer.

Obwohl er während seiner Karriere als Football-Spieler wunderbarerweise fast ganz verschont geblieben war von Knochenbrüchen, Sehnenzerrungen und all den anderen Verletzungen, die zu den normalen Begleiterscheinungen dieses brutalen Sports gehören, hatte er doch einige Male im Krankenhaus gelegen. Er war ferner oft genug in Krankenhäusern gewesen, um Mannschaftskameraden mit Meniskusverletzungen, verstauchten Knöcheln und angeschlagenen Nasen aufzumuntern.

Aber dies war ein anderes Gefühl. Jetzt enthielten der antiseptische Geruch, der Anblick einer fahrbaren Krankentrage, auf der reglos eine mit einem Leintuch bedeckte Gestalt lag, eine Botschaft von Endgültigkeit, von Riten feierlichen Ernstes, vom Tod.

Er hatte den Bischof gefragt, ob es seine Pflicht wäre, jedem Patienten ein Gebet anzubieten, und war froh gewesen, als er erfahren hatte, daß dem nicht so sei.

»Es gibt natürlich Leute, die der Auffassung sind, daß ein seelsorgerischer Besuch ohne ein Gebet unvollständig ist«, hatte Freddy erklärt, »aber dem konnte ich nie beipflichten.«

»Da bin ich ganz Ihrer Meinung«, erwiderte Randollph. »Allerdings basiert meine Einstellung lediglich auf meiner persönlichen Aversion, mit der Frömmigkeit hausieren zu gehen.«

»Ich finde, das reicht völlig aus, C. P.«, meinte der Bischof. »Die Leute, die sich verpflichtet fühlen, bei jedem Anlaß, gleich welcher Art, ein Gebet zu sprechen, entwürdigen das ganze Konzept des Gebets.«

»Und woher weiß ich, wann ich für einen Patienten beten soll?«

»Da gibt es eine einfache Regel: Wenn Sie im Zweifel sind, dann lassen Sie's weg«, antwortete der Bischof. »Manche werden Sie bitten zu beten. Andere hätten es vielleicht gern, daß Sie beten, sprechen es aber nicht aus. Sie müssen lernen, dafür ein Gespür zu bekommen. Die meisten Patienten jedoch möchten einfach nur besucht werden. Sie sind dankbar, wenn ihr Pastor, den sie für einen sehr beschäftigten Mann halten, sich die Mühe macht, nach ihnen zu sehen. Haben Sie ein Gebetbuch für die Kranken?«

»Ich wußte gar nicht, daß es so etwas gibt, Freddie.«

Der Bischof beugte sich vor und öffnete die unterste Schublade seines alten Sekretärs.

»So, da hätten wir's schon«, sagte er und brachte ein dünnes schwarzes Buch zum Vorschein. Er las den in goldenen Lettern gedruckten Titel laut vor: »›Der Begleiter des Seelsorgers im Krankenhaus und im Krankenzimmer – Gedanken und Gebete, jene zu trösten, die leiden‹. Der Titel ist zwar nicht gerade berauschend, aber das Buch ist sehr nützlich, C. P.« Er blätterte durch die Seiten. »Man hat da teilweise sehr gute Gebete zusammengetragen. Hier ist eines von Sören Kierkegaard. Man sollte nicht meinen, daß der düstere alte Däne ein Gebet für die Kranken geschrieben hat, nicht wahr? Aber er hat es getan. Er mag das Leben aus trüber Perspektive gesehen haben, doch er schreibt eine saubere und genaue Prosa.«

Der Bischof reichte Randollph das Buch. »Es wird Ihnen sicher nützlich sein.«

Randollphs erster Patient war ein Mann namens Alfons De Windle, achtunddreißig Jahre alt, Geschäftsmann, Knochenbrüche. Alfons De Windle war ein stattlicher Mann mit starkem Übergewicht. Er hatte ein schwammiges Doppelkinn. Das eine Bein, unförmig in seinem Gipsverband, wies zur Decke, als hätte Alfons De Windle gerade mit Schwung einen Fußtritt gelandet.

Randollph stellte sich vor.

»Ach ja, das ist die Kirche von meiner Frau«, sagte Windle nach einem flüchtigen Händedruck. »Ich selbst gehe nicht zur Kirche. Man braucht nicht zur Kirche zu gehen, um ein guter Mensch zu sein, sage ich immer. Sind Sie nicht auch dieser Meinung, Reverend?«

Randollph murmelte etwas Unverbindliches. Freddie hatte versäumt, ihn vor Amateurtheologen zu warnen.

»Ich habe mir den verdammten Knochen beim Football gebrochen«, fuhr De Windle fort. »Es ist ja auch Quatsch, in meinem Alter noch so einen idiotischen Sport zu betreiben. Ich habe meine eigene kleine Firma – bin in der Schreibwarenbranche –, aber heute kann man ja weiß Gott nichts mehr verdienen. Die Steuergesetze –«

Es gelang Randollph, diesem vertrauten Lamento mit einer Frage nach den näheren Umständen, die zu der Verletzung geführt hatten, Einhalt zu gebieten.

»Also, ich war hinten und wollte den Ball weitergeben.« De

Windle genoß es offenbar ebensosehr, die Umstände seines unglücklichen Sturzes zu schildern, wie über die Steuern zu klagen. »Wenn man einen Paß richtig abgeben will, dann muß man bis zur letzten Sekunde warten, wissen Sie. Aber Sie als Pfarrer haben von dem Spiel wahrscheinlich keine Ahnung. Man braucht Köpfchen bei dem Spiel. Kurz und gut, Charlie Sipes deckte Hank Dorf, aber dann machte Hank, er ist ein riesiger Bursche, wiegt bestimmt gut zwei Zentner, also Hank machte Dampf, und Charlie rutschte aus – das Gras war ziemlich naß –, und genau in dem Augenblick, in dem ich den Ball abgebe, fallen die beiden auf mich drauf, und schon war das Bein gebrochen. An drei verschiedenen Stellen.«

Randollph brachte mit Mühe einige Worte der Teilnahme hervor und ging. Er hatte den Eindruck, daß De Windle nicht nach einem Gebet lechzte. Ein ermutigender Anfang war dieser Besuch nicht gewesen.

Das Gespräch mit Alma Rivers – fünfundvierzig, ledig, Grundschullehrerin, Gallenblasenoperation – war da entschieden befriedigender. Miss Rivers, der es schon wieder recht gut ging, sprach sich lobend über eine Predigt von Randollph aus, die sie gehört hatte, kurz ehe sie ins Krankenhaus gekommen war.

Ein Mr. Earl Havens – sechsundfünfzig, verheiratet, Autohändler, Prostataoperation – entpuppte sich als optimistischer Lebenskünstler, der, obwohl sein Zustand einigermaßen besorgniserregend war, über seinen Schlauch und seine Flasche scherzen konnte.

Randollph hatte nun noch eine Karte, jene von Mrs. Victoria Clarke Hoffman, der reichen alten Dame, die, da sie nun bald das Zeitliche segnen würde, die Good Shepherd Kirche vielleicht in ihrem Testament bedachte. Miss Windfall hatte über Mrs. Hoffman folgendes vermerkt: ›Ältere Witwe, Nierengeschichten, wahrscheinlich unheilbar.‹ Miss Windfall hatte ferner ihren eigenen Kommentar angefügt: ›Wohlhabend, alte Familie, exzentrisch, Legat an Kirche zu erwarten.‹

Randollph fühlte sich plötzlich sehr müde und außergewöhnlich hungrig. Ihm fiel ein, daß er seit dem Frühstück nichts mehr gegessen hatte. Er spielte mit dem Gedanken, ins Klinikrestaurant hinunterzufahren. Viel Zeit hatte er vor seiner Verabredung mit Lieutenant Casey sowieso nicht mehr, und keinesfalls wollte er den Lieutenant verfehlen. Mrs. Victoria Clarke Hoffman konnte er vielleicht auch an einem anderen Tag besuchen.

Alle möglichen anderen Gründe, den Besuch zu verschieben, fielen ihm ein, ehe ihm klarwurde, daß das alles Ausflüchte waren. Und wenn nun Mrs. Hoffmans kranke Nieren in dieser Nacht versagten? Wenn sie irgendwie erfuhr, daß er hiergewesen war und versäumt hatte, sie zu besuchen? Was war er doch für ein schlechter Pastor, der vor seiner Pflicht zurückschreckte, nur weil er fürchtete, sie könnte unerfreulich sein. Mit dem Aufzug fuhr er in das Stockwerk hinauf, in dem Mrs. Hoffman ihr Zimmer hatte.

Mrs. Hoffman hatte nicht nur ein Zimmer, sie hatte eine Suite. Der Raum, den Randollph betrat, hatte Ähnlichkeit mit einem gut eingerichteten Wohnzimmer in einem Haus der gehobenen Mittelklasse. Mrs. Hoffman, angetan mit einem langen orientalischen Gewand in Grün und Gold und zarten Rottönen, saß in einem großen, bequemen Sessel und las, wie Randollph dem Schutzumschlag nach vermutete, einen Kriminalroman. Sie war eine zierliche, zarte Frau mit dünnem weißem Haar und der durchsichtigen Haut, die man bei kranken alten Menschen oft findet.

»Sie sind also der berühmte Dr. Cesare Paul Randollph«, sagte sie, nachdem er sich vorgestellt hatte. »Ich hoffte, daß Sie sich dazu aufraffen würden, mich zu besuchen.« Zerstreut legte sie ein Buchzeichen in den Roman und klappte ihn zu. »Hat Addie Windfall die Karte geschrieben?« Sie streckte die Hand aus. »Lassen Sie mich sehen, was sie vermerkt hat.«

Randollph reichte ihr die Karte. Mrs. Hoffman schien ihm nicht die Art von Frau zu sein, die sich etwas abschlagen ließ. Außerdem freute er sich auf ihre Reaktionen auf Miss Windfalls Bemerkungen.

»Ha!« schnaubte die alte Dame. »Ältere Witwe! Warum hat sie nicht einfach ›neunundachtzigjährig‹ geschrieben? Sie hat doch die Unterlagen. Ich bin in der Kirche getauft worden. Nicht in der jetzigen natürlich, sondern in der alten Prärie-Basilika, die so düster war wie ein Gefängnis. Mein Großvater mütterlicherseits war einer der Gründer von Good Shepherd. Der fromme alte Freibeuter hat ein Vermögen damit gemacht, daß er den Indianern billigen Whisky andrehte und sich dafür Pelze geben ließ. Das freut mich, daß Addie hingeschrieben hat, daß man mich für exzentrisch hält. Wissen Sie, warum man das tut?«

Randollph verneinte.

»Weil ich es mir von Jugend an zur Gewohnheit gemacht habe, zur Politik und zur Wirtschaft meine Meinung zu sagen, zu Dingen also, über die angeblich nur Männer Bescheid wüßten. Von anständigen Frauen erwartete man damals, daß sie sich ausschließlich für den Haushalt und die gesellschaftlichen Ereignisse interessierten. Ich war für Wilson und sagte in aller Öffentlichkeit, Cal Coolidge hülle sich nur deshalb so beharrlich in Schweigen, weil ihm nichts einfiele. Ich war auch für Franklin Roosevelt.« Sie lachte leise. Es war ein rauhes, trockenes Lachen. »Daran wäre beinahe meine zweite Ehe kaputtgegangen.«

Randollph wünschte, er hätte Victoria Hoffman gekannt, als sie noch jung und gesund war.

Mrs. Hoffman blickte wieder auf die Karte.

»Ja, ich habe kaputte Nieren. Sie sind praktisch hinüber. Eine Heilung gibt es nicht. Aber neunundachtzig Jahre reichen ja. Ich habe ein schönes, interessantes und manchmal sogar aufregendes Leben hinter mir. Ich müßte eigentlich bereit sein, diese Welt zu verlassen.«

Randollph wußte nicht recht, was er darauf sagen sollte, aber er entdeckte schnell eine weitere Regel, die man als Pastor beachten sollte, wenn man Krankenbesuche machte: Wenn einem keine vernünftige Bemerkung einfällt, dann hält man am besten den Mund.

Mrs. Hoffman fuhr fort zu sprechen, ohne auf einen Kommentar von ihm zu warten: »Kennen Sie die Gedichte von Edgar Lee Masters?«

»›The Spoon River Anthology‹.« Ich habe sie nicht gelesen. Ich kann nicht behaupten, daß ich sie kenne.«

»Eddie Masters war ein Rechsanwalt aus Chicago. Ich habe ihn gut gekannt. In der Anthologie ist ein Gedicht, das ich sehr liebe. Es heißt ›Lucinda Matlock‹. Lucinda erzählt von ihrem erfüllten Leben und sagt dann: ›Mit sechsundneunzig habe ich genug gelebt‹ und gleitet hinüber in süße Ruhe. Und so möchte ich, daß es auch mit mir wird, Dr. Randollph.«

Randollph wollte irgendeine banale Bemerkung dazu machen, doch Victoria Hoffman fuhr schon wieder fort: »Aber soll ich Ihnen mal was sagen? Ich bin noch nicht fähig zu fühlen, daß ich wirklich genug gelebt habe. Obwohl es an vernünftigen Maßstäben gemessen so ist. Ich habe drei Ehemänner gehabt, und ich habe das Leben mit allen dreien genossen, ganz zu schweigen von den vielen Männern, die vor, zwischen und nach meinen Ehen in meinem Leben eine Rolle gespielt haben. Ich habe immer so viel Geld gehabt, daß ich mir über Geld nie den Kopf zerbrechen mußte.«

Sie schwieg nachdenklich, folgte dann diesem einladenden Abstecher: »Haben Sie Geld, Dr. Randollph?«

»Ein bißchen. Ich habe in jener Zeit, als ich für meine Arbeit recht großzügig bezahlt wurde, einiges gespart und angelegt.«

»Ach ja, die Los Angeles Rams. Ich mag fast jeden Sport. Ich habe Sie auf dem Spielfeld gesehen. Aber ich wette, Geld ist für Sie keine Motivation. Sie sind wie ich. Ich war immer froh, Geld zu haben, doch ich glaube, wäre ich arm gewesen, so wäre ich genauso glücklich geworden. Ich habe das Leben immer geliebt, ich hätte es auch ohne Geld geliebt.«

Randollph meinte, das entspräche ziemlich genau seiner eigenen Einstellung; immerhin, wandte er ein, wäre es doch wohl einfacher, glücklich zu sein, wenn man seine Rechnungen bezahlen könne.

»Ja. Halten Sie fest an Ihrem Geld, Dr. Randollph«, ermahnte sie ihn. »Wenn Sie sich dem Tod nähern, werden Sie anfangen, den Wert des Geldes zu schätzen. Anstatt meinen Lebensabend im Gestank eines Sozialpflegeheimes zu fristen, kann ich es mir leisten, in diesen komfortablen Zimmern zu sterben, umsorgt von privaten Pflegerinnen. Ich kann mir diese gräßliche Maschine leisten, die mein Blut wäscht und bewirkt, daß mir noch ein Weilchen bleibt.«

Sie schien plötzlich müde. Randollph erhob sich, um zu gehen.

»Wissen Sie, was ich jetzt gern hätte, Dr. Randollph«, sagte sie. »Ich würde gern ein Gebet aus dem ›Book of Common Prayer‹ hören. Aber ich nehme an, die modernen Geistlichen spazieren nicht mit einem Gebetbuch in der Tasche durch die Gegend.«

Randollph lachte, dann entschuldigte er sich.

»Ihre Bemerkung hat mich an eine Anekdote über den Earl of Sandwich erinnert«, erklärte er. »Der Graf hatte zwölf Geistliche der Kirche von England zum Abendessen eingeladen. Er wettete mit ihnen, daß gewiß jeder von ihnen einen Korkenzieher in der Tasche hätte, nicht einer von ihnen aber ein Gebetbuch.«

Mrs. Hoffmans Augen blitzten interessiert.

»Und? Hat er gewonnen?«

»Ja, er hat gewonnen.«

Sie war erheitert. »Ich hätte diese Männer gern gekannt. Sie waren bestimmt amüsanter als die meisten Geistlichen, denen ich in meinem langen Leben begegnet bin. Art Hartshorne, Ihr Vorgänger an der Good Shepherd Kirche, war ein alter Windmacher. Bertie Smelser ist ein Buchhalter. Aber den jungen Dan Gantry mag ich. Er hat mich ein paarmal besucht. Der Bursche hat Gemüt und Temperament.«

Randollph stimmte ihr zu.

»Im Gegensatz zu den Gästen des Earl of Sandwich«, sagte er dann, »habe ich keinen Korkenzieher in der Tasche, aber ein Gebetbuch. Es ist nicht das ›Book of Common Prayer‹, aber ich nehme doch an, daß es ein Gebet daraus enthält.« Rasch blätterte er das Büchlein durch. »Ja, hier ist eines.«

Er warf einen Blick auf Mrs. Hoffman und sah, daß sie den Kopf senkte.

»Lasset uns beten«, sagte er. Dann las er aus dem Buch. »›Allmächtiger Gott, unser himmlischer Vater, der du in einer großen Barmherzigkeit allen jenen Vergebung verheißen hast, die sich mit herzlicher Reue und wahrem Glauben dir zuwenden, hab Erbarmen mit uns, verzeihe uns und erlöse uns von all unseren Sünden; bekräftige und stärke uns in allem Guten; und führe uns in das ewige Leben; durch Jesus Christus, unseren Herrn. Amen.‹«

»Amen«, sagte Mrs. Hoffman. »Diese Worte haben einen so wunderbaren Klang. Man kann sich ihrer Wirkung einfach nicht entziehen.«

Randollph bemerkte, daß ihre Augen feucht waren.

»Ich hoffe sehr, Sie werden wiederkommen, Dr. Randollph. Ich habe noch einige Monate zu leben, hat man mir gesagt, und Sie haben keine Ahnung, wie sehr Ihr Besuch mir geholfen hat.«

Was hatte Freddie gesagt? ›Sie geben einem neue Kraft.‹ Er wandte sich zum Gehen.

»Sagen Sie Addie Windfall, sie soll sich wegen des Legats für Good Shepherd kein Kopfzerbrechen machen. Art Hartshorne habe ich im ungewissen gelassen. Er war zu versessen darauf, und es hat mir Spaß gemacht, ihn schmoren zu lassen. Aber ich habe die Verfügung in mein Testament aufgenommen. Es ist ein großes Legat. Gott weiß, warum. Ich habe viel zu hinterlassen, und die Good Shepherd Kirche verdient das Geld nicht weniger als die meisten, die etwas von meinem Vermögen bekommen.«

Die Besuchszeit war vorbei, als Randollph Victoria Hoffmans Zimmer verließ. In den Korridoren war es still. Das Krankenhaus bereitete sich auf die Nacht vor.

Als Randollph im Erdgeschoß den Aufzug verließ, wäre er beinahe mit Samantha Stack zusammengestoßen, die einen Troß von Männern mit Scheinwerfern, einer Fernsehkamera und Rollen schwarzen Kabels anführte.

»Oh, Pastor Randollph, hallo«, sagte sie und warf einen Blick auf das Gebetbuch, das einzustecken er vergessen hatte. »Besuche?«

»Ja. Und was führt dich hierher?«

»Wir haben gerade einen kurzen Film über die neueste Wundermaschine gedreht. Da sie den ganzen Tag über in Gebrauch ist, mußten wir bis zum Abend warten.«

»Bist du fertig?«

»Ja.«

»Hast du Lust, mit mir zusammen einen Bissen zu essen? Ich habe seit dem Frühstück nichts mehr zu mir genommen.«

»Ich auch nicht«, erwiderte Sam. »Geht ruhig nach Hause, wir sind ja fertig«, sagte sie zu den Männern des Aufnahmeteams.

Im Restaurant trafen sie Lieutenant Casey, der recht unglücklich vor einer Flasche Cola saß.

»Sind wir alle hungrig?« fragte Randollph.

»Völlig ausgehungert«, nickte Sam.

»Ich habe auch noch nicht zu Abend gegessen«, sagte Casey.

»Habt ihr Lust auf ein übriggebliebenes Brötchen mit kaltem Huhn oder einen aufgewärmten Hamburger – so ziemlich das einzige, was sie hier zu bieten haben?« fragte Randollph.

»Nein«, antwortete Casey.

»Puh«, machte Sam.

»Dann entschuldigt mich einen Moment. Ich werde versuchen, was Besseres zu arrangieren.«

»Wo?« fragte Sam.

»Verlaß dich nur auf mich«, erwiderte Randollph und verschwand. Fünf Minuten später war er zurück. »Gehen wir. Lieutenant, haben Sie einen Wagen da?«

Der Lieutenant hatte einen Wagen da. Samantha und Randollph setzten sich nach vorn zu Casey.

»Wohin?«

»Zu mir«, antwortete Randollph.

»Wollen Sie uns etwas kochen?«

»Wohl kaum. Sie wissen noch nicht, daß ich einen Koch und Majordomo habe, Lieutenant. Er heißt Clarence Higbee. Ich habe ihn angerufen und gefragt, ob er uns etwas Kleines machen kann. Er sagte, das wäre überhaupt kein Problem.«

»Randollph, ich habe bei dir gefrühstückt, und jetzt esse ich bei dir zu Abend. Wir könnten ja gleich zusammenleben«, sagte Sam.

Plötzlich wußte Randollph, daß er diese Frau heiraten wollte.

Daran gedacht hatte er schon früher. Sie hatten sich auf halb scherzhafter Basis darüber unterhalten, beide vorsichtig und mißtrauisch, keiner von beiden bereit, sich festzulegen. Er fürchtete, daß Sam nicht in sein Leben paßte. Er versuchte, sie sich als seine Frau vorzustellen, wenn er wieder am Seminar unterrichtete, und erkannte, daß sie an diesem Ort stiller Beschaulichkeit rastlos werden und sich langweilen würde. Er überlegte, ob es eine Möglichkeit gab, sein Leben ihrem Bedürfnis nach ihrer eigenen Karriere, nach Selbständigkeit anzupassen. Aber auch das hatte keinen Sinn, wenn er dafür zuviel von sich selbst aufgeben mußte. Und er wußte, das würde sie ihm gar nicht erlauben.

Er wußte nicht, warum er eigentlich soviel für sie empfand. Sie war eine intelligente Person und sah glänzend aus. Aber solche Frauen gab es viele. Er fand sie sexuell anziehend, aber das war nichts Neues für ihn. Sie war ein interessanter Mensch, aber das war nichts Einmaliges. Und doch wußte er, daß er den Rest seines Lebens mit dieser Frau verbringen wollte.

18

Der rundliche kleine Mann klatschte in die Hände. »Schön, morgen abend um die gleiche Zeit. Bitte kommen Sie pünktlich. Sie wissen, es raubt mir den letzten Nerv, wenn Sie hier antanzen, wie und wann Sie wollen. Mary Ann, bitte versuchen Sie, Ihren Text bis morgen zu lernen.« Seine Stimme wurde freundlicher, sanfter. »Und Dr. Val, ich bin Ihnen wirklich dankbar, daß Sie heute abend gekommen sind. Wir wissen alle – äh –, daß es – nun, was für eine Überwindung es Sie gekostet haben muß.«

»Das Spiel muß weitergehen«, erwiderte Val Julian mit einem feinen Unterton der Bitterkeit in der Stimme. »Das Spiel muß weitergehen. Kommen Sie, Dan, suchen wir uns eine Kneipe.«

Sie verließen das kleine Theater mit den handgeschriebenen Plakaten, die als Neuinszenierung Tennessee Williams' ›Die Nacht des Leguan‹ ankündigten. Das ›Friendly Dragon‹ war eine ruhige kleine Bar gleich um die Ecke, wo Dan und Val sich meistens nach der Probe noch zusammensetzten.

»Sie geben wirklich einen prächtigen gescheiterten Priester ab«, bemerkte Dan, als sie einen Platz gefunden hatten. »Tennessee Williams wäre stolz auf Sie.«

»Ich kann fühlen, was ein gescheiterter Priester fühlt«, erwiderte Val. »Dieses Wissen, daß man sich selbst hohe Maßstäbe gesetzt hat und dann nicht fähig war, sie zu erreichen. Dann muß man mit Selbstverachtung durchs Leben gehen. Man war nicht stark genug, das Bild, das man von sich selbst hat, auszufüllen.«

»Sie sind ein guter Schauspieler.«

»Ja, ganz gut«, stimmte Val zu. »Vielleicht hätte ich zur Bühne gehen sollen. Welcher soziale Beitrag ist größer – Bauchgrimmen zu heilen oder die Leute so zum Lachen zu bringen, daß sie Bauchgrimmen bekommen? Na, wäre das nicht ein moralisches Problem, mit dem Sie sich einmal befassen sollten, Padre?«

»Ich bin nur ein einfacher Prediger. Was weiß ich schon von moralischen Problemen? Ich weiß nur über Organisationsprobleme Bescheid. Über administrative Probleme. Über Probleme der Kirchenpolitik. Aber moralische Probleme?«

»Gibt es überhaupt jemanden, der dazu etwas Definitives sagen kann?« erwiderte Val. »Die bedeutenden moralischen Probleme haben doch alle zwei Weiten.«

»Aber eines weiß ich«, bemerkte Dan gütig. »Es muß Sie unheimlich Kraft gekostet haben, heute abend hierherzukommen, nachdem doch erst heute morgen die Beerdigung war. Keiner hätte es Ihnen übelgenommen, wenn Sie geschwänzt hätten.«

»Das weiß ich. Aber machen Sie keinen Helden aus mir. Ich bin für mich gekommen. Warum zu Hause sitzen und weinen? Ich fühle mich besser, ich denke weniger, wenn ich meinen Pflichten nachgehe. Heute nachmittag habe ich sogar Visite gemacht. Warum auch nicht? Es hat den Patienten gutgetan und mir auch.«

»Das Buch ist geschlossen, warum noch länger bei ihm verweilen?«

»Genau. Ein langes Buch, aber jetzt für immer geschlossen.

Kommen Sie, Dan, trinken Sie aus. Morgen ist ein Arbeitstag. Wie ich heute abend schon einmal sagte, als ich diesen brillanten Ausspruch tat – das Spiel muß weitergehen.«

»Heute zahle ich«, sagte Dan, als Val Julian nach seiner Geldbörse griff. »Und werden Sie jetzt nur nicht gönnerhaft. Ich weiß, daß Sie viel zuviel bezahlt bekommen und ich im Vergleich dazu wie ein Tagelöhner entlohnt werde dafür, daß ich den Weinberg des Herrn bearbeite. Aber ich kann einen Freund zu einem Drink einladen.«

»Danke, Freund«, sagte Val, als er sich aus der Nische schob. »Ich gehe mit Ihnen bis zur Kirche, oder, besser gesagt, bis zum Hotel. Dort nehme ich mir ein Taxi.«

Er schlenderte zur Tür und ging hinaus. Dan wartete auf sein Wechselgeld.

Als Dan aus der Tür trat, sah er einen Mann mit einem dunklen Hut, der tief in die Stirn gezogen war, und einem Regenmantel überm Arm. Der Mann trat auf Val zu. Dan hörte ihn sagen: »Dr. Valorous Julian?«

»Ja«, antwortete Val. »Sie wünschen?«

»Tut mir leid, Doktor«, sagte der Mann. Er streckte den Arm aus, über dem der Regenmantel hing. Ein gedämpfter Knall war zu vernehmen. Val sagte: »Oh«, krümmte sich und brach auf dem Bürgersteig zusammen.

Dan stürzte sich auf den Mann, der ihn zu spät bemerkte, stieß ihn gegen ein geparktes Auto, entwand ihm die Schußwaffe und schlug ihm mit dem Kolben der Waffe auf den Kopf. Der Mann sank zusammen.

Dan rannte zu Val Julian, kniete neben ihm nieder.

»Val! Val!«

Val Julian antwortete nicht. Dan suchte seinen Puls. Er spürte seinen Schlag. Er blickte zu den wenigen Leuten auf, die sich zusammengeschart hatten.

»Kann jemand die Polizei und einen Krankenwagen rufen?«

»Das habe ich schon getan, Dan.«

Es war Herbie, der Barmann vom ›Friendly Dragon‹. Ein Polizeiwagen schoß mit quietschenden Reifen um die Ecke und kam zum Stehen. Zwei uniformierte Beamte kauerten neben Dan und Val nieder. Der eine riß Vals Hemd auf, sah sich die Wunde an, legte die Hand auf das Herz.

»Sieht nicht gut aus«, stellte er sachlich fest. »Wer hat ihn angeschossen?«

»Der Kerl dort drüben bei dem Auto.«

»Der? Der wird so schnell nicht wach. Was ist ihm denn passiert?«

»Er ist gestolpert«, erwiderte Dan. »Wo, zum Teufel, bleibt der Krankenwagen?«

Der Krankenwagen, dessen Sirene sein Erscheinen ankündigte, hielt hinter dem Streifenwagen an. Zwei Männer in Weiß sprangen heraus und zogen eine Trage aus dem Wagen. Der eine, der ein Stethoskop um den Hals hängen hatte, neigte sich flüchtig zu Val hinunter, legte dann einen Verband über der Wunde an, um den Blutstrom zu stoppen. Gemeinsam hoben die beiden Männer Val auf die Trage.

»Bringen Sie ihn in die Julian-Klinik«, sagte Dan. »Er ist Dr. Valorous Julian.«

»Kennen Sie ihn?« antwortete der Mann mit dem Stethoskop. »Dann kommen Sie doch mit, wenn es Ihnen möglich ist.«

»Wir fahren hinterher«, entschied einer der Polizeibeamten. »Wir müssen noch ein Protokoll machen.«

Drinnen im Krankenwagen fragte Dan den Mann mit dem Stethoskop: »Wie geht es ihm?«

»Schlecht«, antwortete der Mann. »Aber er lebt.«

»O Gott, Val«, jammerte Dan, »was ist denn nur los mit eurer Familie?«

Clarence Higbee hob den silbernen Deckel einer großen Servierplatte. Ein Aroma, das Randollphs Magen so reizte, daß er zu knurren begann, wehte durch den Raum. Clarence gab eine Portion auf einen vorgewärmten Teller und löffelte Soße darüber. Aus einer anderen Schale gab er knusprig braun gebratene Kartoffelklößchen auf den Teller und stellte ihn vor Samantha Stack hin.

»Was ist das für ein köstlich duftendes Gericht, Clarence?« fragte sie.

»Tournedos Pompadour, Madam«, antwortete Clarence, während er weiterservierte.

»Tournedos sind doch aus Rindfleisch«, sagte Sam. »Das hier sieht wie Schinken aus.«

»Das Rindfleisch ist in den Schinken eingewickelt«, erklärte Clarence.

Sam kostete, kaute, lächelte selig.

»Clarence, würden Sie mich heiraten? Ich könnte arbeiten und das Geld verdienen, und Sie würden kochen. Es wäre eine ideale Ehe.«

Randollph war gespannt, wie Clarence mit Samantha Stack fertig werden würde, aber er hätte sich nicht zu sorgen brauchen.

»Wenn ich nicht ein geschworener Junggeselle wäre, Madam, mit dem größten Vergnügen«, gab er zurück. Er wandte sich an Randollph. »Ich würde einen Rotwein vorschlagen, Sir, wenn Sie Wein dazu trinken wollen.«

Randollph sah seine Gäste an.

»Ich nehme lieber Tee«, sagte Sam.

»Könnte ich ein Bier haben?« fragte Casey.

»Selbstverständlich, Sir«, antwortete Clarence. »Ich hoffe, es stört Sie nicht, daß es ein Importbier ist. Einheimische Sorten habe ich nicht da. Ich finde, sie sind alle etwas fade.«

»Ich würde immer Importbier trinken, wenn es nicht so teuer wäre«, erklärte Casey.

Randollph sagte, er würde mit dem Lieutenant ein Bier trinken, und Clarence verschwand. Eine Weile war es still, während sie alle mit größtem Appetit aßen.

Dann sagte Randollph: »Ich wollte Ihnen eigentlich von einem Erlebnis erzählen, das ich heute nachmittag hatte, Lieutenant. Ich hatte ein Stelldichein mit einer Dame, von der ich vermute, daß sie Laura Justus war.«

Er berichtete, ließ nur die Bemerkung der Unbekannten aus, daß sich seine Briefe an Lisa Julian in ihrem Besitz befänden.

»Ich werd' verrückt«, sagte Sam.

Casey, dessen Stimmung sich dank des ausgezeichneten Essens sichtlich gehoben hatte, machte nun wieder eine düstere Miene.

»Wenn diese Frau nicht wäre, hätte ich schon längst Dr. Brandt verhaftet«, sagte er. »Er ist der einzige, der ein überzeugendes Motiv hat und dem sich auch die Gelegenheit zur Tat bot. Ich bin beinahe überzeugt davon, daß er es war. Wir haben den Geldverleiher heute nachmittag in die Zange genommen. Es stellte sich heraus, daß er dem Doktor gedroht hat. Brandt bettelte um eine Frist. Er sagte, in Kürze könnte er über einen Batzen Geld verfügen. Woher sollte er das Geld nehmen, wenn nicht aus der Versicherungssumme, die er beim Tod seiner Frau bekam?«

»Ich nehme an, Sie haben ihn danach gefragt?« sagte Randollph.

»Natürlich. Er behauptet, er hätte sich das nur ausgedacht, um den Geldverleiher loszuwerden.«

»Haben Sie nun die Theorie, daß Lisa von einem Einbrecher getötet worden ist, aufgegeben?«

»So ziemlich.«

»Und welche anderen Möglichkeiten haben Sie noch ausgeschieden?«

Casey schenkte sich Bier nach.

»Nun, die Freunde aus Hollywood sind zwar noch nicht völlig aus dem Schneider, aber wir haben bisher nicht einen konkreten Hinweis darauf gefunden, daß einer von ihnen die Tat verübt haben könnte.«

»Es bleibt also Dr. Brandt. Und Laura Justus.« Ein Gedanke

flackerte in Randollphs Hirn auf, als er die Namen nannte, erlosch jedoch wieder, ehe er die Flamme anfachen konnte.

»Dr. Brandt ganz sicher. Laura Justus – ich weiß nicht. Sie paßt nicht ins Bild. ›Halte dich an die Person mit dem stärksten Motiv‹, lautet eine alte Regel, und sie ist gut.«

»Aber vielleicht hatte eine andere Person ein noch stärkeres Motiv, und Sie haben es nur noch nicht aufgestöbert.«

»Laura Justus?«

»Vielleicht. Ihr wiederholtes Erscheinen ist doch sehr mysteriös. Können Sie sie nicht ausfindig machen, Lieutenant?«

»Wir müßten eine einzige Spur haben, die wir verfolgen können.«

Sam Stack bemerkte: »Hat sie dir nicht heute abend gesagt, sie wäre ein Racheengel, C.P.?«

»Das hat sie auch zu Brandt und Kitty Darrow gesagt«, erklärte Casey.

»Dann muß sie eine Freundin von Lisa sein«, konstatierte Sam. »Ist das nicht ein Anhaltspunkt? Und wenn sie wirklich der Racheengel ist, dann kann sie mit dem Mord gar nichts zu tun haben.«

»Darüber habe ich mir auch schon meine Gedanken gemacht«, sagte Randollph. »Sie wollte von mir hören, ob Lisa mir etwas aus ihrer Vergangenheit erzählt hat – etwas über eine ungewöhnliche, aus dem Rahmen des Üblichen fallende frühere Beziehung, die vielleicht einen Hinweis auf den Mörder liefern würde. Die gleichen Fragen stellte sie im wesentlichen auch Brandt und Miss Darrow, nicht wahr, Lieutenant?«

»Ja.« Caseys Interesse war jetzt erwacht. »Worauf wollen Sie hinaus.«

»Das will ich Ihnen sagen: Nehmen wir an, Laura Justus, ganz gleich, wer sie ist, hatte ein starkes Motiv, Lisa zu töten, ein Motiv, das mit Lisas Vergangenheit zu tun hatte. Sie tötet sie also. Dann macht sie sich Sorgen, daß Lisa ihr Geheimnis irgend jemandem anvertraut hat. Wem hätte sie es wohl anvertraut? Wahrscheinlich ihrem Mann.«

»Und Ihnen, Reverend. Warum Ihnen!« fragte Sam heimtückisch.

»Nun, wenn Laura Justus eine nahe Freundin von Lisa war, dann wird sie gewußt haben, daß Lisa und ich früher einmal eng befreundet waren.«

»Aha. Das wollte ich hören, Reverend.«

»Und da ich jetzt Pastor bin – ganz kurz auch ihr Pastor war – nun, die Kombination aus alter Bekanntschaft und meiner Rolle als Seelsorger hätte Lisa dazu veranlassen können, sich mir anzuvertrauen. Ich vermute, dies nahm Laura Justus an. Deshalb kam sie zu mir.«

Wieder dieses Flackern in seinem Hirn. Wieder wurde keine Flamme daraus.

»Sie meinen, daß Laura Justus die Mörderin ist?« fragte Casey.

»Lieutenant, ich habe keine Ahnung von den Ermittlungsarbeiten eines Polizeibeamten. Aber ich habe einige Menschenkenntnis. Das Verhalten dieser Dame kommt mir höchst sonderbar vor.«

»Reden Sie weiter. Das ist interessant.«

»Sie gibt sich als Racheengel aus. Sie droht, Dr. Brandt zu erschießen, aber als sie sieht, daß er nichts weiß, klemmt plötzlich ihre Pistole. Doch das stört sie gar nicht. Sie schlendert ganz nonchalant davon.«

»Und was reimen Sie sich daraus zusammen?« wollte Casey wissen.

»Daß sie nicht an unserem Wissen, sondern an unserer Unwissenheit um jene Tatsachen interessiert war, die möglicherweise eine bestimmte Person – wahrscheinlich sie – als Mörder überführen würden.«

»Aber was für ein Motiv soll sie denn haben?« fragte Casey, das Kinn in die Hand gestützt. »Man braucht ein Motiv.«

»Ah, das sieht ja herrlich aus, Clarence«, sagte Randollph.

»Stachelbeertörtchen, Sir. Seine Lordschaft, der Bischof, sagte mir, daß Sie eine Vorliebe für Stachelbeeren haben. Den Kaffee bringe ich sofort, Sir.«

Randollph wandte sich wieder Casey zu.

»Gewiß braucht man ein Motiv, Lieutenant. Aber danach würde ich an Ihrer Stelle Laura Justus fragen. Versuchen Sie, sie zu finden.«

»Versuchen werde ich's«, versprach Casey. »Wir haben aber gar nicht genug Leute, um –«

Clarence unterbrach ihn mit einem »Entschuldigen Sie, Sir« und stellte Randollph das Telefon hin. »Mr. Gantry ist am Apparat. Er sagt, es wäre sehr dringend.«

»Danke«, sagte Randollph und nahm den Hörer. »Ja, Dan?«

»Chef, Val Julian ist niedergeschossen worden.«

»Was? Wie denn? Wo ist er?«

Der Klang von Randollphs Stimme verriet Casey und Sam, daß etwas Unerfreuliches geschehen war.

Dan berichtete aufgeregt: »In der Klinik. Er wird gerade operiert. Es ist schlimm.«

»In der Julian-Klinik?«

»Ja. Die ganze Familie ist da. Ich kann sie nicht trösten. Ich bin völlig durcheinander. Er ist einer meiner besten Freunde. Außerdem habe ich den Kerl niedergeschlagen, der auf ihn geschossen hat. Ich kann mich gar nicht fassen. Vielleicht wäre es besser, Sie kommen her.« Es war eine flehentliche Bitte.

»Natürlich. Ich komme sofort.« Randollph legte auf. »Dr. Val Julian ist angeschossen worden.«

»O Gott!« rief Sam.

»Wie schrecklich«, seufzte Clarence Higbee. »Wenn ich das einmal sagen darf, Sir, mich erinnert das an das Alte Testament. Soviel Gewalt und Brutalität. Zwei Angehörige einer Familie getötet oder beinahe getötet.«

Kopfschüttelnd deckte er den Tisch ab.

Casey hatte, ohne zu fragen, zum Telefon gegriffen.

»Ich fahre auch mit«, verkündete Sam beinahe trotzig, als hätte sie Angst, jemand könnte versuchen, sie davon abzuhalten. »Val ist ein Freund von mir.«

»Ich bin froh, wenn du mitkommst«, erwiderte Randollph. »Das wird mir ein Trost sein.«

Samantha war überrascht. »Wie schön von dir, das zu sagen,

C. P.« Sie lehnte ihren Kopf an seine Schulter.

Casey legte den Hörer auf die Gabel.

»Der Kerl, der auf ihn geschossen hat, ist ein stadtbekannter Ganove. Er ist von einem Mann angeheuert worden, den er in einer Kneipe kennengelernt hat. Er kennt ihn nicht. Drei-fünf Anzahlung. Noch mal drei-fünf nach Erledigung. Da muß jemand an die zehn-, zwölftausend hingeblättert haben, wenn man die Gebühr für den Mittelsmann mitrechnet. Dem scheint an Val Julians Tod viel gelegen zu sein. Gehen wir.«

Sie gingen zur Tür.

»Wenn Sie mich nicht mehr brauchen, Sir, ziehe ich mich zurück, sobald ich saubergemacht habe«, sagte Clarence Higbee.

»Natürlich. Ach, übrigens, Clarence, was meinten Sie mit dem, was Sie eben sagten?«

»Pardon, Sir?«

»Vom Alten Testament.«

»Das kam mir nur so in den Sinn, Sir. Diese blutige Tragödie der Familie Julian erinnert mich an die Geschichten von Rache und Grausamkeit, die man im Alten Testament findet.«

Das Flackern in Randollphs Gehirn war wieder da.

»Haben Sie eine Bibel, Clarence?«

»Gewiß, Sir.«

»Würden Sie sie mir leihen?«

Clarence verschwand und kehrte gleich darauf mit einem alten, abgegriffenen schwarzen Buch zurück.

Als sie unten vor Caseys Wagen standen, sagte Randollph: »Ich setze mich nach hinten. Wenn Sie die Innenbeleuchtung eingeschaltet lassen würden, Lieutenant, kann ich ein paar Recherchen machen, während wir fahren.«

Mrs. Rex Julian, den blonden Kopf an der Schulter ihres Mannes, schluchzte laut und jammerte immer wieder wimmernd: »Ach, mein Junge! Mein armer Junge!«

Dr. Rex Julian streichelte sie ab und zu. Sein Gesicht war wie immer ernst und reglos. Dr. Kermit Julian, den man offenbar vom Fernsehapparat oder einer Fachzeitschrift weggeholt hatte, trug eine zerknitterte Flanellhose und einen alten Pullover. Sein gutaussehendes dunkles Gesicht war wie gefroren.

Dan Gantry, mit einem Pflaster an der Wange und einem Riß im Ärmel seiner Jacke, saß neben Sam Stack. Niemand sprach.

»Entschuldigen Sie«, sagte Randollph. »Ich muß einmal telefonieren.«

Die Familie schien ihn gar nicht zu hören. Lieutenant Cosey war im Korridor und sprach mit zwei Polizeibeamten.

Am Ende des Korridors fand Randollph einen Münzfernsprecher und wählte die Privatnummer des Bischofs. Nach sechsmaligem Läuten meldete sich eine schläfrige Stimme.

»Ja? Hallo?«

»Freddie, Val Julian ist heute abend niedergeschossen worden. Ich rufe von der Julian-Klinik aus an. Er wird jetzt gerade operiert, und die ganze Familie ist versammelt. Ich wollte Sie das nur wissen lassen. Ich dachte, Sie würden vielleicht herkommen.«

»Ich komme sofort.«

Der Bischof, dachte Randollph, als er auflegte, hat die Reaktionen eines alterfahrenen Pastors. Keine erschreckten Ausrufe. Keine überraschten Fragen. Kein Stottern und Stammeln über das Unglück.

Als Randollph zurück zu dem tristen Zimmer ging, sah er, daß nicht weit entfernt davon Lieutenant Casey mit Dan Gantry sprach.

»Ich kam genau in dem Moment raus, als der Kerl sagte ›tut mir leid, Doktor‹«, berichtete Dan gerade. »Dann hörte ich ein Geräusch, das wie ein Husten klang, und Val krümmte sich zusammen. Der Schweinehund hatte nicht mit mir gerechnet. Er wollte einfach weggehen, aber da habe ich mich auf ihn gestürzt. Ich hätte mich gleich um Val kümmern sollen, aber ich habe überhaupt nicht überlegt, ich bin einfach auf den Kerl losgegangen.«

Dan war immer noch außer sich.

»Sie haben ihn ganz schön durch die Mangel gedreht«, stellte Casey trocken fest.

»Ja? Sobald er zusammenklappte, ging mir auf, daß Val viel wichtiger war. Ich bin sofort zu ihm zurückgelaufen.«

Casey wandte sich an Randollph.

»Was war das für ein Gerede über biblische Geschichten vorhin?«

»Nun, als Clarence Higbee davon sprach, daß diese blutige Geschichte ihn an das Alte Testament erinnere, da kam mir der Gedanke, daß es vielleicht sinnvoll wäre, einmal in den alten Schriften zu blättern.«

»Und?«

Randollph wollte soeben antworten, als der Bischof auf sie zueilte.

»Hallo, Dan, Lieutenant. Wo ist die Familie?« fragte er.

»Ich bringe Sie hin«, sagte Randollph und führte ihn zum Wartezimmer.

»Wie geht es Val?«

»Er lebt noch, soweit wir wissen. Aber auch nicht viel mehr.«

Der Bischof wandte sich direkt an Dr. Rex Julian. Wie zuvor nahm er schweigend dessen Hand und hielt sie fest.

»Es ist gütig von Ihnen zu kommen, Bischof«, sagte der alte Arzt.

Der starre Ausdruck seiner Augen wurde weicher.

»Ach, mein Junge!« jammerte Mrs. Rex Julian.

Der Bischof hielt es offenbar für sinnlos, mit ihr zu sprechen. Er tätschelte ihr nur die Hand. Dann drehte er sich um und reichte die Hand Dr. Kermit Julian, der den Blick nicht von seinen Schuhspitzen hob.

Dan und Casey kamen herein, gefolgt von Dr. Carl Brandt im grünen Kittel des Operateurs. Unter seinem Kinn hing die Gazemaske.

Die Menschen im Wartezimmer starrten ihn stumm an.

»Ich weiß nicht«, sagte er mit müder Stimme. »Es steht auf Messers Schneide. Wir haben alles getan, was wir können. Jetzt müssen wir warten.«

»Ist er bei Bewußtsein, Doktor?« fragte Randollph.

»Ja, aber er ist sehr schwach.«

»Lassen Sie mich mit ihm beten?«

Dr. Brandt ließ sich die Bitte durch den Kopf gehen.

»Ich denke, ein Gebet könnte nicht schaden. Ich bringe Sie zu ihm.«

Randollph verspürte ein flüchtiges Schuldgefühl. Das Gebet war ein Vorwand, um mit Val zu sprechen. Aber der Allmächtige, dessen war er sicher, würde ihm diese Hinterhältigkeit verzeihen, die einem guten Zweck diente.

Dr. Brandt führte ihn auf die Intensiv-Station.

»Ich warte hier draußen«, sagte er. »Bleiben Sie nicht lange.«

Valorous Julian hing an zahllosen Plastikschläuchen, die ihn mit Blutplasma und Sauerstoff und allen möglichen anderen Dingen versorgten. Dr. Valorous Julian sah nicht so aus, als wäre er noch lange von dieser Welt.

»Val«, sagte Randollph.

Val schlug die Augen auf.

»Hallo, Con«, flüsterte er. »Geben Sie mir die letzte Ölung?«

»Val«, sagte Randollph, »kennen Sie Laura Justus?«

Val schloß die Augen.

»Ja, ich kenne sie.«

»Erzählen Sie mir von ihr. Nur das Wesentliche.«

In gehauchten, schmerzgequälten Sätzen erzählte Val.

»Ich glaube, ich hätte jetzt gern ein Gebet, Padre«, sagte er, als er zum Ende gekommen war.

Randollph erinnerte sich, daß er das Gebetbuch des Bischofs noch in der Tasche hatte. Doch er fand, daß dies nicht der Zeitpunkt für ein Standardgebet war, ganz gleich, wie elegant es sich angehört hätte.

»Lasset uns beten«, begann er. »O Gott, von dessen Liebe und Fürsorge kein irdisches Ding uns endlich trennen kann . . .«

Als Randollph ins Wartezimmer zurückkam, jammerte Mrs. Rex Julian noch immer: »Oh, mein Junge! Ach, mein Junge!« Sie wurde aber ruhig, als sie Randollph sah.

»Er lebt«, beantwortete Randollph ihre stumme Frage. »Ich habe mit ihm gesprochen.«

Er setzte sich. Schweigen.

Schließlich sagte der Bischof: »Lieutenant Casey, wenn ich recht verstanden habe, haben Sie den Mann, der Valorous angeschossen hat?«

»Das ist richtig. Aber er ist nur ein gedungener Killer. Wir wissen noch nicht, von wem und warum er engagiert wurde.«

Dr. Kermit Julian blickte auf seinen Vater, seine Stiefmutter, auf Randollph.

»Wie lange glauben Sie, daß Sie damit leben können, Doktor?« fragte Randollph ihn.

Dr. Kermits Gesicht blieb steinern. Lang, wie es schien, starrte er Randollph an. Dann sagte er mit einem Seufzen der Resignation: »Ich habe nie geglaubt, daß ich damit leben kann.« Er wandte sich an Casey: »Sie werden mich verhaften wollen. Ich habe den Mann gedungen, der auf meinen Bruder geschossen hat.«

Mit einem unartikulierten, tierischen Schrei stürzte sich Mrs. Rex Julian auf Kermit. Dan, Casey und Randollph hatten Mühe, sie von ihm wegzureißen. Dr. Brandt verschwand einen Augenblick, kam mit einer Spritze zurück, injizierte sie der um sich schlagenden Frau. Pfleger kamen, legten sie auf eine Trage und brachten sie weg. Dr. Rex Julian sah Kermit nur stumm an, dann folgte er seiner Frau.

Als sie verschwunden waren, fragte Casey beinahe freundlich: »Warum, Doktor?«

»Weil er meine Schwester getötet hat«, antwortete Dr. Kermit Julian.

Sam sperrte den Mund auf. Dan Gantry war sprachlos.

»Aber warum? Warum hat er das getan?« Casey bemühte sich, seine Überraschung zu verbergen.

»Weil er – weil sie –« Dr. Kermit Julian brach ab und begann von neuem: »Sie waren, vor Jahren hatten sie –« Er sprach nicht weiter.

»Versuchen Sie es mit ›verbotener Beziehung‹, Doktor«, meinte Randollph.

Dr. Kermit Julian schien dankbar für die Hilfe.

»Ich wußte es. Ich habe sie einmal beobachtet. Ihnen entging es. Ich habe Val seit Jahren beobachtet und habe ihm angesehen, daß ihn das verdorben hatte. Ich glaube, er ist nie darüber hinweggekommen. Er hat nie versucht, eine dauerhafte Bindung mit einer Frau einzugehen. Er war verbogen, krank. Ich kam sofort darauf, daß er Lisa getötet hat, und ich sagte ihm das auch. Er gab es zu, erklärte aber, ich könnte gar nichts tun. Etwas konnte ich aber doch tun. Der Polizei konnte ich ihn nicht übergeben. Doch er mußte bestraft werden. Ich tat, was ich tun mußte.«

Nachdem die Polizei Dr. Kermit Julian, der keinen Widerstand leistete, abgeführt hatte, sagte Casey zu Randollph: »Also, Doktor, woher haben Sie's gewußt?«

Die Frage war nicht angriffslustig gestellt, aber brüsk war sie.

»Ich habe es nicht gewußt, ich habe lediglich geraten«, antwortete Randollph.

»Mein Gott«, murmelte Dan, »mein Gott, ich kann es nicht glauben. Val. Ich kann es nicht glauben.«

»Aufs Raten kann ich mich leider nicht verlegen«, sagte Casey. »Ich muß eine glaubhafte Erklärung für einen Mord haben. Was ist nun beispielsweise mit Laura Justus?«

»Oh – Val war Laura Justus, Lieutenant.«

»Was?«

»Dan«, sagte Randollph zu Gantry, »Sie haben mir erzählt, daß Val auf dem Junggesellenabend eine erstklassige Imitation von seiner Schwester geboten hat. Hat er für solche Imitationen von Frauen ein besonderes Talent?«

»Er war einfach ein guter Schauspieler, Chef. Ganz gleich, was für eine Rolle er spielte. Er schlüpfte praktisch in seine Rolle hinein.«

»Also, das muß ich jetzt erst mal rekapitulieren«, warf Casey ein. »Val Julian meldet sich am Tag vor der Hochzeit als Laura Justus im Hotel an. Während des Empfangs verschwindet er klammheimlich, geht auf sein Zimmer, verwandelt sich in Laura Justus. Dann ruft er in der Hochzeitssuite an, gibt vor, vom Krankenhaus zu sein, und lockt Dr. Brandt weg. Sobald Dr. Brandt verschwunden ist, bringt Laura Justus Lisa dazu, sie ins Zimmer zu lassen, und tötet sie. Dann kehrt sie – er – in sein Zimmer zurück, verwandelt sich wieder in Val Julian, schleicht sich bei einem anderen Empfang ein und spielt den Betrunkenen, der unter einem Tisch seinen Rausch ausschläft. War es so?«

»Ich nehme es an«, antwortete Randollph. »Ich glaube allerdings nicht, daß er Dr. Brandt angerufen hat. Meiner Ansicht nach plante er, Dr. Brandt ebenfalls zu töten. Wenn Sie gründlich genug suchen, werden Sie vielleicht feststellen, daß einer von Dr. Brandts Freunden den Anruf gemacht hat, um Brandt einen Streich zu spielen. Er hatte natürlich Angst, das zuzugeben, weil er dann womöglich in den Mordfall verwickelt worden wäre.«

»Das spielt jetzt keine Rolle mehr«, erklärte Casey. »Und Laura Justus meldet sich im Hotel nicht ab, weil sie uns dazu verleiten will, einer nicht existenten unbekannten Frau nachzujagen. Richtig?«

»Darauf war ich noch gar nicht gekommen, Lieutenant«, log Randollph. »Aber das ist sicher die Erklärung.«

Casey schien es etwas wohler zu werden.

»Und sie, er – verdammt noch mal ist das verwirrend! – er bedroht Sie und Dr. Brandt, weil sie – weil er Angst hat, Lisa könnte einem von Ihnen oder beiden von ihrer – ihrer –«

» – blutschänderischen Beziehung«, sagte Randollph.

»Richtig, ja – also, davon erzählt haben. Er ist bereit, Sie und auch Dr. Brandt zu töten, falls Sie etwas wissen sollten. Er vertraut darauf, daß sein Bruder den Mund hält, um die Familie zu schonen, aber von Ihnen und Brandt kann er das nicht erwarten.«

»Mein Gott!« stöhnte Dan. »Wie gräßlich!«

»Wenn Sie von der Beziehung gewußt hätten, dann hätten Sie die Lösung sofort gehabt«, versicherte Randollph dem immer selbstbewußter werdenden Casey.

»Naja, Sie haben geraten.« Casey überlegte einen Moment, erkannte, daß er auf unschöne Art sein Ego stärkte. »Nein. Sie haben eine sehr gescheite Vermutung angestellt, Doktor. Ich wollte, ich hätte das getan.«

»Ihre Berufsausbildung schloß kein Bibelstudium ein. Meine hingegen schon.«

»Das verstehe ich nicht, C.P. Was hat die Bibel damit zu tun?« fragte Sam Stack.

Randollph nahm Clarence Higbees Bibel zur Hand und schlug sie auf.

»Als Clarence die Bemerkung machte, daß diese Geschichte ihn an das Alte Testament erinnere, rührte sich etwas in meinem Gedächtnis«, erklärte er. »Mir war, als könnte ich mich an eine Geschichte erinnern, die mit der hier große Ähnlichkeit hatte.«

»Ach, deswegen haben Sie im Auto in der Bibel gelesen?« knurrte Casey.

»Ich habe gesucht.«

»Und was haben Sie gefunden, C.P.?« fragte der Bischof.

»Ich habe das dreizehnte Kapitel von Samuel zwei gefunden. Die Geschichte von Amnon, Tamar und Absalom.«

»Ach ja«, meinte der Bischof. »Darauf hätte ich selbst kommen müssen.«

Randollph las vor: »Und es begab sich danach: Absalom, der Sohn Davids, hatte eine schöne Schwester, die Tamar hieß; und Amnon, der Sohn Davids, gewann sie lieb. Und Amnon grämte sich, so daß er fast krank wurde um seiner Schwester Tamar willen . . .‹« Randollph hielt inne. »Ich lasse hier einen Teil aus«, sagte er. »Amnon war so besessen von seiner Schwester, seiner Stiefschwester eigentlich, daß er sie mit List in sein Zelt lockte. Als ihr aufging, was er im Sinn hatte, flehte sie ihn an, es nicht zu tun. Aber er kannte keine Vernunft mehr und, wie es in der Geschichte heißt, ›ergriff sie und überwältigte sie und wohnte ihr bei‹.«

»Wunderbar, wie zart sich die Bibel ausdrückt«, bemerkte Sam. »Warum heißt es nicht einfach, er vergewaltigte sie?«

»Mein Hebräisch ist stark angerostet«, antwortete Randollph. »Vielleicht gibt es da kein Wort für Vergewaltigung.« Randollph wandte sich dem Bischof zu. »Fahren wir fort. Nachdem Amnon also seine Schwester geschändet hatte, verwandelte sich seine Leidenschaft in Abscheu. Der Vers, an den ich mich erinnerte und der uns die Lösung gibt, ist folgender, Lieutenant: ›Und Amnon wurde ihrer überdrüssig, so daß sein Widerwille größer war als vorher seine Liebe.‹«

»Die Bibel ist ein ganz schmutziges altes Buch«, stellte Sam fest.

»Das ist sie«, stimmte Randollph zu, »wenn du mit ›schmutzig‹ meinst, daß sie viel über sexuelle Beziehungen enthält.«

»Und du willst sagen, daß Val deshalb seine Schwester – seine Stiefschwester getötet hat? Er haßte sie für das, was sie getan hatten? Das ist ein Motiv?«

»Laß dir von einem Psychiater Vals seelischen Zustand erklären. Ich kann das nicht«, erwiderte Randollph. »Ich kann nur Vermutungen anstellen.«

»Zum Beispiel?«

»Ich glaube nicht, daß Val-Lisa eine genaue Parallele zu Amnon-Tamar ist. So, wie ich Lisa kannte, würde ich annehmen, daß sie ihre volle Kooperation gab.« Randollph vermied es, Sam anzusehen. »Vielleicht war sie es sogar, die die Initiative ergriffen hatte. Ich würde vermuten, daß es bei dieser Begegnung Val war, der seine Unschuld verlor. Was ihm das innerlich angetan hat, weiß ich nicht. Dr. Kermit sagt, es hat ihn verbogen. Vielleicht ist er über seine Liebe nie hinweggekommen. Jedenfalls, als Lisa beschloß zu heiraten, löste das bei ihm eine Haßreaktion aus. Vielleicht sah er diese Heirat als letzte, endgültige Zurückweisung. Die alten Gefühle, die er verdrängt hatte, waren plötzlich wieder da. Er war getrieben. Er mußte es tun. Der Haß, mit dem er sie verfolgte, war größer als die Liebe, die er ihr entgegengebracht hatte. Können Sie sich ein zwingenderes Motiv für einen Mord vorstellen als verzehrenden Haß, Lieutenant?«

»Nein«, bekannte Casey. »Der Haß ist für die meisten Gewalttaten verantwortlich, mit denen ich mich befassen muß. Ein paar Tropfen Alkohol, und der Haß kommt heraus. Und plötzlich ist jemand tot. Im allgemeinen ein Ehemann oder eine Ehefrau, ein Bruder oder ein Vater. Soviel anders als das hier ist das alles gar nicht.«

»Chef«, bemerkte Dan, »ich kann mich gar nicht erinnern, was aus Amnon geworden ist. Wurde er bestraft?«

»Ja«, antwortete Randollph. »Sein Bruder – sein Stiefbruder – Absalom fand heraus, was geschehen war. Gemäß den Sitten jener Zeit konnte Tamar – da sie nicht mehr unberührt war – nicht mehr erwarten, geheiratet zu werden. In der Gesellschaft war kein Platz für sie. Amnon hatte sie nicht getötet, aber sie hätte ebensogut tot sein können. Deshalb hielt Absalom es für seine Pflicht, seine Schwester zu rächen. Er arrangiert ein Fest, auf dem Amnon sich betrinkt und dann von Absaloms Dienern getötet wird.«

Casey schüttelte den Kopf.

»Alles direkt aus der Bibel.«

»Val kennt die Bibel«, bemerkte Randollph. »Als ich ihn in der Kapelle fragte, ob sein Name Laura Justus wäre, antwortete er, ›Legion heiße ich‹.«

»Das verstehe ich nicht«, sagte Casey.

»Das bezieht sich auf den bösen Geist im Markus-Evangelium. Als Jesus ihn nach seinem Namen fragte, antwortete der böse Geist: ›Legion heiße ich.‹«

»Und?«

»Und das heißt, daß Val wußte, daß er psychisch krank war, daß das, was er tat, Wahnsinn war. Ich kannte das Zitat natürlich, aber ich verstand es damals nicht.«

»Unheimlich«, meinte Casey. »Verdammt unheimlich.«

»Fahren wir heim«, sagte Sam.

Randollph war dankbar für die Glasscheibe, welche die vorderen und die hinteren Sitze im Taxi voneinander trennte. Da konnte der Fahrer nicht hören, was sie sprachen.

»Mein Gott«, sagte Sam und legte ihren Kopf auf seine Schulter, »bin ich müde.«

»Ich weiß.« Er sprach sehr sanft. »Das ist der schlechteste Tag und die schlechteste Stunde und der unromantischste Moment überhaupt für das, was ich dir sagen möchte. Einfach, daß ich dich so sehr liebe, wie ich glaube, daß ein Mann eine Frau nur lieben kann. Ich möchte den Rest meines Lebens mit dir verbringen. Ich bitte dich, mich zu heiraten.«

Er spürte, wie sie in seinen Armen steif wurde. Dann begann sie leise zu schluchzen.

»Es tut mir leid, wenn ich dich aus der Fassung gebracht habe«, sagte er.

Sie schluchzte weiter.

Er starrte auf die stillen Straßen hinaus. Ein heller Vollmond schien kalt auf die wenigen Menschen.

Sam hörte auf zu schluchzen.

»Du hast mich aus der Fassung gebracht, ja. Mitten in diesem ganzen Schrecken sagst du etwas so Wunderschönes zu mir. Das ist, als sagtest du mir, daß das Leben nicht nur aus Mord und Scheußlichkeiten und Haß besteht – daß es schön sein kann und gut, wenigstens manchmal. Ach, Randollph –« sie vergrub ihr Gesicht an seiner Schulter – »ich liebe dich auch. Ich kann es nicht erklären. Ich kann es nicht verstehen. Wir passen nicht zueinander. Ich bin Agnostikerin, und du bist Geistlicher. Was würde denn eine Gemeinde dazu sagen –«

»Sie würde sagen –«

»Nein, laß mich ausreden. Was würden die Leute sagen, wenn du bekanntgibst, daß du eine Agnostikerin heiratest? Und ich hänge an meiner Arbeit. Ich glaube, ich kann sie nicht einmal für dich aufgeben. Ich hoffe, du verstehst das. Das heißt nicht, daß ich dich weniger liebe . . .« Sie begann wieder zu schluchzen. »Ich bin ein gebranntes Kind, und die Wunden sind immer noch nicht ganz verheilt. Ich bin so durcheinander.«

»Ich will dich ja nicht drängen, Liebes«, sagte Randollph. »Laß dir Zeit. Aber ich wäre nicht ehrlich, wenn ich dir nicht sagen würde, daß ich mich mit einem Nein nicht abspeisen lasse. Ich kann sehr beredsam sein, wenn ich mich anstrenge. *Amor vincit omnia.*«

Das Taxi hielt vor Samanthas Haus.
»Was heißt das?« fragte sie.
»Das heißt, die Liebe siegt über alles«, antwortete er.
Sie wischte sich die Augen.
»Randollph, Lieber«, sagte sie, »komm doch mit rauf, dann reden wir darüber. Ich bin doch nicht so müde, wie ich dachte.«

**Goldmann
Verlag
München**

**Martin Russel
Doppeltes Spiel**

Peter Connors, Journalist bei einer Londoner Zeitung, hat zwei Freundinnen. Für die eine soll er einen Mord begehen – und er ist auch bereit dazu. Nicht zuletzt deshalb, weil er das versprochene Geld braucht, um der anderen Freundin imponieren zu können...

Rote Krimi. (4685)
Deutsche Erstveröffentlichung.

**Hilda Van Siller
Ein guter alter Freund**

Seit Anne mit dem Architekten Tony Lanham verheiratet ist, sind die bösen Erinnerungen an ihre erste Ehe verblaßt. Doch dann taucht ein „alter Freund" auf, und mit ihm der erneute Verdacht, Anne könnte ihren ersten Mann ermordet haben...

Rote Krimi. (4686)
Deutsche Erstveröffentlichung.

Goldmann Verlag München

**Hamilton Jobson
Warten auf Donnerstag**

Richter Hammond weiß, daß es gefährlich werden kann, wenn er die vier irischen Terroristen zu hohen Freiheitsstrafen verurteilt. Und er erhält danach auch prompt einen Brief, der ihm seine baldige Exekution androht ...

Rote Krimi. (4687)
Deutsche Erstveröffentlichung.

**Peter Israel
Küss mich französisch**

B. F. Cage, der Werbeberater und Privatdetektiv aus Kalifornien, macht Ferien in Paris – mit dem kleinen Vermögen, das er sich bei seinem letzten Fall – ein wenig außerhalb der Legalität – verdiente. Ein Galerist bittet ihn, ein wachsames Auge auf den amerikanischen Kunsthändler Alan Dove zu werfen. Dieser Auftrag ist gefährlicher, als es zuerst den Anschein hat ...

Thriller. (4698)
Deutsche Erstveröffentlichung.

Goldmann Verlag München

Arelo Sederberg
Terror in Las Vegas

Das New Century-Hotel in Las Vegas steht kurz vor der Eröffnung, als Kidnapper den Sohn des Hotelchefs Jim Carpenter entführen. Ein anonymer Anrufer verlangt, daß man einen seiner Freunde im Spielkasino des Hotels hoch gewinnen läßt. Carpenter versucht, die Affäre mit Hilfe seines Sicherheitschefs zu klären. Doch dann hat er allen Anlaß zu der Vermutung, daß die Mafia hinter der Entführung steht ...

Thriller. (4707)
Deutsche Erstveröffentlichung

John Newton Chance
Das Schattenschloß

Es stand an der Südküste Englands, auf einer Klippe hoch über dem Meer, und wurde jahrhundertelang von Piraten, Schmugglern und Wracksuchern bewohnt. Hier konnte man leben, ohne daß es jemand erfuhr. Und verschwinden, ohne daß es jemand merkte.
Jonathan Blake, der Privatdetektiv und Spezialagent, verschaffte sich Zugang, um das rätselhafte Verschwinden zweier Kollegen zu klären. Aber ihm selbst drohte bald ein ähnliches Schicksal in dem düsteren Labyrinth von Tregarrok ...

Rote Krimi. (4701)
Deutsche Erstveröffentlichung

Goldmann Verlag München

**John Wainwright
Das Messer an der Kehle**

Sie waren Schulfreunde, gute Kameraden. Bis der Haß ihre Wege trennte.
Am Ende trafen sie sich wieder. Der Kriminalbeamte Cameron und sein früherer Freund Charlie Goodwin. Cameron mit dem Auftrag, Goodwin im Hochmoor von Yorkshire wegen eines Banküberfalls festzunehmen. Und nicht nur Cameron bekam die Gelegenheit, eine alte Rechnung zu begleichen . . .

Rote Krimi. (4704)
Deutsche Erstveröffentlichung

**Hillary Waugh
Tod in Harlem**

New York wirkt wie ein Magnet auf das fünfzehnjährige Kleinstadtmädchen Victoria Hall. Aber ihr Traum vom Leben in der Großstadt endet jäh und schrecklich: in der düstersten Ecke von Harlem.
Frank Sessions von der Kriminalpolizei Manhattan Nord hat die schier aussichtslose Aufgabe, den Sexualmord an Victoria Hall aufzuklären. Und er fragt sich, was eine Weiße mitten in diesem Ghetto der Schwarzen zu suchen hatte . . .

Rote Krimi. (4695)
Deutsche Erstveröffentlichung

Goldmann Taschenbücher

Aktuell. Informativ. Vielseitig. Unterhaltend...

Große Reihe
Romane
Erzählungen
Filmbücher

Eine Love-Story

Regionalia
Literatur der deutschen Landschaften

Moderne Literatur

Klassiker
mit Erläuterungen

Goldmann Schott
Taschenpartituren
Opern der Welt
Monographien

Goldmann Dokumente
Bücher zum aktuellen Zeitgeschehen

Sachbuch
Zeitgeschehen, Geschichte
Kulturgeschichte, Kunst
Biographien
Psychologie, Pädagogik
Medizin, Naturwissenschaften

Grenzwissenschaften

Rote Krimi

Science Fiction

Western

Jugendbücher

Ratgeber, Juristische Ratgeber

Gesetze

Goldmann Magnum
Großformat 21 x 28 cm

**Goldmann Verlag
Neumarkter Str. 22**

8000 München 80

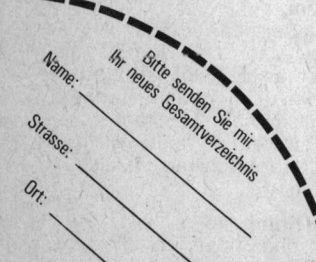

Bitte senden Sie mir Ihr neues Gesamtverzeichnis

Name:

Strasse:

Ort: